KB105944

탄생 100주년 문학인 기념 문학제
논문집

2023

발견과 확산:
지역, 매체, 장르
그리고 독자

탄생 100주년 문학인 기념문학제
논문집

2023

발견과 확산: 지역, 매체, 장르 그리고 독자

우찬제 · 송기한 외

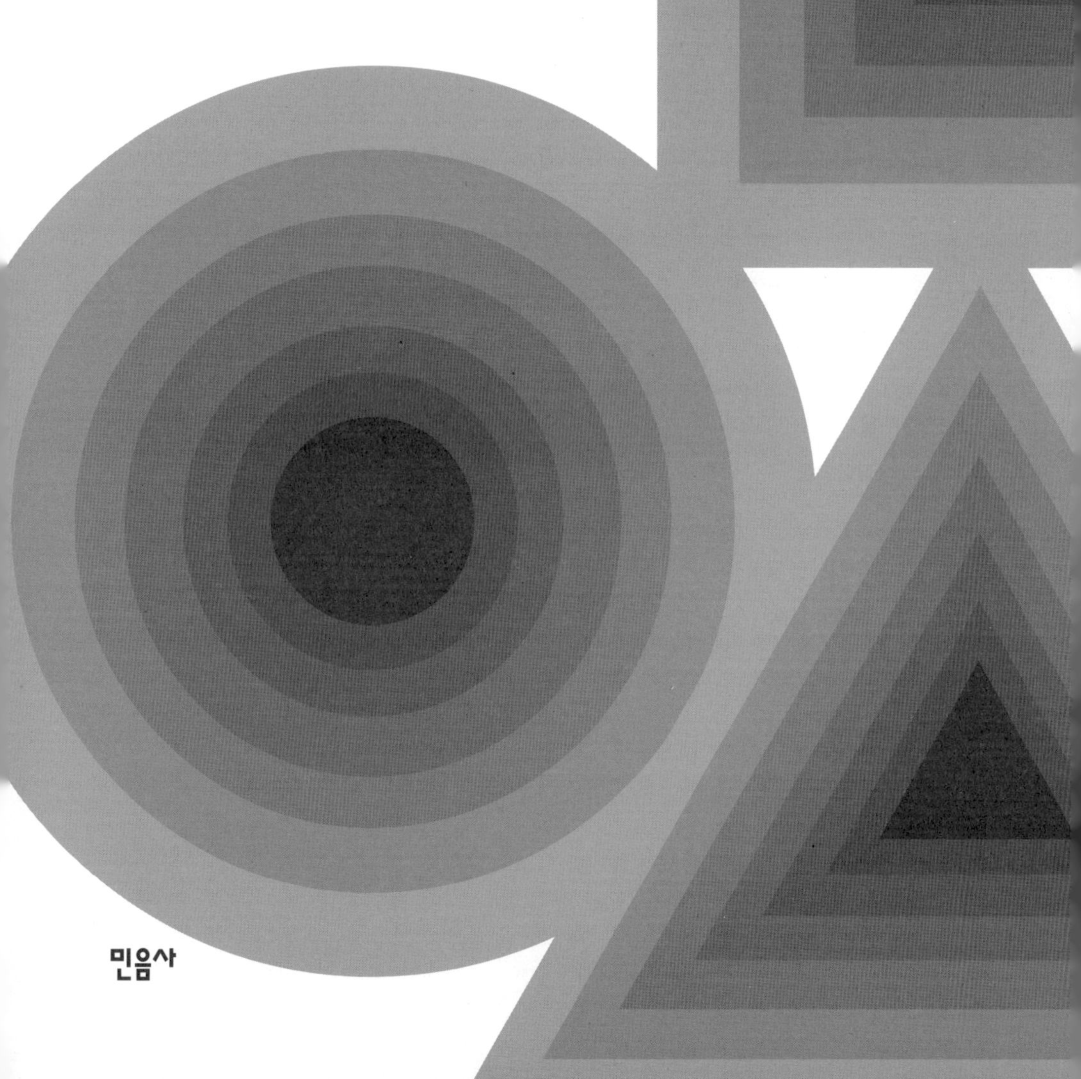

민음사

차례

총론

새로운 '아가'를 위한 아가(雅歌)

1923년생 문인들과 한국문학장의 역동성

우찬제 | 서강대 교수

1 1923년 계해년(癸亥年), 그해에는……

이해 첫날부터 남대문역이 경성역으로 불렸다. 1923년 1월에 신채호가 「조선혁명선언」을 작성했고, 김상옥은 종로경찰서에 폭탄을 투척하는 등 일경과 접전을 벌이다 끝내 자결했다. 프랑스와 벨기에 군대가 독일 루르(Ruhr) 지역을 점령했다. 1차 세계대전에서 패한 독일이 막대한 배상금을 제때 갚지 못했기 때문이다. 배상금을 위해 마르크화를 많이 찍어 엄청난 하이 인플레이션이 일어났고 나치 세력 등장의 빌미를 제공했다. 2월에는 남별궁(南別宮) 터에 조선총독부립 경성도서관을 착공했다. 3월에는 천도교소년회에서 소년 잡지 《어린이》를 창간했고, 방정환, 윤극영 등이 도쿄에서 '색동회'를 조직했다. 또 조선민립대학(朝鮮民立大學) 발기인 총회가 열렸고, 세브란스 연희의학전문학교가 연희전문학교로 교명을 바꾸었다. 소련에서 동반자 작가가 출현했던 이해에, '본지는 무산계급 해방 문화의 연구 및 운동을 목적으로 함'이라는 강령 아래 1922년 9월 결성된 문학 동인 단체 염군사(焰群社)가 문예지 《염군(焰群)》을 발행하기 위해 세 차례나 편집했지만 발매 금지 조치로 제대로 빛을 보지 못했다.(염군사는 「프로므나드 상티망탈」(《개벽(開闢)》 1923. 7)을 발표하며 등단한 김기진과 박영희 등이 결성한 파스큘라(PASKYULA)와 연대해 1925년 카프로 거듭난다.) 같은 해에 미국에서는 예일대 동문인 헨리 루스, 브리튼 해든이 미국 최초의 시사 주간지 《타임(*TIME*)》을 창간했다. 4월에는 최초의 극영화 「월하의 맹세」가 개봉되었고, 경남 진주에서 강상호 등이 주도하여 근현대사 최초의 인권 운동인 형평사 운동을 시작했다. 이동휘가 연해주에서 일본 경찰과 교전을 벌이던 4월에 영국 축구 성지 웸블리 스타디움과 미국 뉴욕 양키 스타디움이 개장되었다.

5월에는 서대문감옥의 명칭을 서대문형무소로 바꾸었으며, 청량리에 경성제국대학(京城帝國大學) 예과(豫科) 교사를 착공했다. 또 5월에 김규식·이범석 등이 만주 연길현에서 고려혁명군을 조직한 다음, 6월 2일, 김규식·지청천·여운형 등이 임시정부를 이탈해 상하이에서 고려공화국을 선포했다. 6월에는 동아일보사가 주최한 제1회 전국여자정구대회가 열렸는데, 국내 최초의 여자 공개 운동경기였다. 인사동에 경성도서관이 석조 건물로 준공되었다. 6월 13일에 미국에 할리우드 사인이 건립되었다. 이해 만들어진 것은 할리우드랜드(HOLLYWOODLAND)라는 부동산 기업의 광고판이었고, 1949년 LAND 글자를 철거했다. 7월에는 서울에서 극단 '토월회'가 체호프 작 「곰」을 공연했다. 8월 1일에 경성도서관을 일반에 공개했다. 이날은 특별 무료 공개로 오전 9시~오후 6시까지는 남자에게만, 오후 7시~11시까지는 여자에게만 공개했다. 8월 20일에는 종로-안국동 간 신설 전차 노선을 착공했다. 8월에는 조선 전역에 대폭우가 내렸다.

9월 1일, 간토 대지진이 발생했다. 도쿄와 요코하마 일대를 강타한 지진으로 약 14만 2천여 명이 사망했다. 지진 직후 혼란의 와중에 조선인 학살 사건, 가메이도 사건이 생겼다. 9월 2일, 일본 정부가 민심 동요 방지를 위한 책략으로 조선인 폭동 유언비어를 살포했고, 9월 3일, 도쿄에서 박열과 가네코 후미코 등이 천황 암살 기도 혐의로 검거되었다. 10월 11일에 전남 순천에서 소작료 불납을 결의하는 사건이 있었고, 10월 16일에 월트 디즈니 회사가 월트 디즈니와 그의 형제 로이 디즈니에 의해 설립되었으며, 10월 29일에는 튀르키예공화국이 수립되었다. 11월 7일에는 대전에서 전국형평사대표자대회가 열렸고, 8일에는 히틀러가 뮌헨 맥주홀에서 반란을 시도하다가 실패했다. 독일이 항복한 날인 11월 11일에 맞춰 파리 개선문에 꺼지지 않는 불꽃을 점화했다. 11월에 양주동 등이 《금성》을 창간했다. 12월 16일, 미국 제30대 대통령 캘빈 쿨리지가 최초로 라디오 국정 연설을 했다.(이듬해인 1924년 4월 23일에는 영국 국왕 조지 5세가 최초 라디오 연설을 하여 왕정의 인기가 높아졌다는 기록이 있다.) 또 1923년에 본정(本町)과 명치정(明治町)에 근대 다방의 효시가 되는 후다미다방〔二見茶房〕이 개업했고, 창경궁 내에 맹수사(猛獸舍)가 건립되었으며, 이화학당 프라이홀(Frey Hall)이 준공되었다. 릴케는 「두이노의 비가」를 발표했고, 이상화는 「나의 침실로」(《백조》)를 발표했다. 김소월은 1923년 《개벽》에 「예전엔 미처 몰랐어요」·「삭주구성(朔州龜城)」·「가는 길」·「산(山)」 등을, 현진건은 「할머니의 죽음」(《백조》), 「지새는 안개」(《개벽》) 등을 발표했고, 안서 김억은 첫 시집 『해파리의 노래』(조선도서주식회사)를 출간했다. 셰익스피어의 『햄릿』이 번역된 것도 이해의 문화사적 사건이었다.

1923년 노벨 문학상의 영예는 윌리엄 예이츠에게 돌아갔고, 로버트 앤드루스 밀리컨은 노벨 물리학상을 받았다. 이해에 한국의 독립운동가 김상옥 열사·황기환 지사 등이 순국했고, 체코 작가 야로슬라프 하셰크, 프랑스 연극 배우 사라 베르나르, 미국의 제29대 대통령 워런 G. 하딩, 이탈리아의 경제학자 빌프레도 파레토 등이 사망했다. 또한 새로운 사람들이 태어났다. 이탈리아의 배우 발렌티나 코르테세, 미국의 재즈 연주자이자 작곡가 밀트 잭슨, 미국의 영화배우 래리 스토치, 타이완의 총통 리덩후이, 소련/러시아의 인권 운동가 옐레나 본네르, 미국의 사회운동가이자 여성운동가 클라라 프레이저, 독일 출신의 지식인 에르네스트 만델, 미국의 블루스 기타리스트 앨버트 킹, 독일의 법학자 아르투어 카우프만, 일본의 영화감독 스즈키 세이준, 미국 정치인 헨리 키신저, 일본 가수 미나미 하루오, 러시아의 시인 라술 감자토프, 싱가포르 정치인 리콴유, 남아프리카공화국 작가 나딘 고디머, 그리스의 소프라노 성악가 마리아 칼라스, 영국 출신의 미국 양자전기역학자 프리먼 다이슨 등이 1923년에 출생한 이들이다.

그리고 1923년, 식민지 한반도에서는 이런 문학인들이 탄생했다. 시인 김상억·김창석·문상명·문중섭·박희선·서정태·여영택·이덕진·이우출·전상력·정기석·정한모·한성기·한운사·허연, 소설가 박용구·방기환·홍구범, 평론가 김성욱 등이다. 이들 중 충남 부여 출신인 정한모는 시인이자 국문학자로 서울대 문리대 교수와 국제펜클럽 한국본부 중앙위원, 문화공보부 장관을 역임했다. 함남 정평에서 태어난 한성기는 월남하여《문예(文藝)》를 통해 등단한 후 주로 대전 충남 지역에서 시작 활동을 했다. 충북 중원 출생의 홍구범은《문예》창간 멤버였고 청년문학가협회 회원으로 활동하며 소설 창작에 열심이다가 6·25동란 중에 피랍되었다. 서울 출생의 박용구는 홍구범의 뒤를 이어《문예》편집자로 활동하며 다채로운 역사소설을 창작했다. 박용구처럼 서울 출생인 방기환은 아동 잡지《소년》의 창간 주간을 역임하며 아동극, 장편소년소설 등을 발표했고,《문예》에 소설과 수필을 게재했다.《학생계》편집장을 역임했고 전국문화단체총연합회, 한국문인협회 등에서 활동하며 왕성한 창작 활동을 펼쳤다. 충북 괴산 출생인 한운사는 시인·소설가·극작가·시나리오 작가·영화 각색가·서예가 등으로 전방위적인 활동을 했던 문인으로 한국일보 문화부장, 방송문화연구원장 등을 역임했다. K-컬처의 어떤 원천을 생각하게 한다.

2 《문예》지와 그 편집자-작가: 홍구범, 박용구

1923년생 여러 문인이 《문예》지와 관련된다. 홍구범과 박용구는 편집자로, 방기환은 필자로 참여했고, 한성기는 《문예》를 통해 등단했다. 하여 우선 《문예》지의 풍경과 내력을 살피기로 한다. 1973년 동아일보 문화면에 연재된 「문단 반세기」에서 김병익은 《문예》지의 공적을 넉넉하게 인정한다. 다소 길게 느껴질 수 있겠지만 실감을 위해 해당 대목을 옮겨 온다.

> 월간 순문학지 《문예》가 모윤숙의 발행으로 창간된다. 유엔총회 대표단으로 참가, 서구와 미국을 돌아본 모윤숙은 "예술과 문학작품을 통해 이루어진 문명의 세계"에 충격을 받고 귀국하면서 잡지 창간을 결심한다. 그는 미 대사관 문정관 슈바커를 설득, 1년 동안 종이를 원조해 줄 것을 승낙받는 한편, 남대문로의 적산 빌딩을 사무실로 인수 받고, 김동리·조연현을 불러 편집 책임을 부탁했다. 그리하여 발행인 모윤숙, 주간 김동리, 편집장 조연현, 기자 홍구범 등의 스태프로 《문예》 첫 호가 나온 것은 정부 수립 1년 뒤인 1949년 8월이었다.
>
> 모든 문인은 우선 붓대를 잡으라. 그리고 놓지 말라. 이것이 민족 문학 건설의 헌장 제1조가 되어야 한다.
>
> 고 외친 김동리의 창간사와 함께 염상섭·최정희·황순원의 소설과 박종화·김동명·유치환의 시, 김진섭·백철의 평론 등을 수록한 《문예》 창간호는 발간 10일 만에 4천 부가 매진되는 대인기 — 무식한 기관으로부터 한때 '용공적인 편집'이란 오해를 받기도 했지만 사무실 밑의 '문예 사롱'은 문인들의 집결지가 되었고, 1955년 《현대문학》이 창간되기까지 한국문학의 중심지가 된다. 9·28수복 직후 국군 장교로부터 조사받는 2대 편집장 조연현이 《문예》를 내보임으로써 신원을 보장받을 수 있을 정도로 이 잡지는 문단 밖에서도 놀랄 만한 권위를 갖고 있었다.

창간 1년도 못 된 이듬해 6월 한국전쟁으로 역시 수난 속에 빠져야 했던 《문예》는 '전시판(戰時版)' '합병호'로 속간되다가 1954년 3월 통권 20호로 폐간되었지만, 6·25를 전후한 광복 문단과 부산의 피난 전시 문단에 끼친 공헌은 실로 막중했다.[1)]

1949년 8월 1일 자로 창간된 순문예지 《문예》 창간호 판권란을 보면 발행 겸 인쇄인 모윤숙(毛允淑), 편집인 김동리(金東里)로 되어 있다. "본지가 모든 당파나 그룹이나 정실(情實)을 초월하여 진실로 문학에 충실하려 함은, 당파나 그룹보다는 민족이 더 크고 더 높은 것이기 때문이다. 민족 문학 건설의 공동 목적을 달성하기 위하여 모든 문인은 본지를 통하여 그 빛나는 문학적 생명을 새겨 주기 바란다."[2)]라는 창간사 부분을 비롯해 여러 곳에서 민족 문학 건설에의 의지를 보였고, 이를 위해 역량 있는 신인들을 추천하는 작업에도 열심이었다. 모윤숙, 김동리, 조연현 등이 쓴 '편집 후기'를 보면, 창간 당시의 사정과 지향을 짐작할 수 있다.

비가 고르지 않아서 해마다 걱정이다. 가문다고들 야단이지만 또 언제쯤 수재에 울어야 할는지 모를 일이다. 이것도 가물어서 그런지는 모르나, 먼지도 유달리 풀석거리는 길을 나는 다만 이 《문예(文藝)》 하나만을 위하여 아직도 얼마나 더 돌아다녀야 할는지 모르겠다. 내가 문학과 떠날 수 없는 사람이어서가 아니라, 진실로 민국(民國)의 빛나는 독립과 광영을 위하여 나는 나의 정열과 생활을 오로지 《문예》에다 걸기로 하였다.(모(毛))

해방 이래 4년간 내가 하루같이 되풀이하여 온 구호는 '권위 있는 순문예지를 발행해야 한다'는 것이었다. 그냥 문예지도 쉬운 일이 아닌데 하물며 '권위 있는' 그것을 발행하기란 진실로 상상키도 어려울 만한 난사(難事)

---

1) 김병익, 『한국 문단사: 1908~1970』(문학과지성사, 2001), 266~267쪽. 여기에서 통권 '20호로' 폐간되었다고 되어 있는 것은 '21호'의 오식으로 보임.

2) 「창간사」, 《문예》 창간호(1949년 8월), 9쪽.

> 였다. 그렇다고 해서 본지 창간으로써 그 목적이 달성되었다는 것은 더구나 아니다. 다만 본지 창간 준비에 이르기까지의 나의 심적(心的) 태도를 말함에 지나지 않는다. 근본적으로 말하면 민국(民國)의 역사가 너무 어리다. 오늘 현재의 대한민국 국민의 문학적 총역량을 기울여 보다시피해 놓은 것이 겨우 이 정도다. '천리의 길도 한 걸음으로 시작된다.'는 속담이나 한마디 써 보고 스스로 위로하는 수밖에 없다.(동(東))
>
> 한꺼번에 실리고 싶은 모든 글을 다 실을 수는 없었다. 이번에 넣지 못한 7, 8편의 옥고는 다음 호를 위하여 남겨 두기로 했다. 내용이나 체제에 있어서 우리의 최초의 포부와 의도가 이번 호에 완전히 실천되었다고는 믿지 않는다. 그러나 호를 거듭하는 사이에 본지의 포부와 의도는 차차 밝혀질 것이다. 혼란했던 문학 전선(戰線)도 그 치열했던 투쟁의 과정을 거쳐 이제는 승리를 입증할 시기에 이르렀다고 생각한다. 작품 본위의 문학적 창조만이 앞으로의 우리의 과제일 것이다.(조(趙))[3]

자세히 설명할 필요도 없이 해방 건국기에 "문학적 총역량을 기울여" 새로운 나라의 "광영"에 《문예》가 이바지하기를 바라는 소망이 강렬하다. 1954년 3월 통권 21호를 끝으로 폐간된 《문예》에서 추천한 문인들은 이렇다. 강신재(康信哉) · 권선근(權善根) · 임상순(任相淳) · 장용학(張龍鶴) · 곽학송(郭鶴松) · 최일남(崔一男) · 박상지(朴尙志) · 서근배(徐槿培) · 손창섭(孫昌涉) 등이 소설로, 손동인(孫東仁) · 이동주(李東柱) · 송욱(宋稶) · 전봉건(全鳳健) · 최인희(崔寅熙) · 이철균(李轍均) · 이형기(李炯基) · 박재삼(朴在森) · 황금찬(黃錦燦) · 한성기(韓性祺) 등이 시로, 천상병(千祥炳) · 김양수(金良洙) 등이 평론으로 《문예》를 통해 문단에 첫선을 보였다.

제1권 제2호(9월호) 「편집 후기」부터 모윤숙, 조연현과 함께 홍구범(洪九範)의 후기가 수록된다. 홍구범은 "문예지다운 체제의 혁신을 기도해 보

3) 위의 책, 203쪽.

았"으며, "백 매를 넘는 현역 중견 작가층의 창작을 수 편이나 싣게 되었다는 것은 본지의 자랑이 아닐 수 없다"는 점, "이번 호부터 신인 추천 작품을 게재하기로 하였다"는 점을 알리고 있다. 제1권 제4호(11월호) 「편집 후기」에서 홍구범은 "《문예》의 특수한 사명의 하나인 '신인 추천제'도 이제야 바야흐로 본궤도에 오른 감이 없지 않다. 두 편의 창작을 한꺼번에 추천하게 된 것도 즐거운 일이거니와 오랫동안 추천 작품을 얻지 못했던 시에 있어서도 두 사람의 신인을 추천하게 된 것은 여간 기쁘지 않다. 앞으로 좋은 투고가 더욱 많아지기를 고대한다."라고 적었다. 이 호에서 서정주는 사백수십 편의 투고작 중 이원섭(李元燮)과 손동인(孫東仁)을 추천한다. 제2권 제2호(통권 7호)의 「편집 후기」에서 홍구범은 "인쇄비의 폭등과 지류난(紙類難) 등으로 스페이스를 절약하지 않으면 아니 된 것은 편집자로서 여간 괴로운 것이 아니다. 창작에 한해서만이라도 받아들였으면 좋겠으나 그것도 뜻대로 되지 않는 실정이다. 그러나 유명 무명을 막론하고 좋은 작품이면 눈 딱 감고 실어 볼 작정이다. 누구를 막론하고 자기의 기관지처럼 본지를 이용해 주기 바란다."(뒤표지)라며 좋은 작품을 많이 수록하겠다는 의욕을 보인다. 제2권 제3호(통권 8호)에는 홍구범이 쓴 마지막 「편집 후기」가 실려 있다. "시 3편 창작 2편의 추천 작품을 얻게 되었다. 반가운 일이다. 본방 최고의 순문예지로서 자부하는 본지는 권위 있는 기성작가들의 표현지가 되는 일방(한편 — 인용자) 이렇게 실력 있는 신진들에 대해서는 언제나 지면을 아끼지 않을 것이다. 사사로이 원고를 보내지 말고 정정당당히 추천의 관문을 통해 주기 바란다."(200쪽)

제2권 제6호(1950년 6월호)에 실린 「문단 유람기 (1)」에서 백영수는 홍구범에 대해 이렇게 묘사한다. "홍구범 씨는 그래도 몸은 그런 정도로 괜찮으나 역시 선이 가는 편. 눈썹이 이뻐 입술이 처녀 입술 같다. 더욱이 웃으면 어린애 같다. 그렇다고 해서 여성 같다고는 아니요 음성이나 또는 무엇인가를 공상할 때에는 약간 무섭게 보인다."(134쪽)

《문예》 제2권 제7호에는 「문단은 다시 움직인다」라는 기사가 게재되는데, 여기에 홍기범의 납북 소식이 포함되어 있다.

금반사변(今般事變)으로 인하여 우리 문단이 입은 피해는 결코 적은 것이 아니다. 다수의 문학인이 괴뢰군에게 납치 혹은 피살되었고 대다수의 문학인이 조금씩은 모다 양심의 과오를 범하였다. 그러나 혹은 지하에서 혹은 남하하여 최초의 신념을 더욱 굳게 해 온 소수의 민족 진영의 문학인들을 중심으로 우리 문단은 다시 그 고귀한 활동을 재개하게 되었다. 이번 사변으로 인한 이러한 우리 문단의 변모를 살펴보면 다음과 같다.

괴뢰군에게 납치된 문인: 홍구범(소설가), 김기림(평론가), 이광수(소설가), 정지용(시인), 공중인(시인), 김동환(시인), 박영희(평론가), 김억(시인), 이종산(시인), 김성림(시인)

괴뢰군 치하에 완전히 지하 잠복했던 문인: 박종화(소설가), 모윤숙(시인), 오종식(평론가), 유치진(극작가), 이하윤(시인), 장만영(시인), 김동리(소설가), 조연현(평론가), 최인욱(소설가), 최태응(소설가), 박두진(시인), 강신재(소설가), 방기환(아동문학가), 설창수(시인), 임옥인(소설가), 한무숙(소설가)[4]

4) 《문예》 제2권 제7호(전시판 1, 통권 12호, 12월호), 2쪽.

같은 호에 실린 「홍구범은 어디에 있는가 — 납치된 작가에의 회고」(조연현)라는 글도 주목에 값한다. 이 글에서 조연현은 홍구범과 함께했던 《민주일보》, 《민중일보》, 《문예》 시절을 회고했다. 특히 전쟁 이후 생사를 같이하기로 했는데 그렇게 되지 못한 상황에 안타까움을 드러내면서 이렇게 적는다. "이러한 구범을 위하여 지금 내가 할 수 있는 일은 구범이라는 한 인간이 세상에 태어났다가 이루어 놓은 그의 모든 노력을 영원히 빛내어 주는 길밖에 없는 것이다. 구범은 1945년의 해방을 계기로 문단에 나타나서 6·25사변을 당하기까지의 5개년 사이에 누구보다도 무게 있는 많은 작품을 생산해 놓았다. 앞으로 얼마든지 성장될 수 있고 얼마든지 빛날 수 있는 그의 재능이 지금부터 본격적인 자세를 가질려고 할 때 그와 같은 불행에 직면했던 것이다."[5]

홍구범은 1947년 《백민》 5월호에 단편 「봄이 오면」을 발표하며 등단했다. 추천제가 정립되기 이전에 김동리에게서 추천을 받은 유일한 작가가 바로 홍구범이었다. 《문예》 창간호에 단편 「농민(農民)」을 발표하는 등 왕성한 작품 활동으로 '화제작 제조기'란 명성을 얻었던 것으로 전해진다.[6] 《문예》 제1권 제2호에 「작가 일기」를 발표했는데 이 글은 나중에 『모범 중등 작문』 교과서에도 수록된다. 그 「작가 일기」를 보면 홍구범이 작가로서 얼마나 불안에 떨며 창작에 임했던가 하는 모습을 확인할 수 있다.[7]

> 나의 작가 생활은 불안의 연속이다. 이 불안은 언제나 혼자 앉어서 작품의 구상을 진전시킬 때나 각국 명작을 읽을 때면 의례히 닥쳐 오는 것이다.

---

5) 위의 책, 59쪽.

6) 권희돈, 「광복기 문단의 화제작 제조기」, 권희돈 엮음, 『홍구범 전집』(현대문학, 2009), 435쪽.

7) 조연현은 「홍구범의 인간과 문학」(《영문》 8호, 1949년 11월)에서 홍구범의 "범용한 인간성"을 언급하면서 "근대 정신의 불안과 비극과 절망과 고민을 경험하지 못한 기묘한 행운아일 것"으로 추정하고 있지만, 실은 그렇지 않았던 것으로 보인다.(권희돈 엮음, 『홍구범 전집』, 415쪽)

더욱이 작품을 쓸려고 제목과 나의 성명 3자를 써 놓고 허두를 시작할 때 같이 불안이 심한 적은 없다. 원고 첫 장 쓰는 데 보통 10여 매의 종이를 버리고 마는 것이다. 오랜 시일을 두고 제재를 반추하여 작품에 등장하는 인물이며 여러 가지 조건을 푹 삭인 후에 덤벼드는 작품도 그러한 데다 테마의 구득(求得)이며 구성도 정리 못 한 채 써야 될 기일(期日) 절박물(切迫物)은 원고지 낭비가 10여 매 정도라고는 추단하기 어렵다. 20매가 되는지 30매가 휴지화하는지도 모른다. (중략) 작품은 어찌 됐든 나는 '끝'이라는 자(字)만 쓰면 대체 이제까지의 지니고 있던 불안은 없어지는 것이다. 이와 동시에 이제는 앞으로 무엇을 써야 하나 하고 생각해 본다. 쓸 것이라고는 하나도 없는 것 같다. 생각하면 캄캄하고 아찔할 뿐이다. 이미 이런 때에는 다시 불안이 내습(來襲)하는 것이다.[8]

이런 불안의 둥지 위에서 홍구범은 해방 공간의 현실을 날카로운 비판적 시선으로 형상화했다. 《문예》 창간호에 실린 「농민」은 '순만의 일생'이라는 부제가 붙었는데 그야말로 비극적인 하층민의 비극성을 여실하게 그린 작품이다. 돌도 되기 전에 아버지를 여의고 나쁜 계부 아래서 심한 핍박을 받다가 다시 어머니를 여의자 계부에게 쫓겨나 어린 나이부터 고생을 한다. 주막집 심부름꾼에서 머슴살이까지 고생하다가 지역 토호 양 씨의 모략에 의해 징용에 끌려가 사고로 팔 한쪽을 잃고 해방 후 돌아와 보니 양 씨에 의해 아내마저 죽은 상태였다. 이에 양 씨에게 보복 행동을 하고 그 자신도 극단적인 선택을 하는 안타까운 이야기다. 그는 김동리, 조연현 등과 함께 일했지만 그의 문학은 하층민들의 비극적 삶의 생태를 구체적으로 파고들면서 그 비극적 현실에 대한 비판적 시선을 날카롭게 표출했다. 또 「문학인과 노예근성」, 「비평과 문학」 등의 비평적 에세이를 통해서는 당대 비평 현실에 대한 문제의식을 가감 없이 보여 준다. 독단적이

8) 홍구범, 「작가 일기」, 《문예》 제1권 제2호(1949년 9월 특대호), 154~155쪽.

고 안목도 부족하고 판단력도 부족한 비평을 개탄하고 있는 것이다.

《문예》 제2권 제7호부터 박용구(朴容九)의 「편집 후기」가 실린다. "홍구범 형이 맡아 보던 이 란을 내가 쓰게 되었다. 홍형과 나와는 유사점이 많았다. 우선 연령이 같았고 성명에 같은 '九' 자가 들어 있다. 작가 수업을 하겠다는 것도 같았다. 경제적인 빈곤도 같았고 또 어느 모로 보나 미남이 아니라는 점도 같았다. 그러던 것이 무서운 차이가 생겼으니 홍 형은 생사 행방이 불명이고, 나는 구멍이 난 건물에서 파괴된 시가를 내다보고 있다. 이것이야말로 고난의 구십 일이 가져온 민족적인 비극의 결과의 하나인 것이다."(105쪽) 전임자인 홍구범과의 인연을 애틋하게 술회하면서 납북의 비극을 애도하고 있다. 통권 17호(1953년 9월호)에서는 새출발을 다짐한다. "창간 1주년 기념호를 조판 중에 동란으로 흩어지고 정상적인 발행을 못 하던 《문예》가 휴전이 된 오늘날 환도를 앞두고서 창간 제5년 기념호를 내게 되었다. 햇수로는 5년이나 발행 횟수는 전부 17책이다. 이것이 《문예》가 겪은 동란을 말하여 주고 있는 것이다. 다음 10월호는 서울에 복귀하여서 발간하게 될 것이다. 원고 보따리를 들고서 서울로 가는 것이 아니라 문예사(文藝社)라는 간판을 매고 가는 것이다. 우리가 창간 당시의 의욕과 패기로서 재출발할 때는 왔다. 그러한 뜻에서 이제까지의 문예 총목록(文藝 總目錄)을 이번 호에 실었다. 정리와 청산 후에 수도 서울에서 재출발할 것을 우리는 맹서(盟誓)한다." 통권 18호(1953년 11월호)에 쓴 박용구의 「편집 후기」는 이렇다. "제자리에 돌아와 앉으니 우선 반갑다. 우리 자신이 제자리에 앉았으니 《문예》의 운영 발행도 6·25 이전의 모습과 내용으로 돌아갈 날이 온 것이다. 빌딩 창밖으로 서울의 거리와 가로수를 내다보면 감개무량하다. 그리고 우리가 겪은 고난이 다시 한번 가슴에 생생하게 떠오른다." 통권 21호의 「편집 후기」를 박용구는 이렇게 적었다. "매일같이 수많은 추천 응모 작품이 들어온다. 이것이 난관과 악전고투하는 우리들 편집인들에 대한 무언의 격려가 된다. 여러 독자들을 위하여서도 정확하게 잡지를 내어야겠다고 다시금 생각한다. 이제 추위도 한 고비를 넘은 성싶다. 우리 문단에도 '자유문학상'이니 '서울시 문화상'이니 하는 기쁜 소식이 들려온다. 봄은 이 땅을 찾아오고 있다." 발행인 모윤숙도 "본지를 위해서 한층 더 분발하겠다."[9]라고 적었지만, 결국 이 말들은 지켜질 수 없었다. 더 이상 《문예》가 발간되지 않았기 때문이다.

《문예》 제2권 제1호(신년 특대호)에 실린 「1947년도 문단 총평」에서 조연현은 "박용구 씨의 「An Revoir」(《신천지》)와 「풍경」(《문예》)은 그 경쾌한 감각과 문장의 세련이 좋았으나 너무 안이하게 갈겨쓴 것 같은 인상은 작자의 문학 의식을 위태롭게 인상시켜 주었으며"(203~204쪽)라고 평했다. 《문예》 제2권 제2호(1950년 2월호)에는 1950년 1월 9일에 있었던 「신예 작가 좌담회」를 지상 중계한 것이 있다. 소설가 허윤석, 강신재, 박용구, 이상필, 시인 김윤성과 서정태, 이원섭, 김성림이 초대되었고, 《문예》사 측에서는 모윤숙 발행인과 조연현, 홍구범, 이종산 등이 참석했다. '문단에 나오기까지' 경위에 대한 질문에 박용구는 "해방 전에 《일본시단》이라는 동인지가 있었는데 거기에 시를 가끔 발표해 오다가 문학 서클 같은 것을 만들어 서로 작품을 교환해 보고 그러하다 학병에 끌려가 해방이 되어 고국으로 돌아왔습니다. 고국에 돌아와 보니 그전에 써 두었던 작품이 몇 잡지에 발표가 되어 있더군요. 「언덕 위에서」라는 작품도 그러한 나 없는 사이에 발표된 작품의 하나입니다. 그 후 가끔 가다가 하나둘 작품을 써 왔는데 나도 별로 고심 같은 것을 느끼지 못했습니다. 작품을 쓰는 데 있어서도 단 몇십 분 만에 쑥쑥 갈겨 버리니까요."(100쪽)라고 답했는데, 전월 조연현의 총평을 의식한 발언인지는 확인하기 어렵다. '사숙하는 작가와 감명 깊은 작품'을 묻는 질문에 대해서는 "처음엔 이효석 씨의 작품에 아주 심취하고 있었습니다. 역시 나는 생리적으로 감각적이며 서정적인 것을 좋아하나 보아요."(101쪽)라고 답한다. 또 '기성문단에 대하여' 비판의 목소리도 감추지 않는다. "우리가 기성문단에 그다지 큰 기대를 가질 수 없는 것은 역시 기

9) 《문예》 통권 21호(1954년 3월호), 190쪽.

성문단이 '오소리티'를 확립하지 못한 탓이 아닐까요."(102~103쪽) '새로운 문학 정신'의 지향과 관련해서는 '문학적'인 것을 강조한다. "문학은 무엇보다도 사회학도 경제학도 철학도 아닌 문학일 것입니다. 만일 사회학이니 경제학이니 철학이니 하는 것이 문학이라면 우리는 문학이라는 별개의 영역을 요구하지는 않을 것입니다. 그러므로 문학은 문학으로서 독자적인 조건이 있어야 할 것입니다. 나는 이 문학의 독자적인 조건을 충분히 살리는 데 문학의 근본적인 과제가 있다고 생각해요. 그래서 위선 우리의 문학적인 요구에 만족을 줄 수 있는 작품을 만들어야 한다는 것이 나의 지론입니다."(106쪽)

《문예》에 「풍경」(통권 4호), 「1947년」(통권 6호), 「칠면조」(통권 12호), 「부마고려국왕」(통권 14호), 「칠중성(七重城)」(통권 20호) 등의 소설을 활발하게 발표하는 한편 「역사소설 사견」(통권 16호)[10), 「역사소설 사견 (속)」(통권 17호) 등의 평론을 박용구가 게재한 사실은 주목을 요한다. 이 글에서 그는 문학은 결코 현실에서 벌어지는 일만을 다루어서는 충분하지 않다고 적는다. 고대 그리스 시대의 『일리아드』나 『오디세이아』, 괴테의 『파우스트』, 조지 오웰의 『1984년』 등을 언급하면서, 다른 시간대의 이야기를 통해 자기 시대를 작가가 재성찰할 수 있음을 강조한다. "현실 묘사만으로 작가의 사상이나 세계가 표현되지 않는다고 생각될 때 현실 이상의 무대를 제공하"는 것이 역사소설이며, "현실 묘사만으로 불가능한 소재와 경우를 역사소설의 재료가 제공"[11)한다는 것이다. 『만월대』(정음사, 1954), 『진성여왕』(혜문사, 1955), 『에밀레종』(천문사, 1961), 『회색의 단층』(을유문화사, 1962), 『대사풍』(삼중당, 1967), 『묘정』(어문각, 1967), 『계룡산』(삼신서적, 1968) 등 다채로운 역사소설을 창작한 박용구의 소설풍이나 소설관이 이미 《문예》 시절부터 정립

---

10) 1953년 6월에 나온 《문예》에는 통권 17호라고 되어 있으나 이는 16호의 오식인 듯하다. 이전 호 그러니까 1953년 2월에 나온 《문예》에는 통권 15호로 표기되어 있고, 그해 9월에 나온 잡지에 통권 17호로 명기되어 있다.

11) 박용구, 「역사소설 사견 (속)」, 《문예》 통권 17호(1953년 9월호), 161쪽.

되었다고 보아도 좋을 자료가 바로 그의 역사소설론이다.

---

3 상처와 치유: 한성기, 정한모

한성기(韓性祺)는 1923년 4월 3일 함경남도 정평군에서 태어나 함흥사범학교를 졸업하고 1942년 충청남도 당진국 합덕면 소재 신촌공립초등학교 교사로 부임했다. 합덕중학교를 거쳐 1947년 대전사범학교 교사로 부임하면서 대전 충남 지역을 제2의 고향 삼아 살아가게 된다. 모윤숙의 추천으로 1952년 시단에 등장한다. 《문예》 통권 14호의 「역(驛)」이 초회 추천, 《문예》 통권 17호(1953년 9월호)의 「병후(病後)」가 2회 추천작이고, 1955년 《현대문학》 4월호에 「아이들」, 「꽃병」 등이 박두진의 추천을 받아 추천 완료되었다. 1946년 결혼해 이듬해 딸을 얻었으나 산후조리를 잘못해 부인이 1950년 사망한다. 1959년 신경쇠약으로 학교를 휴직하고 경상북도 금릉군 소재 용문산 수도원에서 투병 생활을 시작한다. 1963년 투병 생활을 끝내고 하산한 후 첫 시집 『산에서』를 간행한다. 이 첫 시집의 4부에 등단작들이 모여 있는데, 그의 삶과 시적 역정에 어떤 예감의 표정을 하고 있다. 첫 시 「역(驛)」은 그의 존재론적 위상을 성찰케 한다.

> 푸른 불 시그널이 꿈처럼 어리는
> 거기 조그마한 역(驛)이 있다.
>
> 빈 대합실(待合室)에는
> 의지할 의자(椅子) 하나 없고
>
> 이따금
> 급행열차(急行列車)가 어지럽게 경적(警笛)을 울리며
> 지나간다.

눈이 오고
비가 오고……

아득한 선로(線路) 위에
없는 듯 있는 듯
거기 조그마한 역(驛)처럼 내가 있다.

―「역(驛)」 전문[12)]

범상한 시골 간이역 풍경을 점묘한 시처럼 보이다가 마지막 5연에 이르러 시적 긴장을 묘출한다. "아득한 선로", 그러니까 아득한 인생길 위에 "없는 듯 있는 듯" "조그마한 역처럼" "내가 있다"고 했다. 이북 출신으로 월남했는데 학교 임지 따라 이동해야 했던 그의 실존적 처지를 떠올리게 한다. 어떤 사정이든 고향에서 뿌리 뽑힌 자는 외지에서 이방인으로 살며 자기 존재감을 입증하기 어려워하기 일쑤다. 그렇게 '작은 존재'로 살기 쉽다. 한성기 또한 그런 자기의 존재론적 성찰을 첫 시에 담았던 것이 아닐까 싶다. 두 번째 시 「병후(病後)」는 1953년 발표작이지만 용문산 수도원에서 하산한 1963년 무렵의 정황을 앞서 예고한 것처럼 보이기도 한다. 물론 끝내 죽기는 했으되 첫 아내의 일시적 회복 때의 정감일 수도 있겠고, 혹은 앓다가 회복한 이웃의 경험에서 가져온 것일 수도 있겠으나, 시인 자신의 눈물겨운 투병의 정황이 첫 시집에 잘 드러나 있고, 또 이 시가 그런 산림 치유 시편의 뒤에 수록되어 있어서 더 그런 느낌을 주기도 한다. 맥락을 개인 차원에서 민족 차원으로 더 넓히면 일제강점기 때 병들고 상처받았던 민족이 서서히 회복해 가는 과정을 응시한 것으로 볼 수도 있겠고, 혹은 한국전쟁 중이지만 초기의 전쟁 상흔을 서서히 치유해 가려는 의지적인 시편으로 볼 가능성도 배제할 수 없겠다.

---

12) 한성기, 「역(驛)」, 《문예》 통권 14호(1952년, 5·6월호), 56~57쪽; 박명용 편, 『한성기 시전집』(푸른사상, 2003), 61쪽.

앓는 몸이 차츰 차츰 회복(回復)해 가는 것처럼 기이(神奇)한 일은 없다.

내 오래 의식(意識)하여 본 일 없는 그 인체(人體)의 균형(均衡)과 안정(安定)의 자리로 내 몸이
지금 서서(徐徐)히 잡히어 가는 가을.

눈물겨울 듯……

산(山)이며 들이며 먼 마을들이 그 본래(本來)의 시력(視力)과 명암(明暗)의 자리로 훤히 다가오며 밝어 가는 이 조용한 일정(日程).

—「병후(病後)」 전문[13)]

「병후」는 병 전/후의 신체의 신기한 변화를 주목한 시편이다. 특별히 앓기 전에는 자기 몸을 의식하지 않고 사는 경우가 많다. 그런데 병들고 상처받게 되면 그 상처 탓에 몸 전체와 마음을 다시 응시하게 된다. 그리고 치유의 과정을 따라 자기 몸이 "균형과 안정의 자리"로 돌아오는 궤적을 성찰한다. 몸과 마음의 회복을 시인은 "본래의 시력"을 회복하는 것으로 비유하고 있는데 이 점이 매우 인상적이다. 제대로 본다는 것, 이것이야말로 시적 관찰과 인식의 으뜸 되는 자질이겠기 때문이다. 한성기의 첫 시집 『산에서』는 산에서의 경험과 상상이 신체적 치유와 함께 시적 성취가 되고 있음을 보여 준다.

자신의 회복도 중요하지만 다음 세대의 탄생과 성장은 더 의미심장하

13) 한성기, 「병후(病後)」, 《문예》 통권 17호(1953년 9월호), 124쪽. 이 작품은 '전집판'에서는 텍스트가 조금 달라졌다. 첫 발표 때 1, 2연이 통합되었고, 4연 "본래(本來)의 시력(視力)" 부분이 "본래(本來)의 체력(體力)"으로 수정되었다. 편집자가 바꾼 것으로 보이는데, 시의 문맥상 잡지 발표분이 더 적절한 것 같아, 여기에서는 《문예》에 발표한 첫 텍스트를 저본으로 삼았다.

다. 「아이들」에서 시인은 "아이들을 보고 있으면" "말 못 할 순색감정(純色感情)"이 좋다고 했다. "새금파리 풀잎"같이 단순한 것만을 가지고도 그 칠 줄 모르고 노는 아이들을 보며 시인은 질문한다. "무엇일까/ 우리들 눈에는 보이지 않는/ 항시 이들에게만 있어 초롱초롱 보이는 저것은?" 그러면서 그 시절로의 회귀를 동경한다. "먼 초록의 아침을/ 처음으로 눈이 뜨면" "저렇게 줄곧 놀고 있었을 아이들"[14]이라고 과거 시제를 부리면서 자신의 아이 시절을 응시한다. 훼손되거나 상처받기 이전의 원형적인 건강한 모습에 대한 동경과 예찬, 그리고 그 아이들을 통한 새로운 소망에의 희구, 이런 시적 경향은 이후에도 「원점」, 「배가 보이지 않을 때까지」 등 여러 편에서 지속적으로 나타난다. 이와 같은 '아이들'에 대한 관심과 희원은 해방 건국기를 거쳐 한국전쟁을 체험하면서 본격적으로 문학 활동을 한 세대들에게 공통 감각의 일환이기도 한 것처럼 보인다. 식민지를 청산하고 새로운 나라, 새로운 문학을 건설해야 한다는 이 세대 문인들에게 새로운 아이 키우기라는 비유는 매우 절실한 감각이었을 것이다. 그 극적인 양상을 우리는 정한모(鄭漢謨)의 시를 통해 확인할 수 있다.

널리 알려져 있다시피 정한모는 '아가'와 '나비'라는 상징을 통해 식민지와 전쟁으로 상실된 인간성을 옹호하는 휴머니즘을 고양하려 진력한 시인이다. 대체로 "'바람/우물/안개/대숲/이슬잠/솔잎 소리/참새 소리' 같은 순수 서정의 시어는 '아가의 숨결'과 조화되어 동화적이면서도 순순한 시심을 지향하는 휴머니즘 시정신을 잘 보여 주며 당대의 어둡고 애상적인 정감을 투명하게 여과"[15]했다고 논의된다. 일제강점기 말 징용을 당해 일본 군수 공장에서 해방을 맞을 무렵 혼자 써 놓은 시가 한 권 분량이었는데 제대로 발표하지 못하고 전쟁 통에 재가 되고 말았다고 한 대담에서 시인이 직접 언급한 바 있거니와,[16] 정한모는 '아가' 이미지와 시집 『아가

14) 한성기, 「아이들」, 박명용 편, 『한성기 시 전집』, 66쪽.

15) 김윤식 외, 『우리 문학 100년』(현암사, 2001), 214쪽.

16) 정한모·김종철 대담, 「나의 문학, 나의 시작법」, 오세영 외, 『정한모의 문학과 인간』(시와

의 방』에 대해 "역사적인 의식"의 소산임을 강조한다. "내 속에서 충분히 여과해서 나온 시로 『아가의 방』은 인류의 마지막 순간까지 그것이 어떤 초연 내지 인간의 가치성을 위험으로부터 끝까지 지켜야 할 성질로 나타내고자 했"으며, "'아가'의 이미지는 인류의 마지막 보루 같은"[17] 것이라고 시인은 말한다. 첫 시집 『카오스의 사족』을 마무리하는 시 「바람 속에서」에서부터 이런 아가의 이미지가 부각되기 시작한다.

바람이여
새벽 이슬잠 포근한 아가의 고운 숨결 위에 첫마디 입을 여는 참새 소리 같은 청청한 것으로 하여 깨어나고 대숲에 깃드는 마지막 한 마리 참새의 깃을 따라 잠드는 그런 있음으로서만 너를 있게 하라.

—「바람 속에서」 부분[18]

「바람 속에서」의 아가 이미지가 청신한 자연과 새 생명의 정감을 연상케 한다면 제2시집 『여백을 위한 서정』에 실린 「아가들에게」에서는 시인이 말한 "역사적 의식"으로 심화된다. 시인은 아가를 "시대의 어린 운명아(運命兒)"로 호명한다. 그 아가들은 "기한(飢寒)과 고독으로 해를 지나고/ 탄우(彈雨) 속에 굶주리며 불바다를 헤매고/ 산 넘고 물 건너 먼지길 사백리/ 걸어 걸어서 살아온 어린 목숨들"이다. 그 아가들에게 "내 아직 너희들 위해 마음껏 울어 볼 수 없었고/ 내 한번 포근히 안아 주질 못했고/ 맛 좋은 맘마 고은 옷" 제대로 마련해 준 적이 없어 무척 안쓰럽지만, 그럼에도 새롭게 "몸 붙일 곳을 찾아" "저렇게 떨며 떠나"(139쪽)가는 아가들을 위한 기원의 서정을 제출한다. "얼음이 얼고 눈이 덮히더라도/ 눈속 치밀고 솟아오르는 고은 새싹처럼 잘 자라" 나중에 "꽃처럼 피어나는 웃

시학사, 1992), 288쪽.
17) 위의 책, 294쪽.
18) 정한모, 『정한모 시 전집 1』(포엠토피아, 2001), 70쪽.

음 속에서/ 행복을 무럭무럭 아지랑이처럼 풍겨 올리자"(140쪽)라고 청하는 것이다. 제3시집 『아가의 방』을 여는 시 「서장(序章)」은 정한모의 아가론이 일목요연하게 함축된 시편이다.

문은 닫혀 있었다

거울 속에 우물을
우물 속에 하늘을
하늘 속에 아가를

아가는 〈아가〉와
살고 있었다
풀잎 이슬 반짝이는
아침의 들길을
노을 비낀 저녁 하늘
잠겨 있는 바다빛을

아가는 〈아가〉와
살고 있었다

메아리는 숨죽여
기다리고 있었다
바람을
목소리를
몸을 떨며
(중략)

메아리는 귀를 세워
기다리고 있었다
소리는 빛을 몰고
다가오고 있었다
(중략)

꽃망울은
예감을
듣고 있었다
바람은 빛을 몰고
다가오고 있었다

거울 속
하늘은 어둠이었다

아가는 숨죽여
기다리고 있었다

긴 회랑을 돌아
화살 짓는 빛소리
문은 내 앞에
비로소 열리고 있었다

—「서장」 부분[19]

이 시의 최초의 상황은 문제적이다. 어둡고 닫혀 있고 숨죽인 상태다.

---

19) 위의 책, 165~167쪽.

이런 상황에서 지향 의식은 새벽의 열리고 깨어 있는 상황을 응시한다. 이를 위해 바람은 '빛소리'를 길어 온다. 그 빛소리와 더불어 비로소 문이 내 앞에 열리고 있었다고 시적 화자는 기뻐한다. 이런 문제적 어둠의 상황에서 지향하는 밝은 빛소리의 열린 상황으로 승화될 수 있는 근원 에너지는 어둠 속에서 숨죽여 기다리며 염원하는 아가 덕분이다. 시적 화자는 이 시에서 "아가는 〈아가〉와/ 살고 있었다"를 반복해서 노래했다. 여기서 〈아가〉는 무엇일까? 다른 아가일 수도 있겠다. 여러 아가들이 더불어 어둠을 견디며 새벽으로 나간다고 보아도 좋겠다. 다른 맥락에서 '아가(雅歌)'라고 해석하면 어떨까? 아가들이 어둡고 닫힌 상황을 숨죽여 견딜 수 있는 것은 "예감"처럼 다가올 "빛소리"를 믿고 기원하는 노래의 힘을 무의식적으로 견인했기 때문이 아닐까? 그런 측면에서 보면 정한모의 시는 '아가를 위한 아가(雅歌)'의 성격이 강하다. "아가는 보얀 진주의 밝음으로/ 아지랑이 같은 생명의 실에 매달려/ 피어오르며 숨쉬며" "자릿한 아픔으로 씨앗은 부풀고/ 어둠 속에 자라나는/ 목숨의 소리 고동하는/ 봄의 새벽"(「목숨의 소리」, 196쪽)과도 같다. 그러기에 시인은 "심층에서 울려오는 계시(啓示)스런 성음(聲音)"(「바다소묘」, 206쪽)으로 "새살림 시작하는/ 해마다 해마다의/ 우리 아가들이여"(「개나리 초(抄)」, 203쪽)라며 아가(雅歌)를 부른다.

4 장르 확산과 독자의 다변화: 방기환, 한운사

1923년생 문인들은 시, 소설뿐 아니라 희곡, 시나리오, 아동문학 등 다채로운 장르에 걸쳐 관심을 확산하고 그에 따른 독자 지평을 넓히는 데 기여하기도 했다. 방기환(方基煥)은 1944년 극단 청춘좌의 현상 모집에 희곡이 당선되었고, 해방 후에는 아동 잡지 《소년》을 주재했다. 《소년》지 편집 경험을 바탕으로 쓴 수필 「투고 접수 여담」(《문예》 통권 3호, 1949년 10월호)을 보면 당시의 아동문학에 대한 열기와 편집실 분위기를 실감하게 된다. 방기환은 《문예》 통권 8호(1950년 3월호)에 단편 「뱀딸기」를 발표하는 것을 계기로 본격적으로 소설을 창작했다. 《문예》 통권 21호(1954년 3월호)의 창작란에는 김이석(金利錫)의 「실비명(失碑銘)」, 서근배(徐槿培)의 「군상」, 황순원의 「카인의 후예」 연재 제5회분과 함께 방기환의 「파괴」가 실려 있다.

첫 소설집 『동첩(童妾)』(1952)과 이어진 소설 「파괴」(1954), 「뚜껑 없는 화물열차」(1956) 등의 소설에서 그는 간결하면서도 감각적인 문장으로 인물의 개성을 살리고 정황을 실감 있게 묘사하면서 스토리 전개의 긴박감을 부여하며 독자들의 관심을 끌었다. 1956년 「왕손(王孫)」을 통해 역사소설의 가능성을 타진한 다음, 1957년 신라 경문왕의 큰 귀의 이야기를 제재로 한 「귀」를 《문학예술》에 발표하면서 본격적으로 역사소설을 창작한다. 궁예의 이야기를 다룬 「청궁비록(淸宮秘錄)」(1966)을 비롯해 「왜장 사야가(倭將沙也可)」(1968) 등의 역사소설을 발표했고, 『단종역란(端宗逆亂)』(1966)·『후궁(後宮)의 일월(日月)』(1976) 등의 장편 역사소설을 연재했다. 말년에는 「어우동(於于同)」(1979)과 같은 특이한 인물을 역사소설로 다루어 한국의 문화 콘텐츠를 확장하는 데 기여했다.

《소년》지와 《학생계》를 주재했던 편집자-작가답게 아동문학과 소년소설에도 열심이었다. 「가랑잎」·「빼앗긴 장난감」·「아랫목과 마루밑」 등이 수록된 동화집 『나비의 집』(1963)도 아동문학계에서 주목에 값한다. 그중 특히 「아랫목과 마루밑」은 거처를 달리하는 개와 고양이 이야기를 흥미 있게 구성하면서, 행복은 주어진 조건이나 환경에 따라 좌우되는 것이 아니라 스스로 마음먹고 생각하기 나름임을 암시한다. 또 『누나를 찾아서』(1948)·『언덕길 좋은 길』(1954)·『바람아 불어라』(1964)·『소년과 말』(1985) 등의 소년소설집과, 『잃어버린 구슬』(1955)·『웃지 않는 아이』(1956)·『꽃바람 부는 집』(1964) 등과 같은 장편 소년소설 및 『손목 잡고』(1949)·『싸우는 어린이』(1951)·『빛나는 소년 용사』(1959) 등의 아동극집을 펴내 아동문학계에 뚜렷한 족적을 남겼다. 요컨대 방기환은 어린이 소년들에게는 어려운 환경에서도 희망을 일구어 나갈 슬기로운 상상력의 길을 안내하고자 했고, 성인들에게는 갈등과 질곡을 넘어 인간성의 넉넉한 지평을 제안했으며, 현실에서 해결하기 어려운 문제를 과거의 역사와 선인들의 지혜에서 찾기 위한 다양한 역사소설을 재현 내지 창안하여 한국의 역사 문화 콘텐츠 형성에 기여했다.

한운사(韓雲史, 본명은 한간남(韓看南))는 시인, 극작가, 영화 시나리오 작가, 각색가, 영화배우, 서예가 등 다방면에서 자신의 문화적 비전을 추구했다. 충북 괴산 출신인 그는 청주상고를 졸업하고 일본 주오대학, 경성제국대학에서 수학했으며, 서울대 문리대 불문과를 중퇴했다. 1948년 중앙방송국에 방송극 「날아간 새」로 데뷔한 후 「빨간 마후라」를 비롯하여 「아낌없이 주련다」, 「남과 북」, 「하얀 까마귀」, 「잘 돼 갑니다」, 「현해탄은 알고 있다」 등의 본격적인 방송극을 지어 각광을 받았다. 윤석진 교수는 한운사의 방송극을 한국전쟁과 남북 분단의 상처를 다룬 작품, 일제강점기의 아픔을 소재로 한 작품, 전후 사회의 혼란과 세대 갈등을 소재로 한 작품 등의 세 부류로 나누어 다음과 같이 정리했다.

1) 한국전쟁과 남북 분단의 상처를 다룬 작품: 「이 생명 다하도록」(CBS-R, 1958), 「어느 하늘 아래서」(KBS-R, 1959, TBC에서 1964년에 TV드라마 「눈이 내리는데」로 리메이크), 「아낌없이 주련다」(KBS-R, 1962), 「빨간 마후라」(MBC-R, 1962), 「하얀 까마귀」(MBC-R, 1963), 「산하여 미안하다」(DBS-R, 1963), 「남과 북」(KBS-R, 1964, TBC에서 1971년에 TV드라마로 리메이크, KBS에서 1996년 라디오드라마로 리메이크), 「레만호에 지다」(TBC-R, 1968, KBS에서 1979년에 TV드라마로 리메이크), 「임진강」(MBC-R, 1971), 「나루터 삼대」(KBS-T, 1977), 「임진강에도 봄은 오는가」(MBC-R, 1979).

2) 일제강점기의 아픔을 소재로 한 작품: 「현해탄은 알고 있다」(KBS-R, 1960, KBS에서 1968년에 「아로운-현해탄은 알고 있다」라는 TV드라마로 리메이크), 「현해탄아 잘 있거라」(DBS-R, 1963), 「서울이여 안녕」(TBC-T, 1968), 「족보」(KBS-R, 1974, TBC에서 1978년에 TV드라마로 리메이크), 「기다려도 기다려도」(MBC-T, 1977), 「파도여 말하라」(MBC-T, 1978).

3) 전후 사회의 혼란과 세대 갈등을 소재로 한 작품: 「그 이름을 잊으리」(KBS-R, 1959), 「조용한 분노」(KBS-R, 1960), 「오월의 꿈」(DBS-R, 1963), 「가슴을 펴라」(라디오서울, 1963), 「잘 돼 갑니다」(DBS-R, 1964), 「차 한잔 드실까요」(DBS-R, 1964), 「봄부터 가을까지」(MBC-R, 1965), 「머나먼 아메리카」(MBC-R, 1965, TBC에서 1967년에 TV드라마 「하베이촌의 손님」으로 리메이크), 「오늘은 왕」(TBC-T, 1966, KBS에서 1981년 TV드라마로 리메이크), 「금고 할아버지」(TBC-T, 1968), 「아빠의 얼굴」(MBC-T, 1969), 「더 높은 곳을 향하여」(MBC-T, 1970), 「안데르마트의 불고기집」(DBS-R, 1970), 「아버지와 아들」(KBS-T, 1970), 「박마리아」(MBC-T, 1970), 「꿈나무」(KBS-T, 1971), 「고향」(KBS-T, 1972), 「욕망」(MBC-R, 1974, MBC에서 1979년에 TV드라마 「빨간 능금이 열릴 때까지」로 리메이크), 「행복의 조건」(TBC-T, 1975), 「신원보증인」(MBC-R, 1977).[20]

이러한 방송극을 창작한 한운사는 "현안을 발 빠르게 드라마화하여 시·청취자의 공감을 이끌어 내는 데 뛰어난 재능을 가진 극작가"였으며, "주제적 측면뿐만 아니라 기법적 측면에서도" 뛰어났는데, 이를테면 "라디오와 텔레비전 '연속극'에 적합한 '다음 방송을 기다리게 만드는 연속극의 엔딩 장면, 엇갈린 장면의 교차 구성, 음악과 음향을 이용한 등장인물의 심리 묘사' 같은 표현 방식을 많이 개발"했으며, "특히 '청각적 이미지로 시각적 이미지 상상, 시·청취자의 긴장감을 극대화시키기 위한 장면 분절, 시각과 청각의 공감각적 조화' 등과 같은 기법"을 개척한, 그러니까 "한국 방송극의 토대 형성에 중요한 역할을 담당한 극작가"로 평가받아 마땅하다고 윤석진 교수는 논의한다.[21]

한운사의 시나리오를 중심으로 연구한 오영미 교수는 주제적으로는 "주로 작가 자신의 경험과 실존 인물을 취재의 근원으로 삼아 시대 의식과 휴

20) 윤석진, 「극작가 한운사의 방송극 연구」, 《한국극예술연구》 24집(한국극예술학회, 2006. 10), 146쪽.

21) 위의 논문, 181쪽.

머니즘에 대한 강한 작가 의식을 드러내고 있으며, 정치, 세대 의식, 인간의 내면적인 욕망에 이르기까지 다양한 주제로 확장되고" 있다는 점, 기법적으로는 "멜로드라마적인 극작술을 즐겨 사용"하고 "대사는 남다른 압축적인 세련미가 보였지만 관념적 주제를 생경하게 노출시키기도 하였고, 아펠레이션에 있어서도 특별한 인식을 보였"다는 점 등을 논의했다.[22] 어쨌거나 한국 드라마와 시나리오에서 멜로드라마의 핵심 트렌드를 열었다는 점에서 한운사의 문화사적 자리는 비교적 넉넉한 편이다. 이른바 K-드라마, K-컬처의 오래된 원천의 하나로 주목될 수 있을 것으로 본다.

5 한국문학의 재탄생을 위한 발견과 확산

1923년생 문인들은 대개 해방기에 문학 활동을 시작했다. 20대 초중반의 나이에 본격적으로 자기 문학 세계를 보이기 시작한 것은 근대문학 이래 자연스러운 일이었는데, 이들의 경우는 그게 해방과 맞물려 있었다. 방기환이 1944년, 박용구와 정한모가 1945년, 홍구범이 1947년, 한운사가 1948년에 등장했고, 한성기만 전쟁기인 1952년에 첫선을 보였다. 해방이 되자 잃었던 모국어를 되찾은 문인들이 겨레의 문학을 재건하겠다는 의지는 진영의 좌우를 넘어서 한결같은 소망이었다. 그러니까 한국문학의 재탄생을 위한 열기가 가득했던 해방 공간에서 문학 활동을 시작했다는 것, 이런 1923년생 문인들의 문학적 기점은 거의 운명적 풍경에 값한다.

문학의 텃밭은 매체다. 해방과 전쟁기에 여러 문학지가 있었지만, 우리가 주목한 6인의 1923년생 문인들과 친연성이 많았던 《문예》지를 주목했다. 작가 홍구범과 박용구가 실무 편집자로 일했고, 한성기가 이 잡지를 통해 등단했으며, 방기환도 주요 필자였다. 민족문학을 재건하기 위한 좋은 작품을 선별해 게재하고 뛰어난 신인들을 발굴하려 애썼던 《문예》지

22) 오영미, 「한운사 시나리오 연구」, 《비교문화연구》 12권 1호(경희대 글로벌인문학술원, 2008), 265쪽.

의 풍경은 실무를 맡았던 두 작가의 「편집 후기」를 통해서도 여실하게 짐작할 수 있다. 좋은 문학을 위해 그들은 한편으로는 당대의 곤혹스러운 현실과 대결하면서 비판적 산문 정신을 표출하고, 다른 한편에서는 나침판도 없이 혼란스러웠던 동시대의 이정표를 마련하기 위해 종종 과거 역사에서 의미심장한 거울을 마련하고자 했다. 홍구범이 비판적 리얼리즘 소설을 창작한 것이 전자의 경우라면, 박용구와 방기환이 역사소설을 다수 집필한 것은 후자의 사례이다.

이데올로기의 대결과 전쟁의 상흔은 당대의 사람과 이 땅의 많은 존재자에게 공통의 과제였다. 상처를 치유하고, 병든 몸과 땅을 건강하게 회복하기 위한 서정의 노래는 때로 새벽 아기의 새롭고 해밝은 미소 같은 아가(雅歌)를 희구하게 했으니, 정한모와 한성기의 시적 실천이 그러했다. 방기환의 아동문학 역시 이런 맥락에서 재조명해 볼 수 있다. 글쓰기 장르의 확산도 한국문학의 재건을 위해서 필수적인 영역이었다. 소설 이외에도 희곡, 동화, 동극, 소년소설 등 여러 장르에서 활동한 방기환과 방송극과 영화 시나리오 쪽에서 역동적으로 작품을 발표하면서 K-컬처의 1세대 역할을 한 한운사가 주목되는 것은 그 때문이다. 장르의 확산뿐 아니라 지역적 확산도 1923년생 문인들에 의해 다채롭게 전개되었다. 대전 충남 지역 문학의 한 구심점이었던 한성기, 중앙 문단에서 활동하면서도 중원 문학에 대한 관심과 배려를 아끼지 않았던 홍구범 등 여러 문인들이 지역 문학의 탄생 내지 활성화를 위해 노력했다. 이런 1923년생 문인들의 다양한 노력으로 인해 문학 독자도 새로운 영역과 흥미와 의미를 발견할 수 있었던 것으로 보인다. 해방 후 새로운 한국문학이라는 '아가'를 잘 기르기 위한 아가(雅歌)에 공들인 1923년생 문인들의 문학적 역정은 그 밖에도 다채로운 조망을 기다리고 있다.

박용구, 전후문학의 또 다른 좌표

팜 파탈의 풍속사

이철호 | 대구교대 교수

1 잊힌 작가, 박용구

박용구(朴容九, 1923~1999)의 부친은 한국 1세대 건축가를 대표하는 박길룡(朴吉龍)이다. 조선인 최초로 서구식 근대 건축 교육을 받은 박길룡은 조선총독부에 재직하면서 총독부 청사의 신축 공사 실무자로 참여했고, 경성제국대학 본부와 화신백화점을 설계한 것으로 유명하다.[1] 박용구의 창작 활동은 그의 부친이 뇌일혈로 타계한 1943년을 전후로 하여 시작되었다. 1942년 《일본시단(日本詩壇)》 동인으로 일본어 시를 발표했는데,

1) 「국내 최고 건축가, 왜 이중적 삶을 살았나」, 《오마이뉴스》, 2016. 5. 2. 그가 설계한 대표적인 근대 건축물은 다음과 같다. 김연수 주택(1929), 조선생명보험 사옥(1930), 김명진 주택((1931) 종로백화점 동아(1931), 동일은행 남대문 지점(1931), 한청빌딩(1935), 화신백화점(1937), 구영숙소아과의원(1936), 경성여자상업학교(1937), 김덕현 주택(1938), 보화각(1938), 전용순 주택(1939), 평양대동공업전문학교(1940), 혜화전문학교 본관(1943), 이문당(1943) 등이다.

"사교의 죄악상을 고발하여 법정에까지 올랐던 박용구 문학의 백미, 드디어 완결!!" 당시 일간신문에 실린 『계룡산』(전 4권)의 광고. 《동아일보》 1963년 3월 8일 자.

1944년 연희전문 수물과를 졸업한 후에는 학병으로 일본군에 징집되기도 했다. 해방 직후 귀국해 《예술부락》에 첫 단편 「언덕 위에서」를 발표하고 잠시 수학 교사로 재직했으나 곧 그만두었다.[2] 그의 작가 활동은 1950년 《문예》의 편집을 맡으면서 본격화되어 1953년에는 첫 창작집 『안개는 아직도』를 발간했다.

박용구는 지금의 문학사를 놓고 볼 때 그리 익숙한 작가는 아니다. 그러나 당대에만 하더라도 역사소설가로 널리 알려진 작가였다.[3] 그 자신이 다수의 역사소설을 창작했고, 등단 이후 발표한 역사소설 관련 평론들을 묶어 『역사소설 입문』(1969)을 출간하기도 했다.

하지만 1964년 박용구는 바로 그 역사소설로 인해 필화 사건에 연루되어 곤욕을 치러야 했다. 《경향신문》에 연재 중이던 『계룡산』이 풍속을 해한다는 이유로 검찰에 입건된 것이다. 신문 연재소설이 외설 혐의로 입건된 것은 이 소설이 최초였다.[4] 필화 사건의 부당함과는 별개로 그의 소설이 성, 사랑, 육체에 대해 현재의 감수성으로도 수위 높은 묘사를 보여 주는 것은 엄연한 사실이다. 이는 소설 평가에 있어 때로 지나친 저평가를 불러올 수도 있고 또 정반대의 반응을 불러올 수도 있다. 그러므로 박용구라는 작가에 대한 온당한 평가는 그의 소설 전반에 걸쳐 농후한 에로티시즘이 텍스트의 미학적, 정치적 효과에 어떻게 기여하는가를 감식해 내

2) 권영민, 『한국 현대문학 대사전』(서울대 출판부, 2004) 참조.

3) 조봉제, 「작가 작품의 해설」, 『한국 대표 단편 문학 선집』(예술문화사, 1975), 417쪽.

4) 『계룡산』을 비롯해 1960년대 주요 필화 사건에 대해서는 임유경, 『불온의 시대』(소명출판, 2017), 223쪽 참조.

는 일과 무관할 수 없을 것이다.

2 탈식민, 전후, 역사 소설의 전위(前衛): 『안개는 아직도』의 경우

박용구의 첫 번째 소설집이 발간된 것은 1953년이다. 발문에서 박용구를 가리켜 "8·15해방 이후에 등장한 사람들 중에서는 가장 역량 있고 또한 가장 많이 활약한 작가의 한 사람"이라 소개한 조연현은 이 책에 수록된 세 단편에 대해 다음과 같이 평한다.

> 이 세 편의 작품이 씨의 지금까지의 문학적인 특질을 그대로 잘 나타내 보여 주고 있을 뿐 아니라 씨의 새로운 노력이 무엇이라는 것까지도 잘 표시해 보여 준 작품이라고 생각한다. 그것은 이 세 편의 작품이 씨의 지금까지의 문학적인 특질인 경쾌하게 세련된 문장의 속력과 참신하게 예리한 감각적인 추구력을 기조로 하고 이루어졌을 뿐만 아니라 일정한 주인공의 설정이 없는 작품 구성이라든지 과거의 사건을 인간의 잠재의식을 통하야 현재의 사건으로서 현재의 사건과 동시간에 표현해 본 방법이라든지 누구보담도 가장 현대적인 감각에 예민한 씨의 과거의 사실(史實)에 대한 관심이라든지 하는 것은 모두가 씨의 새로운 시험의 한 표현이기 때문이다.[5]

여기에서 조연현은 세 편의 소설에 대해 각각 그 주요 특징을 언급하고 있다. 별다른 주인공의 설정 없이 서사가 진행된 점(「함락 직전」), 과거와 현재를 병치해 서술한 점(「안개는 아직도」), 작가의 현대적인 감각이 고대사에서 소재를 구한 점(「패장 안미(敗將安彌)」) 등이 그가 거론한 특징들이다. 그리고 세 편에서 공히 세련되면서 속도감 있는 문체를 구사한 점도 박용구 소설의 미덕이라는 평이다. 그런데 첫 소설집에 실린 단편들은 그 자체

5) 조연현, 「발문」, 박용구, 『안개는 아직도』(수도문화사, 1953), 174~174쪽.

로 작가가 평생에 걸쳐 이루어 낸 창작 여정의 세 갈래 길을 압축적으로 보여 준다는 점에서 더욱 흥미롭다. 이 선집 기획을 위해 새롭게 창작된 「함락 직전」·「안개는 아직도」·「패장 안미」는 각각 탈식민, 전후, 역사소설로 분류 가능하다.

먼저 「패장 안미」는 고대사에서 소재를 취한 전형적인 역사소설이다.[6] 고구려와 신라 간의 전쟁을 배경으로 처음에는 고구려 장수로 나선 안미가 백제를 거쳐 신라로 귀순한 후 결국 고국에 맞서게 되는 내용이다. 그는 단 한 번의 패전으로 인해 반역자로 낙인찍히고 가족마저 몰살당하자 배신감을 느끼는 한편, 지금까지의 싸움이 그저 연개소문의 독재를 위한 꼭두각시놀음에 불과했음을 깨닫는다. 배반당한 고국에 복수의 칼날을 세우는 장수 이야기로서는 새로울 것이 없을지 모르나, 그 회심의 한가운데에 묘령의 신라 여성을 부각시켜 놓아 이채롭다.

> 마지막에 결사대를 인솔하고 밤을 타서 두정성으로 숨어들던 생각이 난다. 결사대가 다 죽어도 자기 혼자만이라도 두정성에다 불을 지를 생각이었다. 아니 그저 죽을 때까지 베이고 또 베이고서 쓰러지려는 심사였다. 그러나 두정성에서 맞부딪친 것은 뜻밖에도 젊은 신라 여인이었다. 가슴에서 겨누어서 찬 공기를 품기던 단도. 고구려군도 주검도 그 아무것도 두려워하지 않던 콧날. 어느 지경에서나 자기를 잃지 않겠다고 앙물어진 입술. 상대방을 굴복시키고야 말 맑은 눈동자. 그 눈동자 속에 비치던 자기의 초라하고 초조한 모습.[7]

---

6) 역사소설 계열로는 「서라벌의 삽화」, 《문예》 10(1950); 「부마고려왕국」, 《문예》 14(1952); 「칠중성」, 《문예》 20(1954); 「산울림」, 《현대문학》 27(1957); 「한강 유역」, 《현대문학》 52 (1959); 「김헌창의 난」, 《현대문학》 232(1974); 「노복의 순정」, 《한국문학》 13(1974); 「왜왕 오호하쓰세」, 《현대문학》 249~250(1975); 「후궁 조씨」, 《월간문학》 84~85(1976) 등이 있다. 그리고 이광수, 김동인, 박종화의 역사소설을 개관한 『역사소설 입문』(을유문화사, 1969)을 펴내기도 했다.

7) 박용구, 「패장 안미」, 『안개는 아직도』, 앞의 책, 123쪽.

소설 말미에 이르러 신라 군사의 기세와 장군의 위엄에 매료된 안미는 고구려와의 전투에 기꺼이 참전하며 더 이상 "초조하고 초라한 모습이 아니라, 패기와 희망에 가득 찬 자기의 모습"을 회복하게 된다. 하지만 그런 요소들보다 반복적으로 떠오르는 신라 여성의 이미지가 안미의 심경 변화에 더 결정적이라고 보는 편이 온당하다.

다음으로 「함락 직전」은 버마를 배경으로 패색이 짙어 가는 대동아전쟁의 한 단면을 소묘해 낸다. 일제강점기를 다룬 일군의 소설들은 고대사나 조선사를 소재로 삼은 역사소설과도, 또 한국전쟁이 후경화되는 전후소설과도 구분할 필요가 있다.[8] 1945년 2월 무렵 인구 10만의 버마 도시 프롬이 영국군에 함락되는 과정을 그린 「함락 직전」은 일본식 이름으로 개명한 버마 여성 3명(일본군으로 나섰다가 전사한 오빠를 둔 에미코, 도피처를 구하고자 일본군에게 매음하는 후사에와 미쓰코)과 익명의 조선인 위안부들이 처한 참상을 교차해 놓았다. 1950년대 초반의 시점에서 조선인 위안부에 대한 묘사가 지닌 역사적 의미도 적지 않아 보이지만, 그 배경을 식민지 조선을 넘어 더 넓은 동아시아 지평 속에서 복원하려 한 시도였기에 주목된다.

이에 비해 「안개는 아직도」는 앞서 두 단편에 비해서는 역사적으로 가장 근거리에 속하는 한국전쟁 직후를 다룬다. 작가 이력의 후반부로 갈수록 점차 역사소설에 전력을 기울였지만, 박용구는 근현대사의 격변과 그 음지(陰地)에서 살아가는 이들의 삶을 증언하는 문학적 기록으로서 주목할 만한 단편들을 다수 남겼다.[9] 이 소설은 수도 서울과 거기서 살아가던

---

8) 탈식민주의 소설 계열로는 「1947년」, 《문예》 6(1950); 『회색의 단층』(을유문화사, 1962); 「동양척식주식회사」, 《현대문학》 182~208쪽(1970~1972) 등이 대표적이다.

9) 전후소설 계열로는 「고요한 밤」, 《신천지》 50(1952); 「하늘은 오늘도 푸르러」, 《신천지》 52(1953); 「쓰레기」, 《문화세계》 3(1953); 「또다시 서울에서」, 《신천지》 56(1953); 「아이들」, 《현대문학》 3(1955); 「피난은 끝나다」, 《현대문학》 8(1955); 「빵집 마농」, 《현대문학》 12(1955); 「점잖은 신 선생」, 《문학예술》 16(1956); 「남희와 석균」, 《문학예술》 22(1957); 「무더운 비탈길」, 《사상계》 61(1958) 등이 있다.

한 도시 여성의 황폐해진 삶을 오버랩시켜 놓는다. "신음 소리와 피묻은 고깃덩이가 지천으로 흩어져 있던" 서울을 떠나 광주까지 내려갔다 다시 서울로 돌아오는 피난의 궤적 속에서 한때는 K 광업회사의 전문직 여성이 창녀로 급격히 전락해 가는 과정을 과거와 현재를 오가며 중층적으로 재현해 냈다. 작가는 그녀 주변에 속악한 인물들만이 아니라 온정적 인물들도 동시에 배치함으로써 서사적 무게를 확보했다. 그녀의 삶의 비극은 한 편으로는 전쟁의 참화로 인한 것이지만, 또한 그와 무관하게 여성을 기만하여 자기 욕심을 채우려 한 비열한 남성들의 부도덕 때문이기도 했다. 유부남 문식에게 속아 한 줌의 기대마저도 상실한 이후 그녀는 매음을 통해 생계를 잇는 처지가 된다. 그녀의 말마따나 "생활에서의 패배감, 발악, 빈곤, 초조. 마지막 길이 이 길로 통하고 말았다." 결말에서 '부산'으로 상징되는, 삶의 마지막 희망을 향해 외치는 절규가 허망하게 들리고 마는 것은, 간밤에 자신을 유린한 남성에게 뒤늦은 화대를 요구하며 그 뒤를 분주히 따라갈 수밖에 없는 것이 그녀가 놓인 현실이기 때문이다.

그런데 이 여성이야말로 1950년대 박용구 소설의 특징을 뚜렷하게 체현한 인물이 아닐 수 없다. 「안개는 아직도」 이후 부도덕한 남성들에 의해 무기력하게 희생되는 대신 오히려 처세로나 욕망으로나 그들을 압도해 버리는 여성에 대한 작가의 천착은 과연 어떤 의미를 지니는가. 그의 소설을 전후문학의 또 다른 좌표로 설정해야 할 이유가 여기에 있다.

---

3 모조품이 되어 버린 삶: '팜 파탈'로 읽는 전후 한국 사회

박용구의 단편소설에서 두드러진 특징 중 하나는 전후 한국 사회의 속물성을 팜 파탈(femme fatale)의 형상화를 통해 묘파해 낸 데에 있다. 전쟁 이후 사회적으로나 도덕적으로나 속절없이 전락한 어느 여성의 삶을 인상 깊게 다룬 「안개는 아직도」를 필두로 이러한 팜 파탈은 「빵집 마농」, 「남희와 석균」, 「무더운 비탈길」 등에 연이어 등장한다.

「빵집 마농」(1955)은 방탕한 모친을 도와 빵집을 운영하는 얌전한 여성이 소설 결말에 이르러 그 모친을 능가하는 팜 파탈로 변모하는 이야기다. 이 소설이 증언하는 모든 타락의 기원에는 "부산 피난 시절"[10]이 있다. 그녀의 모친이 빵집 자금을 댄 재력가 장경만을 우연히 만난 것도, 또 빵집에서 허드렛일을 돕는 진옥을 거둔 것도 모두 피난 시절을 겪지 않았다면 일어나지 않았을 일들이다. 그런데 영아는 진옥의 약점을 빌미로 그녀를 "손아귀에 넣어" 가게 운영은 물론 집안의 경제권을 움켜쥐고자 한다. 이때 경제권이란 나이에 비해 여전히 매혹적인 모친을 향해 영아 자신이 느끼는 시기나 선망을 해소할 뿐 아니라 부쩍 조숙해진, 배다른 여동생 영주에게 "절대적인 존재"로 군림하기 위해서도 필수적이다.

적어도 외관상 평온해 보였던 세 모녀의 삶이 걷잡을 수 없는 방향으로 파탄 나게 된 데에는 두 남성이 결정적인 계기가 된다. 소설 초반부터 영아에 대해 야심을 드러낸 장경만, 그리고 본래 영아의 애인이었으나 그보다 개방적이고 요염한 영주에게 더 끌리는 이명수 같은 남성들은 세 모녀의 삶을 근본적으로 뒤흔들지만, 그렇다고 처세에서 그녀들보다 우월하거나 주동적인 인물은 결코 아니다. 그녀들의 욕망은 그들보다 더 크고 복잡하다. 모친은 자신이 부재할 때 장경만이 수시로 빵집을 드나든다는 사실을 알고 딸의 존재를 두려워하는데, 그런 모친에 대해 영아가 느끼는 일말의 자부심은 다시 자기 애인을 유혹해 버린 동생 영주로 인해 상당 부분 훼손되고 만다. 그 열패감을 씻기 위해 모친의 정부를 농락하기로 결심하는 장면에서 소설은 끝을 맺는다.

'속다니…… 속다니…….'

깜쪽같이 속고 있었던 것이 분하였다. 언제부터 그들이 그런 사이가 되었었을까? 그래서 영주는 걸핏하면 이명수 편을 들었구나. 그리고 이명수

10) 박용구, 「빵집 마농」, 『신한국문학 전집』 10(어문각, 1976), 27쪽.

는 영주라는 새로운 상대가 생겨서 그렇게 자기를 심드렁하게 대꾸했었구나…….

'요부 마농.'

영아는 영주를 마농이라고 불러 보았다. 뜨악해지더니 이제 드디어 이명수와 갈리는 때가 왔다고 영아는 생각하였다. 흥, 제까짓것이 이명수가 현대적이니 뭐니 하지만 알고 보면 주변머리 없고 인색한 놈팽인데…… 흥. 그렇지만 그것이 어쩌자구 감히 자기와 이명수와의 관계를 알면서도 그런 짓을 하였을까?

'요부 마농.'[11]

본래 '요부 마농'은 장경만이 모친에게 붙여 준 별명이었다. 그런데 영아가 영주를 향해 내뱉는 분풀이의 말들은 모친과의 관계에서 고스란히 자신을 향해 되돌아올 비난들이다. 마지막 장면에 이르러 장경만을 바라보며 "음식점이거나 호텔이거나 여관이거나 어디건 간에 다소곳이 따라갈 마음의 준비"를 하는 영아의 모습은, 아마도 과거 부산 피난 시절에 처음 타락의 길로 나섰던 모친의 모습이면서 또 머지않은 미래에 유부남인 이명수와의 관계가 어그러졌을 때 동생 영주의 모습이 될 가능성이 농후하다.

마치 그 후일담이라도 되듯 「남희와 석균」(1957)은 과시욕에 사로잡힌 남성을 보기 좋게 농락하는 또 다른 여성을 그려 낸다. 석균은 한국전쟁 이후로 무역 회사를 따라다니며 브로커 노릇을 하고 있지만 언젠가는 "무역 회사의 간판을 걸고 크게 사업을 시작"할 야망에 부풀어 있다. 그래서 그는 시골에 엄연히 아내가 있는데도 미곡 도매상을 하는 부잣집 딸 남희와 직장 여성 정실 사이에서 어느 한쪽도 쉽사리 포기하지 못한다. 다시 말해 "장인을 움직여 자본을 얻"으려는 심산에 남희에게 접근하면서도 "데리고 놀기에 알맞"다는 이유로 정실과의 만남 역시 이어 간다. 석균

---

11) 위의 글, 36쪽.

이 입버릇처럼 말하는 "예비 공작"이나 "조종"은 자기 스스로 대단한 처세가라 여기는 데에서 비롯된 표현들이지만, 남희를 이용하려는 시도는 좌절되고 오히려 그녀에게 70만 환을 잃고 만다. 이 소설이 앞서 살펴본 「빵집 마농」과 좋은 대비를 이룬다고 말한 이유는, 그렇게 남희에게 속은 석균이 이번에는 그 분풀이라도 하듯 다른 여성에게 접근하면서 끝나기 때문이다. "이번에는 내가 계집에게서 돈을 뜯어내 볼까? 미끼는 무역 회사를 내걸고 말이다. (중략) 그년이 나에게 하던 방법은 제법 배울 만하거든……."[12)]

「무더운 비탈길」(1958)은 속고 속이는 두 남녀의 관계가 숙부와 조카딸로 변형된다는 점에서 「남희와 석균」의 마지막 장면과 오버랩된다. 즉, 백성규와 남희의 관계는 다시 「무더운 비탈길」의 황충구와 경희로 이월되는 것이다. 이 소설의 주된 배음 역시 한국전쟁이다. 자수성가로 큰 사업을 이룬 형이 전쟁 때 납북되자 황충구는 1·4후퇴 이후로 줄곧 질녀를 데리고 있었으나 서울로 돌아와서는 입장이 사뭇 달라진다. 조카딸을 돌봐 준다는 명목으로 커다란 저택에 들어와 신세를 지게 된 쪽은 황충구 가족들이었기 때문이다. 이로 인해 황충구는 경희에 대해 모종의 열등감을 억누를 수 없게 되는데, 그 심리적 압박감은 애초에 경희 부친과의 관계에서 대물림된 것이었다. 이 불편한 관계에서 벗어날 요량으로 황충구는 경희를 애써 자신의 회사 사장실 비서로 취직시킨 후 장한동 상무와 그녀를 맺어 주기 위해 애쓴다. 집 안에서는 점점 안하무인으로 굴지만 정작 회사에서는 누구보다 요조숙녀로 행세하는 경희가 마침내 결혼 상대자로 밝힌 이는 (경희 부친과 꽤 가까운 사이였던) 신만우 사장이었다. 소설 제목은, 상황이 더 악화되어 이제는 사모님이라 불러야 하는 조카딸에게 자신의 승진을 부탁하러 가는 황충구의 곤란한 처지를 극적으로 형상화한다.

---

12) 박용구, 「남희와 석균」, 위의 책, 141쪽.

길게 숨을 몰아쉬며 고개를 쳐드니 높다란 담장으로 둘러쳐진 사장 신만우의 집이 보였다. 이층 유리창은 마치 거울 모양 햇빛을 되쏘고 있었다. 황충구에게는 그 유리창이 꼭 눈부신 경희의 눈동자같이만 느껴져서 멈칫하였다.

황충구는 다시 무더운 비탈길을 휘청휘청 걸어 올라가기 시작하였다. 경희가 있을 그 집에 이르르는 것이 자신의 승진을 의미하는 것으로 믿어지기도 하였으나 더위에 시달려서 그런지 그 문전까지의 거리가 아득하게 멀게만 생각되기도 하였다.[13]

서로 속고 속이는 인간들, 특히 성적 욕망과 야심에 사로잡힌 남성을 오히려 능가하는 여성 인물에 대한 작가의 집요한 관심은 어디에서 연유하는 것일까.[14] 「무더운 비탈길」은 그 실마리를 제공해 준다. 앞서 언급한 대로, 이 소설에서 황충구가 느끼는 열등감의 배후에는 납북되기 전만 해도 그야말로 자본주의 사회에서 눈부신 성공 가도를 달리던 친형이 있었다. "퇴물" 같은 옷을 물려 입고 부모의 기대로부터 상대적으로 소외되면서 시작된 열등감은 형이 "스스로의 힘"으로 회사를 차려 마침내 "큰 사업"과 "넓은 집"을 소유하게 되었을 때 정점에 달한다. "형수가 죽은 뒤로 형은 넓은 집을 딸 경희와 하인들에게 맡기고 여기저기에서 젊은 계집에게 살림을 시킨다는 소문이 들려왔었다. 집에는 들며나며 하는 판이니 으리으리한 장치가 하품을 할 정도였다. 거기에 비하여 황충구는 항상 쪼들리는 생활이었고 자기의 소유인 집 한 칸 가져 보지를 못하였었다. (중략) 황충구는 형에게 초라한 꼴을 보이기 싫어서 얼씬을 안 하였었다. 형은 또 아우를 아주 무능한 자라고 점을 찍었는지 자신의 방종한 생활에 바빴던지 황충구를 도와주거나 찾아오는 일은 없었다. 그리고 그것은 형이 가지

13) 위의 글, 81쪽.

14) 속고 속이는 인물 관계의 서사화라는 측면에서 보면 이 계열의 박용구 소설들은 일제강점기 염상섭의 장편소설들을 떠올리게 한다.

고 있는 지나친 우월감에서 나오는 멸시의 결과라고만 믿어졌었다."[15] 해방기의 혼란 속에서 아마도 모리배 같은 방식으로 부를 얻었을 형은 바로 그런 점에서 동생의 욕망과 능력을 압도하는 인물이라 할 만하다. 한쪽이 자본주의의 적자(適者)라면 다른 한쪽은 도태(淘汰)에 가깝다. 그러니까 황충구의 열등감은 모든 것을 가진 형 때문에 동생이 느끼게 되는 상대적 열패감에서 그치지 않는다. 그의 열등감의 배후에는 다른 무엇보다 자본주의적 욕망이 도사리고 있다. 이미 형이 납치되어 실종된 이후에도 열등감이 조카딸에게 대물림한다는 설정은 그처럼 뒤틀린 인간관계가 앞으로도 계속 반복될 것임을 일러 준다. 이런 심리적, 사회적 격차가 우열의 감정을 자아낼 뿐 아니라 더 나아가 진본과 모조 관계로 심화되는 양상을 극화한 단편 「숙(淑)과 란(蘭)」에서 작가는 앞서의 형제를 자매로, 그것도 일란성쌍둥이 자매로 바꾸어 놓아 주목된다.

「숙과 란」의 동생 란 역시 언니에 대한 열등감으로부터 자유롭지 못한 인물이다. 그녀는 자신의 얼굴과 똑같이 생겼지만, 모든 면에서 월등한 언니 숙으로 인해 질투심을 넘어 일종의 정신착란에 이른다. 이 소설에서 인상적인 대목은, 언니와 자신처럼 쌍둥이로 태어난 이들은 모두 "기형아"나 "병신"이라는 점을 확인하고 싶어 의학 서적까지 빌려 읽던 란의 집착이 다음과 같은 결론에 도달하는 부분이다.

란은 순간 이런 생각이 들었다.

란과 꼭 같은 모습을 가진 존재는 란과 숙이 둘이 있는 것이 아니고 하나만이 있는 것이 아닐까? 그리고 그런 존재는 지금 막 어정어정 걸어 나갔고 여기에 앉아 있는 것은 무슨 착오로써 영혼의 일부가 남아 있는 것이나 아닐까?

'아니다. 나는 나다.'

---

15) 위의 글, 74쪽.

란은 이렇게 부르짖어 본다.[16)]

'나는 나다'라는 란의 부르짖음이 공허하게 들리는 것은 소설 결말에서 그 말이 되풀이되는 가운데 그녀가 잠자는 언니의 목을 눌러 버리기 때문이다. 그녀는 다시 반복한다. "'나는 나다.' 무슨 자기가 위대하대서가 아님은 물론이다. 나는 나대로 존재한다. 그리고 나만이 가지고 있는 특성……." 아주 사소한 습관까지 거론하며 언니와의 차이를 강조하지만 결국 거울에 비친 자신의 모습을 가리켜 "허상(虛像)이나 그림자"라고 자조하고 만다. 다시 말해 숙과 란 두 쌍둥이 중 하나는 진짜가 아닌 가짜라는 것, 그리고 가짜는 자신이 아니라 언니가 되어야 한다는 강박으로 인해 그녀는 정신착란 속에서 자신의 얼굴을 쥐어뜯기 시작한다.

> 아무튼 같다는 것, 같다는 것, 같다는 것, 같다는 것, 그것이 싫어서 자기 얼굴을 마구 쥐어뜯으려 들었다. 눈이 빠져도 좋고 코가 터져도 좋았다. 함부로 쥐어뜯어야만 했다.
>
> 그러나 란은 자기의 얼굴을 쥐어뜯는다는 것이, 실은 자기의 얼굴이 아니라 숙의 목을 누르고 있었다. 부들부들 떨면서 숙의 목을 눌렀다.[17)]

그녀가 무의식중에 언니의 목을 누르게 된 것은 둘 중 하나가 진짜 영혼이 아니라면 가짜는 자신일지도 모른다는 두려움에서 기인한다. 그러고 보면 가짜, 모조품, 그림자, 허상은 박용구 소설에 등장하는 불우한 인물들의 삶을 표현하기에 적합한 은유들이다. 형의 저택을 차지하지만 그 순간 바로 형의 그림자로 살아야 하는 자기모순에 직면한 「무너진 비탈길」의 황충구, 어머니를 대신해 재력가의 내연녀를 자처하는 「빵집 마농」의 영아가 각각 보여 주는 치열한 몸부림은 한마디로 누군가의 모조품으로

---

16) 박용구, 「숙과 란」, 위의 책, 24쪽.
17) 위의 글, 26쪽.

전락하지 않으려는 안간힘과 무관하지 않아 보인다. 다른 한편, 「남희와 석균」에서 남희가 팜 파탈의 삶을 자처한 이유 역시 석균과 같은 유부남들에게 농락당할 경우 불가피한 삶의 방식 — 본처 아닌 첩의 삶, 다시 말해 진짜 아닌 모조품의 삶 — 을 근본적으로 거부하는 데에서 연유할 것이다.

4 사이비의 세계: 『계룡산』을 중심으로

그렇게 보면, 박용구의 첫 장편소설 『회색(灰色)의 단층(斷層)』(1962)이 왜 처첩 갈등을 초점화했는지 이해할 여지가 마련된다. 이 소설은 을유문화사가 기획한 『한국 신작 문학 전집(韓國新作文學全集)』(전 10권) 중 두 번째 단행본으로 출간되었다.[18] 소설 목차는 별도의 소제목이 아니라 1928년 7월 6일에서 시작해 7월 10일까지 날짜로 명기되어 있어서 편년체 형식을 지닌다. 1928년 7월 6일은 순종의 부태묘의(祔太廟儀)가 이루어진 날로 주인공 홍성규가 그 의례를 지켜보기 위해 종로를 향해 가는 장면에서 소설은 시작된다. 그러면서 홍성규는 2년 전 순종의 장례식 때 일어난 6·10만세운동을 떠올리고는 오늘도 일경과 맞서게 될지 모른다는 생각에 긴장하고 또 내심 그럴 수 있기를 바란다. "이미 남의 나라의 식민지가 된 마당에 있어서 마지막 임금의 마지막 의식이 장엄하다는 것은 그만큼 슬픔을 가중시키는 것 이외에 무엇이랴. 독립만세라도 부르고 맨주먹으로 일본인들의 총칼과 맞서 보기라도 하여야 속이 후련할 것 같았다."[19] 하지만 "만세 소리 하나 일어나지 않고" 끝나자 홍성규는 망국의 "새로운 굴욕"을 느끼며 돌아선다. 그에 비해 부친 홍승언이 일본 유학을 마치고 총독부 법무과에 다니는 큰아들을 대견해하는 이유는 "구 한국은 이미 망하였고, 일본인의

18) 이 전집에 참여한 작가로는 손소희, 정한숙, 류주현, 강신재, 전광용, 오유권, 추식, 박경리, 권태웅 등이 있다. 박경리의 『김약국의 딸들』은 아홉 번째 단행본에 해당한다.

19) 박용구, 『회색의 단층』(을유문화사, 1962), 15쪽.

세상이 되었으니 총독부에 봉직한다는 것이 오늘날의 벼슬길"[20]이기 때문이다. 이들 부자가 느끼는 감격이 서로 정반대라 해도 순종의 부태묘의가 망국의 뚜렷한 상징이라는 점에서는 동일한 셈이다. 그러므로 망국민으로 어떻게 살아갈 것인가의 문제는 홍성규에게 부과된 긴급한 서사적 과제가 아닐 수 없다.

따라서 『회색의 단층』이라는 제목은 역사적 단절을 상징한다. 1928년 순종의 부태묘의를 계기로 누군가는 식민 지배를 자명한 현실로 받아들이는 데에 반해, 또 다른 누군가의 망국 의식은 더욱 강렬해지는 것이다. 그런 맥락에서 이 소설은 홍성규가 부조리한 식민지 조선 사회로부터 점차 심리적, 사회적으로 단절되는 과정을 보여 준다. 즉, 부태묘의 참관 후 불과 5일 만에 그는 과감히 망명을 결심하고 조국을 떠난다. 처음에는 형의 노골적인 출세욕을 야유하는 방식으로,(홍성규는 형에게 6·10만세운동 때 무엇을 했느냐고 묻는다.) 그리고 나중에는 정신적 지주였던 최병훈의 이념을 비판하는 방식으로(비판의 근거는 사회주의가 민족주의를 부정한다는 점에 있으며, 최병훈이 검거되자 홍성규는 일제 치하가 아니더라도 불가피한 조치라는 투로 말한다.) 기성세대는 물론 청년세대와도 결별한다.

그런데 서사상의 비중을 놓고 보면 최병훈과의 이념 대결보다 홍창규를 둘러싼 처첩 갈등이 더 압도적이다. 본처 송순이는 남편이 딴살림을 차리고 또 소문과 달리 재력을 갖춘 집안도 아닌 탓에 내쫓긴다. 다른 한편, 첩 봉선은 자신이 낳은 아이를 본처 호적에 올려야 할 위기에 내몰린다. 이런 종류의 사연이란 아주 흔한 것임에도 작가가 서사의 한 축으로 처첩 갈등을 설정한 이유는 무엇일까. 만일 1950년대 박용구 소설에 특유한 전후 여성상으로서의 팜 파탈과 그 서사적 쟁점, 곧 누군가의 모조품으로 전락할 수밖에 없는 부조리한 삶의 조건을 상기한다면, 첫 장편소설 『회색의 단층』은 그러한 인물 형상화 방식이 역사소설로 재투사되는 계기

---

20) 위의 책, 29쪽.

로서 유의미하며 『계룡산』(1964)은 그 극단적 사례에 해당한다.

『계룡산』은 계룡산 무지개봉 남쪽에 위치한 마을 학선리를 배경으로 상상교(上上敎)라는 사이비 종교 집단의 흥망성쇠를 다룬 역사소설이다.[21] 1대 교주인 강필운이 죽자 그 후계자를 자처한 사황서는 교세를 전국으로 확장하는 가운데 협잡과 사기, 겁탈과 폭력 그리고 마침내 살인마저 서슴지 않는다. 그는 강필운의 존재를 격하시키는 대신 천자로 군림하면서 팔선녀라는 미명 아래 수많은 여성을 능욕하고 혹세무민으로 상당한 치세를 누리게 되는데, 그 과정에서 방해가 되거나 배신하는 이들을 무참히 살해한다. 상상교에 맞서 무교교(憮憍敎)를 정통이라 내세운 김봉칠이 상상교의 농간에 빠져 화병으로 죽은 데에 비해, 사황서의 누이이자 무극천교(無極天敎) 교주인 나선은 자신의 오라비가 보낸 자객에 의해 살해된 후 시간(屍姦)을 당하고 나무에 매달린 채 발견된다. 또 그녀와 함께 상상교에 대적한 김정근, 임상신 같은 이들도 결국 교주의 계략으로 제거된다. 그때마다 사황서는 일본 경찰, 헌병대, 검찰을 각각 매수하여 범죄 행각을 덮어 버렸으나, 만주사변을 지나 중일전쟁으로 치닫는 총동원 체제에서는 풍속을 교란한다는 이유로 조선총독부의 명령에 따라 하루아침에 교세를 잃고 자멸한다.

이 사이비 종교 집단의 30년사를 바라보는 서술자의 시선은 풍자적이다. 천자라 불리며 숭앙받는 사황서지만, 그 외모는 "이마가 좁고 광대뼈가 툭 불그러져 나왔으며 턱이 뾰족"하고 "코밑과 턱에 난 수염은 부수수하여 하릴없이 배추꼬리같이 생긴 모습"에 불과해서 한마디로 "식혜 먹은 고양이상"이라 묘사된다.(3권, 21쪽) 훗날 세력을 잃고 낙심한 나머지 이러저런 망상에 빠져든 교주에 대한 서술자의 논평도 흥미롭다.

21) 박용구, 『계룡산』 1~4권(수도문화사, 1964). 이하 이 책에서의 인용은 쪽수만 밝힌다. 참고로 『정감록』을 모티프로 한 소설에는 유현종의 『사설 정감록계』이 있다. 이에 관해서는 조성면, 「풍수지리와 한국의 대중소설」, 《민족문학사연구》 48, 민족문학사연구소, 2012 참조.

무극신주를 외는 소리는 하늘 높이 메아리쳐 흩어졌다. 꿇어 엎드린 경찰관들도 일제히 무극신주를 외었다.

"내가 너희를 다스리고 너희를 인도하는 것은 하늘과 땅이 시작되었을 그때부터 이미 정해져 있던 이치이니라. 감히 내 뜻을 따르지 않고 불손한 행동이 있을 때에는 천벌이 내릴 것이니 특히 명심하도록 하여라."

교주는 몸이 허공에 둥둥 떠오르는 것 같음을 느꼈고, 눈앞이 자욱하게 오색구름이 이는 것만 같았다.

교주는 침을 게게 흘린 입을 헤벌리고 웃다가 잠을 깨었다.(4권, 383쪽)

일본인들이 자신을 찾아와 사죄하는 꿈에 한바탕 도취된 나머지 침을 흘리며 웃는 우스꽝스러운 모습은, 그가 무려 30년간 신도들에게 가한 잔혹한 행동들과 극명한 대조를 이룬다. 이러한 풍자적 시선은 단순히 교주의 외양 묘사에 그치지 않고, 그가 전성기를 누리던 시절 교리를 설파하는 장면에서도 나타난다. 자신의 말을 글로 옮기는 필서관들 앞에서 교주는 문득 아이를 출산한 후 유난히 살갗이 튼 어느 첩의 "검은 배"와 "희멀건 그 궁둥이"를 떠올리며 자신도 모르게 "전흑후백이라!"(4권, 17쪽)라고 외치는데, 그 말을 두고 여러 필서관이 장황한 해석을 갖다 붙여 마침내 『상상비록』을 펴내게 되는 과정은 이 사이비 종교 집단에 대한 통렬한 풍자의 한 대목이다. 다른 한편, 임상신을 제거하기 위해 모의하는 사황서와 그의 심복 유명식을 가리켜 서술자는 "살인 교사자나 하수인이나 손발이 척척 맞는"(3권, 307쪽)다고 힐난하기도 한다. 그들이 범죄를 정당화하고자 후천개벽이나 천벌 같은 종교적 수사를 빌려 대화하는 장면이 한동안 이어진 끝에 나온 논평이기에 인상적이다. 게다가 나선의 교세가 날로 확장되자 사황서가 못마땅하게 여기며 하는 말, 즉 "제가 뭣을 안다고 야단인고? 터무니없는 말에 속아 모여드는 무리들이 있다니 참으로 몽매한 노릇이로다!"(3권, 18쪽)라며 한탄하는데 이는 물론 교주 자신에게 고스란히 되돌아올 말이 아닐 수 없다. 그래서 서술자는 곧바로 "스스로가 '상상교'

를 만들어 몽매한 무리를 모아 놓고 터무니없는 짓을 하는 것은 덮어 놓고" 상대를 비난한다며 조소해 버린다.

그런데 소설 후반부에 이르러 처참하게 죽는 나선은, 앞서 박용구의 전후소설과 관련해 주목한 팜 파탈의 전형적인 인물이라 할 만하다. 그녀는 본래 1대 교주의 애첩으로 자신의 욕망을 위해서라면 어떤 남성이든 쥐락펴락하는 데에 능하며 또한 강필운을 복상사에 이르게 할 만큼 치명적인 여성이기도 하다. 하지만 『계룡산』에서 나선이라는 팜 파탈의 서사적 역량은 전후소설에 미치지 못한다. 그녀는 자신의 오라비인 사황서와 그 상상교 세력에 대해 단순히 경쟁 상대로 부각될 뿐이지 그 이상의 의미를 갖기 힘들며, 한때나마 상상교에 대적할 정도로 권세를 누리지만 신도들과 더불어 난교를 일삼는 요부에 불과하기 때문이다. 즉, 그녀는 심야 기도를 핑계로 어두운 방 안에 한 무리의 남녀를 집어넣고 "혼음(混淫)"(3권, 5쪽)을 즐기는 무녀로 등장할 뿐이다. 이는 전후소설에서 팜 파탈 계열의 여성들이 남성 중심의 부도덕한 사회에 대해 보여 준 비판적 목소리가 거의 완전히 소거되었음을 뜻한다. 다시 말해, 나선이 팜 파탈의 전형임은 분명하지만 그녀의 선택이나 비극적 죽음이 구한말부터 1930년대에 이르는 식민지 조선 사회의 격변 속에서 어떤 심중한 문제 제기를 지니기는 어렵다. 오히려 그것은 한 개인의 그릇된 욕정과 무분별한 처세가 불러온 참화에 지나지 않는다.

그러고 보면 박용구 소설 전반에 등장하는 팜 파탈, 곧 남성을 압도하는 여성 인물에 관해서는 일정한 유형화가 불가피해 보인다. 이를테면, 주변의 남성들을 욕망 실현의 도구로 만드는 데에 능란한 『계룡산』의 나선, 백전백승의 고구려 장수를 한순간에 압도해 버린 「패장 안미」의 신라 여성, 그리고 자신을 능욕하는 남성들의 세계에서 스스로 파멸을 선택하는 「안개는 아직도」의 경애는 각각 다른 유형의 팜 파탈로 이해 가능하다. 먼저 경애 같은 여성이 더 나은 삶도 다른 누군가와의 사랑도 더 이상 기대하지 않은 채 자신을 사회의 밑바닥으로 밀어 넣는다는 점에서 자기 파괴적이라면, 그에 비해 신라 여성은 바로 눈앞의 위협에도 결코 굴하지 않는 점에서 자기 초월적이고 나선은 다분히 자기 쾌락적이다. 박용구 소설에서 세 유형의 여성 인물이 얼마나 자주 등장하고 또 어떤 비중을 차지하는가에 대해서는 정확히 답변하기 어렵지만, 그중 자기 파괴적 여성이 가장 유의미한 유형이라고 말할 수는 있다. 예컨대 「패장 안미」에 등장하는 묘령의 신라 여성만 하더라도 그 자체로는 이채로운 데가 있으나, 이 단편소설은 한국전쟁의 알레고리로 독해될 가능성이 농후하기에 결국 반공 서사의 맥락에서 그 위상이 하향 조정될 수밖에 없다.[22] 이 신라 여성의 형상화는 자기 초월적인 만큼이나 이데올로기적이다. 그렇게 볼 때 팜 파탈의 여성은 박용구의 전후소설과 역사소설에 두루 편만하지만 그 독보적인 성과는 아무래도 전후 단편들에서 찾는 편이 온당할 것이다.

다른 한편, 『계룡산』은 『회색의 단층』의 선례를 좇아 역사 기록의 외관을 차용하고 있다. 상상교를 중심으로 사건을 전개하되, 아래의 경우처럼 그해에 일어난 역사적 사건을 먼저 약술하는 방식을 취한다.

> 1926년은 비단 '순종의 승하'와 '육십만세 사건'이 있을 뿐만이 아니라 복잡한 속에서 저물었다.
>
> 즉 시월 초하루에 조선총독부(朝鮮總督府)의 새로운 청사의 준공식이 있었다. 일본이 이 나라를 통치, 착취하는 총본산인 총독부의 새 청사는 실로 십 년 가까운 세월과 총 공사비 육백칠십육만 원을 들였다. 당시의 쌀 한 석(石)의 시가가 이십육 원 정도였으니 얼마나 거대한 비용을 들였느냐는 것을 짐작할 수 있다.
>
> 또한 십이월에는 '경성방송국(京城放送局)'이 설립되었다. 이 무렵 서울의 인구는 삼십만이었다.
>
> 십이월 이십팔일에는 서울의 한복판에서 폭음과 총성이 요란한 사건이

22) 일제강점기부터 해방 이후까지 군국주의에 나타난 신라 표상에 관한 고찰로는 황종연 편저, 『신라의 발견』(동국대 출판부, 2008) 참조.

발생하였다. 즉 나석주(羅錫疇) 의사가 일제(日帝)의 착취 기관 중의 하나인 조선식산은행(朝鮮殖産銀行)에 뛰어들어 폭탄을 던졌다.

이어 착취 기관 중에서 아성(牙城)이라고 할 수 있는 동양척식회사(東洋拓殖會社)에 뛰어들어 폭탄을 던지고 권총을 발사하여 몇몇을 쓰러뜨렸다. 급보에 달려온 일본 경찰대와 노상에서 총격전을 벌이다가 힘이 지치자 스스로 자살하여 쓰러졌다.

쓰러진 일곱 명 중에는 과장(科長), 경부(警部) 따위가 있기는 하였으나, 좀 더 고위층이 끼어 있지 않았던 것이 섭섭하기는 하기는 하였으나, 나석주 의사의 의거는 실로 통쾌하고 이 나라의 얼이 살아 있음을 보여 준 사건이었다.

1927년으로 들어서서 사월에 조선총독 '사이토오(齋藤)'가 갈려 가고 '우가키(宇垣一成)가 새로 부임되어 왔다. 하나 이자는 일 년도 못 되어 다시 갈려 가고 '야마나시(山梨半造)'라는 자가 부임되어 왔다.

하나 이러한 모든 사건들도 학선리에는 아무런 영향도 끼치지 않았고, 또 무지 속에서 모르고 지나갔다.(3권, 214~215쪽)

편년체를 따르듯 1905년부터 1938년까지 적지 않은 분량의 역사 기술이 매년 삽입된다. 그럼에도 이러한 역사적 사건들이 소설의 중심 배경인 학선리와 상상교에는 어떤 영향도 미치지 못한다는 논평 역시 반복적으로 강조된다. 역사적 사건의 개관은 『계룡산』이 역사소설로서 기능하기 위한 최소한의 요건을 충족시키지만 동시에 '모든 사건들은 학선리에 아무런 영향을 끼치지 않았다.' 같은 진술이야말로 『계룡산』의 무대가 실은 역사적 진공 상태와 다를 바 없음을 반증해 준다. 물론 상상교의 교주와 신도들이 부산이나 서울로 진출하고 또 반대로 대전의 경찰이나 검사가 학선리에 출현하기도 하지만, 그 모든 일련의 사건들은 위의 유사-편년체 역사 기술이 보여 주는 만큼의 당대성을 반영하지 못한다. 다시 말해 『계룡산』은 역사소설이라는 타이틀이 무색할 정도로 철저하게 사이비 종교 집단 내부에 역사적 시선이 고정되어 있는 것이다.

그렇다면 『계룡산』은 역사소설로서 함량 미달인 텍스트인가. 비록 당대 사회의 재현, 여성 인물의 형상화라는 측면에서 『계룡산』이 한계를 드러냈다고 해도 작가의 세계관, 즉 부조리한 삶의 조건을 가짜, 모조품, 그림자, 허상이라 명명하는 특유의 방식은 이 역사소설에서 다른 무엇보다 사이비 종교 집단을 통해 매우 극단적인 형태로 구현되어 있기에 주목된다. 타인의 욕망에 휘둘려 누군가의 모조품으로 전락하지 않으려는 여성의 고투가 그 자체로 전후 한국 사회의 타락상을 증언하는 것과 마찬가지로, 사이비 종교 집단의 흥망성쇠는 구한말 조선왕조에 대한 알레고리로 재독될 가능성이 없지 않다. 이를 위해, 우선 30년간 절대 교주로서 군림한 사황서가 그 권력의 정점에서 보여 준 행동들 중 하나에 주목할 필요가 있다.

> 교주는 이한학에게서 붓을 받아 들어 끝에다 아무렇게나 한 자를 갈려 썼으니 '임금 제(帝)' 자였다.
>
> 이것은 바로 '옥황상제(玉皇上帝)'라는 뜻을 비추기 위하여 '제' 자를 한 자 손수 쓴 것이었다.
>
> 이것이 바로 '교첩'이라는 것이었다.
>
> '교첩'이라는 것은 실로 엉뚱하고 무엄한 짓이었다.
>
> '가르칠 교(敎)'란 예로부터 왕명(王命)을 일컫는 말이었다. 더구나 '옥황상제'의 뜻이라고는 하지만 '임금 제(帝)' 자를 마구 쓰다니 지난날 같으면 역적으로 몰리기 꼭 알맞은 짓이었다.(3권, 103쪽)

신도들에게 주기 위해 만든 교첩의 서명 부분에서 사황서는 스스로를 임금이라 칭하고 있다. 그 과정에서 묘사된 교주의 "반짝이는 눈"이나 "웃음"은 이러한 행동들이 모두 의도된 것임을 일러 준다. 이에 대해 서술자는 '엉뚱하고 무엄한 짓'이라 논평하면서 예전 같으면 '역적'과 다를 바 없다고 덧붙인다. "임금 아닌 임금"(3권, 376쪽)이라 할 만한 사황서의 행보는 몰락한 직후까지 이어져서 다시금 서술자는 그를 가리켜 "임금 행세"(4권, 36쪽)를 한다고 비난한다. 그런데 서술자의 반복적인 논평은 오히려 사이비 종교 집단과 조선왕조 사이의 유비 관계 속에서 이 소설을 재독하도록 만든다. 상상교 교주가 임금 행세를 하는 것과 비슷한 시점에서 무극천교 교주인 나선 역시 왕비가 된 자신을 상상하는 대목이 있어 흥미롭다. "나선은 너무나 아득한 꿈에 잠겨 가기만 하였다. 나선의 머리 속엔 온통 '임금님'이라는 것과 '대궐'이라는 것이 가득 차 있었다. 이날 밤에 나선은 잠든 것도 아니고 깨 있는 것도 아닌 아지랭이 같으면서도 아득하기만 한 꿈을 꾸었다. 높은 기둥은 온통 금으로 되어 있었고, 난간에는 진주와 구슬이 박혀 있었다. (중략) 나선이 한발 한발 걸어 들어가니 번쩍이는 금관을 쓰고 비단 도포를 입은 달같이 아름답게 생긴 사나이가 서 있었다."(3권, 167~168쪽) 꿈에서 깨어난 직후 나선은 왕비가 되지 못한 자기 처지를 못마땅하게 여긴 나머지 누구의 자식인지도 모를 배 속의 아이를 지워 버린다. 그 이전까지 나선이 왕비를 욕망하거나 언급한 적은 단 한 번도 없었다. 이를 지켜보던 측근 중 하나는 어이없다는 듯이 "임자가 중전마마가 됐단 말인가."(3권, 175쪽)라고 되묻는다.

그런데 이 일련의 행동들은 모두 순종의 국상 소식이 전해지면서 벌어진 일이다. 순종의 국상과 6·10만세운동은 『회색의 단층』에서 이미 중요한 서사적 소재로 다루어진 바 있다. 그러니까 나선이 왕비를 꿈꾸는 대목은 작가의 역사관이 각별하게 투영된 부분이기에 우선 주목될 뿐 아니라, 『계룡산』이 역사소설로서 지닌 의의를 사실상 유일하게 확인할 수 있는 지점이기도 하다. 왕과 왕비를 꿈꾸는 두 교주 남매의 엉뚱한 행동들은, 우선 만족을 모른 채 끝없이 지속되는 그들의 세속적 욕망을 보여 주는 일화일 테지만, 흥미롭게도 이로써 일본에 의해 한순간 몰락한 사이비 종교 집단과 조선왕조를 오버랩시켜 놓는 일을 가능하도록 만든다. 그런 맥락에서 보면 『계룡산』은 마지막 조선 왕의 국상을 소재로 삼은 역사소설의 사이비 버전이라 할 만하다.

앞서 살펴본 대로 박용구 소설에서 사이비의 세계 — 가짜, 모조품, 그림자, 허상 — 는 그 원본과의 선명한 대비를 통해 상징적 해석을 얻는다. 사황서가 가짜라면 원본이 누구인지는 비교적 자명하다. 따라서 사이비 교주가 절대권력을 휘두르며 보여 준 가렴주구와 부정부패는 구한말 조선 왕조의 실정(失政)에 대한 통렬한 풍자로 읽을 여지가 없지 않다. 작가가 사이비 종교 집단의 흥망성쇠를 1905년부터 1930년대 후반까지로 설정한 이유도, 또 상상교의 몰락에 다른 무엇도 아닌 식민 권력이 가장 결정적인 힘을 발휘하도록 한 이유도 이와 무관하지 않을 것이다. 적어도 수난당하는 민중의 시선에서 볼 때 과연 그 둘 사이에 근본적인 차이가 있는가 하는 질문은 『계룡산』이 암묵적으로 던지는 화두라고 해도 무방해 보인다. 다른 한편, 『회색의 단층』의 주인공은 순종의 부태묘의 행렬을 바라보며 6·10만세운동이 다시 일어나지 않는 현재 상황을 개탄했는데, 『계룡산』 속의 숱한 인물들 중 어느 누구도 망국의 설움을 토로하거나 독립을 꿈꾸지 않는다. 독립의 염원이 소진되고 세속적 욕망만이 남은 식민지 일상에 대한 묘사의 강도는 후자에 이르러 더욱 극단으로 치닫는 듯하다. 『계룡산』에서 매년 기록되는 역사적 사건들은 그저 파노라마처럼 지나가고, 시대적 맥락은 거의 완전히 소거된 상태로 이야기가 전개될 뿐이다.

만일 우리가 『계룡산』을 역사소설로서 다시 읽어야 한다면, 그것은 다른 무엇보다 전후소설과 역사소설 간의 상호 텍스트성을 전제로 작가가 애초에 제기한 문제의식과 인물 형상화 방식이 어떤 궤적과 진폭을 보여 주는지를 재확인하는 일이 된다. 요컨대, 『계룡산』은 동일한 역사적 사건을 공유한 『회색의 단층』과의 연관 속에서, 또 그와 동시에 특정한 계열의 여성 인물이 공유된 전후소설들과의 연관 속에서 그 의미가 재조정되어야 할 텍스트이다.

5 결론: 전후소설을 다시 읽기 위하여

박용구의 전후 소설에 재현된 팜 파탈은 이 시기 한국 사회에 등장한 새로운 유형의 여성상인 '아프레걸'과 흡사해 보인다. 잘 알다시피, 아프레걸은 '전후(戰後)'를 뜻하는 프랑스어 '아프레 게르(apres guerre)'와 소녀라는 의미의 영어 '걸(girl)'이 합성된 신조어로서, 여러 남자들과의 연애와 정사를 개의치 않을 만큼 성적, 도덕적으로 타락한 채 사치와 향락을 일삼는 여성들을 가리킨다는 점에서 여성 혐오의 뉘앙스가 다분하다. 권보드래에 따르면, 그녀들의 성적 모험에 쾌락이라는 동기가 배제되어 있고 또 비록 통속화되기는 했어도 실존주의의 자유를 욕망한다는 점에서 아프레걸은 "차디찬 육체"[23]의 소유자이다. 「안개는 아직도」나 「빵집 마농」, 「남희와 석균」에 등장하는 팜 파탈 유형의 여성들에게도 이 '차디찬 육체'라는 표현은 유효하다. 그녀들 역시 남성에게 사랑이나 쾌락을 기대하지 않는, 오히려 그에 대해 무관심하고 냉정한 태도로 일관하는 인물들이다.

그렇다고 해서 이들이 쇠락한 삶을 빌미로 성적, 도덕적 타락에 빠져드는 것은 아니다. 이를테면 「안개는 아직도」의 경우, 나락으로 떨어진 현재의 비참한 삶과 그녀가 꿈꾸었던 풍요로운 삶 사이의 낙차란, 한때 그녀를 사랑했던 남자가 있는 부산과의 물리적 거리만큼이나 요원한 것으로 드러난다. 좁혀지기는커녕 더 멀어지는 이상과 현실 간의 격차에 대해, 겉으로 보면 이미 체념한 듯하지만 그 내면을 들여다보면 꼭 그렇지만도 않을 만큼 복잡한 심리의 그녀는, 동시대 아프레걸의 형상과 일면 닮아 있으면서도 또 어딘가 다른 면이 있다. 그 차이는 이들 여성의 삶의 파탄을 바라보는 서술자의 시선에서 찾을 수 있다. 흥미롭게도 박용구 소설에서 비판과 풍자의 대상은 대개 여성보다 남성을 향한다. 「무더운 비탈길」에

23) 권보드래, 「실존, 자유주의, 프래그머티즘: 1950년대의 두 가지 '자유' 개념과 문화」, 『아프레걸 사상계를 읽다』(동국대 출판부, 2009), 77~83쪽 참조. 손소희의 『태양의 계곡』에서 아프레걸은 "분방하고 일체의 도덕적인 관념에 구애되지 않고 구속받기를 잊어버린 여성들"(79쪽에서 재인용)로 규정된다.

서 전경화된 것은 조카딸 경희가 아니라 자본주의 욕망에 휘둘린 나머지 어떻게 처신할지 몰라 전전긍긍하다 결국 자신이 놓은 덫에 걸려 자멸하는 황충구이며, 「다리」에서는 자기 무력감과 열패감을 오로지 아내의 다리에 투영해 변태적으로 집착하는 남편의 모습이 전경화된다.[24) 「빵집 마농」의 장경만이나 이명수, 「남희와 석균」의 석균, 그리고 「안개는 아직도」의 문식 같은 비루한 남성들 역시 예외일 수 없다. 이들이 혼인을 빙자해 겁탈하고 금품을 탈취하며 농락하는 데에 비해, 오히려 여성들은 묵묵히 생계를 이어 가거나 또는 부조리한 관계를 끊고 과감히 길을 나선다. 팜파탈로의 변신은 그녀들이 자신의 욕망이 이끄는 대로 살아온 결과가 아니라 어떤 식으로든 전후 한국 사회에서 살아남기 위한 생존 전략의 일부라고 봐야 한다. 그러므로 이들 아프레걸 혹은 팜 파탈의 여성들을 지켜보는 서술자의 시선은 동시대의 다른 소설들과 달리 도덕주의에 경도되어 있지 않다.

하지만 팜 파탈의 여성들을 내세우면서도 균형 감각을 보여 준 에로티시즘은 『계룡산』의 경우 수위 높은 성애 묘사에 비례할 만한 역사 재현의 성과로 이어지지는 못했다. 사이비 교주의 성적 편력에 대한 묘사는 전체 분량 중 상당 부분을 차지하지만 그것이 당대 여성들의 삶에 대해, 그녀들이 속한 시대의 부조리에 대해 중요한 무언가를 증언했다고 말하기는 곤란하다. 박용구 소설의 에로티시즘이 진가를 발휘하는 쪽은 전후소설이라고 보는 편이 온당할 것이다. 한 여성의 불우한 삶의 내력이 시간의 순서에 얽매이지 않고 마치 몽타주처럼 재현된 단편 「안개는 아직도」에는 매춘 장면이 묘사되어 있다. 그 묘사는, 서사 전개와 겉도는 법 없이, 전쟁의 혼란 속에서 한순간 전락한 여성의 비참과 이들을 함부로 유린하는 남성의 비열함을 극적으로 증언해 준다. 그런 이유에서 「안개는 아직도」

---

24) 이외에도 평소 교양 있는 사람으로 손꼽히던 초로의 남성이 동네 청년과 어울리던 끝에 매음을 마다하지 않는 추악함을 드러낸다는 「점잖은 신 선생」(1956)은 대표적인 사례이다.

를 비롯해 다수의 단편에서 박용구가 보여 준 팜 파탈의 풍속사는 전후문학의 또 다른 좌표라 할 만하다. 잊힌 작가, 박용구 소설에 대한 문학사적 평가는 다른 무엇보다 그가 남긴 전후소설들에서 시작될 필요가 있다.

참고 문헌

기본 자료

박용구, 『안개는 아직도』, 수도문화사, 1953

박용구, 『회색의 단층』, 을유문화사, 1962

박용구, 『계룡산』 1~4, 수도문화사, 1964

박용구, 『역사소설 입문』, 을유문화사, 1969

곽하신 외, 『신한국문학 전집』 21, 어문각, 1973

박용구 외, 『정통 문학 대계』 31, 어문각, 1988

논문 및 단행본

권보드래, 「실존, 자유주의, 프래그머티즘: 1950년대의 두 가지 '자유' 개념과 문화」, 『아프레걸 사상계를 읽다』, 동국대 출판부, 2009

임유경, 『불온의 시대』, 소명출판, 2017

유승환, 「한국 현대문학 연구의 하위 주체론」, 《한국현대문학연구》 66, 한국현대문학회, 2022

조성면, 「풍수지리와 한국의 대중소설」, 《민족문학사연구》 48, 민족문학사연구소, 2012

황종연 편저, 『신라의 발견』, 동국대 출판부, 2008

제1주제에 관한 토론문

유승환 | 서울시립대 교수

박용구는 산출한 작품량에 비해 그동안 거의 논의되지 않은 작가입니다. 단정하긴 어렵습니다만, 아마도 그 이유는 박용구가 보통 역사소설 작가로 알려져 왔다는 점, 정확히 말해 1923년생으로 일제강점기 말 학병 경험을 가지고 있는 그가 1950년대 이른바 '전후문학' 세대에 속하는 역사소설가였다는 점 때문일 것이라고 생각합니다. 잘 알려져 있듯이, 한국 근대문학 전통에서 역사소설은 대중적이고 통속적인 읽을거리 정도로 치부되면서 오랜 기간 문학비평과 연구에서 소외되어 왔습니다. 적어도 박경리의 『토지』, 황석영의 『장길산』을 시작으로 김주영의 『객주』, 최명희의 『혼불』 등 조선 후기부터 일제강점기까지 민족사의 격변을 어마어마한 분량으로 장대하게 그려 낸 소위 '대하소설'이 주목받기 시작한 1970년대 이전까지는 확실히 그랬다고 이야기할 수 있을 것 같습니다.

1970년대 이후의 '대하' 역사소설이 주목받을 수 있었던 것은 — 「장길산」이 잘 보여 주듯이 — 이 시기의 역사소설이 당대 역사학계가 산출했던 '내재적 발전론'을 중심으로 한 새로운 사관(史觀)을 구체화함으로써, 1940년대에 태어난 문인들을 중심으로 당대 새롭게 구성되기 시작했던 '민족문학' 개념의 한가운데 자리 잡을 수 있었기 때문이었다는 점은 잘 알려져 있습니다. 상대적으로 덜 알려진 것은 1970년대 이전에도 한국의 전후 작가들이 꾸준히 역사소설을 창작해 왔으며, 1970년대의 역사소설들은 이러한 선배 작가들의 역사소설에 대한 참조와 비판 속에서 탄생했다는 점입니다. 이와 관련하여 김성한, 유주현, 서기원, 선우휘, 손창섭, 송병수 등 1950년대 '전후문학' 세대의 대표적 작가들 중 상당수가 역사소설의 세계로 이행해 나갔다는 점은 매우 중요하다고 생각합니다. 이들이 남긴 역사소설은 지금의 시점에서는 거의 논의되지 않지만, 그럼에도 한 세대가 가졌던 공동의 기획이라고 볼 수 있는 가능성이 존재하기 때문입니다. 물론 김성한의 역사소설에 대한 백낙청의 혹독한 비판(「소설 「이성계」에 대하여」, 1967)에서 볼 수 있듯이, 이들의 역사소설은 1960년대 말 이후 대체로 극복의 대상으로만 상정되었다는 점에서 철저히 잊힌 기획이기도 합니다. 그 잊힌 기획을 복원하는 것은 중요한 일이겠지만, 『장길산』과 같은 작품을 낳는 데 공헌했던 이러한 비판을 넘어, 전후세대의 역사소설과 그 기획을 다시 살피기 위한 분명한 좌표를 우리는 여전히 가지고 있지 않다고 느낍니다. '전후세대'의 가장 대표적인 역사소설가라고 할 수 있는 박용구의 문학이 철저하게 잊힌 것은 결국 이러한 사정 때문이 아닌가 짐작합니다.

이러한 점에서 이철호 선생님의 「박용구, 전후문학의 또 다른 좌표 — 팜 파탈의 풍속사」를 흥미롭게 읽었습니다. 박용구 문학을 전후문학의 또 다른 '좌표'로 설정함으로써, 박용구 문학을 재검토할 수 있는 새로운 '좌표'를 시사하고 있기 때문입니다. 이철호 선생님의 글은 박용구가 '역사소설가'라는 선입견에 일정한 거리를 두고, 1950년대 박용구의 단편들을 재검토함으로써 박용구 초기 소설의 지향을 '탈식민'/'전후'/'역사'라는 세 가지 계열로 나누면서, 특히 「안개는 아직도」로 시작되는 '전후소설' 계열의 작품들에서 나타나는 '팜 파탈'의 여성 인물형에 주목하고 있습니다. 이러한 선생님의 관점은 한편으로는 단순히 역사소설에 국한되지 않는 박용구 문학의 다채로움을 드러낸다고 할 수도 있겠지만, 다른 한편으로는 '전후소설'로서 박용구 소설이 가진 문제의식을 명확히 함으로써, 역사소설을 포함한 박용구의 문학 세계 전반을 다시 설명할 수 있는 좌표를 제시하고 있다는 점이 더 중요하다고 생각합니다. 이러한 점에서 이 글이 1950년대 박용구의 단편을 세 가지 계열로 나누면서도, 『회색의 단층』, 『계룡산』과 같은, 박용구의 대표작이라고 불리는 1960년대 역사소설의 의미를 1950년대 '역사소설' 계열이 아닌, '전후소설' 계열과의 연속성을 중심으로 해명하려는 시도를 하고 있다는 점은 무척 흥미롭다고 생각합니다. 다만 이러한 시도가 박용구 문학에 대한 보다 전면적인 재평가로 이어지기 위해서는 한편으로는 '전후소설'로서 박용구 문학이 가진 문제의식이 보다 풍부하게 제시되어야 하는 동시에 박용구의 '전후소설' 계열 작품이 가지고 있는 문제의식이 '역사소설'로 재투사되는 과정이 보다 구체적으로 해명되어야 할 것 같은데요. 이와 관련한 세 가지 정도의 질문을 드리고자 합니다.

첫 번째 질문은 질문이라기보다는 제 의견으로서, 이 글에서 강조하고 있는바, 1950년대 박용구의 '전후소설' 계열 작품에 나타나는 '팜 파탈'형 인물들의 의미에 관한 것입니다. 이 시기 박용구 소설에 남성을 농락하며 때로는 파멸시키기도 하는 '팜 파탈'형의 인간이 나타난다는 것은 분명한 사실로 보입니다. 물론 이러한 '팜 파탈'형 여성 인물의 등장은 넓게 본다면 이 시기 아프레 담론의 연장선에 있는 것으로 다른 작가들의 작품 — 당장 한말숙 같은 작가가 떠오릅니다만 — 에서도 찾아볼 수 있는 것입니다. 하지만 발표문에서 날카롭게 지적하고 있듯이 박용구의 소설에 나타나는 '팜 파탈'형 인물들은 자신들의 삶을 일종의 '모조품'으로 바라보고 있다는 점에서 다른 작가들의 작품들과는 구별되는 측면이 있다는 점에 동의합니다. 하지만 이러한 박용구 소설의 인물들이 느끼는 '모조품'으로서의 삶에 대한 감각은 "전후 한국 사회의 속물성"을 묘파하기 위한 것이라는 지적을 넘어 조금 더 풍부하게 해석될 여지가 있는 것은 아닌가

하는 생각도 없지 않습니다. 저 역시 선생님과 같이 「숙과 란」, 「빵집 마농」과 같은 단편들에 주목했는데요. 이 작품들에는 공통적으로 친족 관계이자 경쟁 관계에 놓인 여성 인물들이 등장합니다. 이때 이 여성 인물들은 상대방과 자신과의 '동형성'을 느끼면서도, 바로 그러한 동형성 때문에 생기는 혐오와 공격성을 함께 가지고 있습니다. 이때 저로서는 이러한 두 작품의 기본적인 골격이 전후세대로서 박용구가 가진 문화적 정체성, 즉 식민지 체험을 경유한 탈식민 시대의 작가로서 박용구와 그의 세대가 가지고 있는 한국-일본의 이중적인 언어적·문화적 정체성의 문제와 어쩐지 겹쳐 보입니다. 다시 말해 이러한 구조를, 박용구가 다른 '전후세대' 작가들과 공유하고 있는 경험으로서, 조선어가 아닌 일본어로 먼저 창작을 시도했던 경험이라든가, 조선인으로서 일본군에 종군해야 했던 학병 체험 등의 세대적 경험 및 그로 인해 형성된 정체성의 무의식적인 알레고리로 볼 수 있는 여지는 없는지를 여쭈어 보는 것입니다. 만일 이러한 관점이 가능하다면 선생님께서 지적하고 계신 1950년대 박용구 소설의 두 계열로서 '탈식민'과 '전후'의 계열이 사실은 분리되어 있지 않으며, 박용구의 '전후소설'은 한편으로는 전쟁 이후 한국 사회의 혼란과 타락 — 전후소설을 바라보는 가장 일반적인 관점입니다만 — 을 묘파하는 것을 넘어, 해방과 전쟁 이후의 한국 사회가 여전히 직면한 포스트콜로니얼의 상황에 대한 인식을 담고 있다고 볼 수 있고, 따라서 이러한 계열의 작품들이 '역사'라는 또 다른 하나의 계열과 결합될 수 있는 가능성을 상정하는 것이 보다 용이해지지 않을까 해서 드리는 말씀입니다.

두 번째 질문은 박용구의 '전후' 계열 소설들이 1960년대 이후 역사소설로 재투사되는 과정 및 그 의미에 대한 질문입니다. 앞서 말씀드렸지만 이 논문이 보여 준 매우 흥미로운 통찰 중 하나는 1960년대 이후 박용구의 역사소설들의 의미를 박용구의 1950년대 '역사소설' 계열이 아니라, '전후소설' 계열과의 연속성을 바탕으로 해명할 수 있다는 생각인 것 같습니다. 한편으로는 『계룡산』의 전면을 지배하고 있는 감각으로서, '사이비'로서의 삶의 형식에 대한 감각, 또한 『계룡산』의 주요한 특징을 이루고 있는 "농후한 에로티시즘" 및 그 "미학적, 정치적 효과"의 문제를 박용구의 전후소설에 나타난 팜 파탈들의 생의 감각과 함께, 이들이 발휘하는 섹슈얼리티의 문제와 연관시켜서 이해할 수 있다는 시각은 무척 흥미롭고도 설득력 있는 관점이라고 생각합니다. 하지만 역사소설과 전후소설이 혼재되어 있었던 초기 박용구 문학이 1960년대 이후 『계룡산』 등을 위시한 역사소설의 세계로 나아가는 과정을 설명하기 위해 다른 맥락을 고려할 필요는 없는지의 문제를 조심스럽게 여쭙고 싶습니다. 가령 박용구가 지속적으로 드러내고 있는 성과 풍속에 대한 관심이 이를테면 『계룡산』의 에로티시즘의 세계로 나아가는 어떤 계기로 작용했을 가능성도 생각해 볼 수 있을 것 같습니다. 실제로 『만월대』(1954), 『노도』(1959)와 같은 1950년대 박용구의 장편 역사소설들은 기본적으로 정치사 중심의 역사소설로서 『계룡산』과 같은 작품이 보여 주는바, 풍속과 성에 대한 관심을 그다지 드러내지 않고 있는데요. 선생님께서 지적하고 계신 대로 『회색의 단층』을 분기점으로 1960년대 박용구의 역사소설은 정치사 중심의 1950년대 역사소설에서 벗어나 점차 성 풍속과 가족제도를 중심으로 한 풍속사로 이행하는 방향성을 보이는 것 같습니다. 이러한 이행의 과정을 이를테면 이 논문에서의 논의와 같이 '팜 파탈'의 세계가 역사에 투사되는 것으로 바라볼 수도 있겠지만, 1975년 박용구가 펴낸 『한국 풍속사화』와 같은 글에서 단적으로 드러나듯이, 박용구가 장기적으로 수행했던 성과 풍속의 문제에 대한 탐구라는 맥락과 관련지어서 설명할 수 있는 여지가 없는지도 궁금합니다. 이런 질문을 드리는 것은 '팜 파탈'의 계보를 중심으로 박용구 소설을 설명하려는 이 논문의 시도가 필연적으로 『회색의 단층』으로부터 『계룡산』에 이르는 1960년대 박용구 역사소설의 전개를 결국 일종의 '퇴보' 혹은 '퇴각'으로밖에는 설명하지 못하는 측면이 있는 것이 아닌가 하는 생각이 들기 때문입니다. 이는 다시 '팜 파탈'이라는 논의의 기준이 되는 인물 유형의 도출이 '전후소설'을 중심으로 이루어지기 때문에 생긴 결과로 생각합니다. 그렇게 본다면 '팜 파탈' 형상의 계보를 통해 박용구 문학의 전개를 해명하는 이 논문의 방법은 충분히 설득력이 있으면서도, 동시에 박용구 문학의 전개 과정에서 '팜 파탈'의 형상이 일정하게 변화하는 데 기여하고 있는 또 다른 맥락에 의해 보충될 필요가 있다는 생각이 들기도 합니다.

마지막 질문은 박용구의 역사소설이 전후세대의 역사소설이라는 세대적 맥락 속에서 어떠한 위상을 가지고 있는지에 대한 것입니다. 앞서 말씀드렸던 대로, 지금은 대부분 잊혔습니다만 1950년대 '전후세대' 작가 중 상당수는 경력의 중후반기에 역사소설의 세계로 나아갔던 바 있습니다. 따라서 이를 바탕으로 하여 한편으로는 민족사학의 '내재적 발전론'의 본격적 대두 이전 전후세대의 작가들이 가졌던 역사에 대한 인식과 감각 — 물론 백낙청과 같은 후배 평론가들은 이들에게는 '사관'이라는 것 자체가 없다고 비판했습니다만 — 을 질문해 볼 수 있기도 하며, 동시에 이들이 산출한 역사소설이라는 형식 자체를 이들이 가진 역사적 인식과 감각을 표현하기 위한 공통의 세대적 기획이라고 바라볼 수 있는 여지도 있을 것 같습니다. 이처럼 전후세대 작가들의 '역사소설'이라는 문제를 전면화할 때 박용구의 문학이 문학사 속에 기입될 수 있는 가능성이 새로이 열리지 않을까 하는 생각도 없지 않습니다. 등단 직후인 1950년대 초반부터 쉴 새 없이 역사소설을 써 왔던, 그리고 일종의 역사소설론이라고 할 수 있는 『역사소설 입문』(1969)을 간행하고, 적지 않은 분량의 사화집 간행 작업에 관여했던 박용구는 전후세대의 가장 대표적인 역사소설가라고 부르기에 부족함이 없어 보입니다. 이때 박용구의 이러한 역사소설이 '전후세대'로서의 세대적 체험 및 의식과 어떠한 관련을 맺고 있는지 그리고 이러한 전후세대의 역사소설 쓰기라는 세대적 기획에 있어서 박용구의 문학이 차지하는 위상과 비중 및 그 특징에 대한 선생님의 생각이 궁금합니다.

박용구 생애 연보

1923년	3월 3일, 서울 종로구에서 출생.
1941년(19세)	경복중학교 졸업.
1942년(20세)	《일본시단》 동인으로 활동.
1944년(22세)	연희전문 수물과(數物科) 졸업.
1945년(23세)	《예술부락》에 단편소설 「언덕 위에서」 발표.
1950년(28세)	《문예》 주간.
1953년(31세)	소설집 『안개는 아직도』 발간.
1956년(34세)	한국문학가협회 사무국장.
1962년(40세)	장편 『회색의 단층』 발간.
1964년(42세)	『계룡산』 연재 중 풍속을 해한다는 이유로 검찰에 입건됨. 신문 연재소설이 외설 혐의로 입건된 최초의 사례임.
1969년(47세)	『역사소설 입문』 발간.
1974년(52세)	7월 4일, 조선일보 특집으로 박종화와 대담.
1975년(53세)	전국소설가협회 발기 위원.
1981년(59세)	장편 『동양척식주식회사』 발간.
1999년(77세)	서울 여의도 성모병원에서 급성심근경색으로 별세.

박용구 작품 연보

발표일	분류	제목	발표지
1946	소설	지폐 견학	여성문화
1946. 1	소설	언덕 위에서	예술부락
1948. 3	평론	해방가요(解放歌謠)와 시(詩)	신인
1948. 7	소설	모녀(母女)	백민
1949. 5	평론	연기(演技)와 창조(創造)	희곡문학
1949. 10	소설	An Revoir	신천지
1949.11	소설	풍경(風景)	문예
1950. 1	소설	1947년	문예
1950. 5	소설	서라벌(徐羅伐)의 삽화(揷話)	문예
1950. 5	소설	유전(流轉)	민성
1950. 12	소설	칠면조(七面鳥)	문예
1951	소설	다리	서울신문
1952. 3	소설	고요한 밤	신천지
1952. 5	소설	부마고려왕국(駙馬高麗王國)	문예
1953. 3	작품집	안개는 아직도	수도문화사
1953. 4	소설	하늘은 오늘도 푸르러	신천지
1953. 7	소설	청색 안경(青色眼鏡)	수도평론
1953. 7	소설	제물(祭物)	서울신문
1953. 9	소설	쓰레기	문화세계

발표일	분류	제목	발표지
1953. 9	소설	혁신(革新)	자유신문
1953. 10	소설	또다시 서울에서	신천지
1954	작품집	만월대(滿月臺)	정음사
1954. 1	소설	칠중성(七重城)	문예
1954. 1	소설	불망(不忘)의 글자	신태양
1954. 4	소설	어린 우정(友情)	문학과예술
1954. 4	소설	현토군(玄菟郡)	연합신문
1954. 6	소설	숙자(淑子)의 경우(境遇)	신태양
1954. 6~7	소설	명암(明暗)	자유신문
1955	소설	낙화암	전남일보
1955	소설집	진성여왕(眞聖女王)	혜문사
1955. 3	소설	아이들	현대문학
1955. 3	꽁트	어느 날 아침	조선일보
1955. 6	소설	봄은 또다시	신태양
1955. 8	소설	피란은 끝나다	현대문학
1955. 12	소설	빵집 마농	현대문학
1955. 12	소설	연습 문제(練習問題)	문학예술
1956. 3	소설	여인	문학예술
1956. 4	소설	지붕 밑	현대문학
1956. 5	소설	오월은 무르녹아	동아일보
1956. 6~11	평론	춘원(春園)의 역사소설	현대문학
1956. 7	소설	점잖은 신 선생	문학예술
1956. 7	소설	녹음(綠陰)	평화신문
1956. 9	소설	소녀 진희	새벽
1956. 9	소설	씨앗 없는 꽃	서울신문

발표일	분류	제목	발표지
1957. 2	소설	남희와 석균	문학예술
1957. 3	소설	산울림	현대문학
1957. 9	소설	경쟁(競爭)	문학예술
1958. 6	소설	시역(弑逆)	한국평론
1958. 8	소설	무더운 비탈길	사상계
1958. 8	소설	고발(告發)	사조
1958. 9	소설	배회(徘徊)	신태양
1958. 12	소설	딸 형제	자유공론
1959	소설	취장세우(翠帳細雨)	서울신문
1959	소설집	노도(怒濤)	경기문화사
1959. 3	소설	보복(報復)의 생리(生理)	신태양
1959. 4	소설	한강 유역(漢江流域)	현대문학
1959. 6	소설	군무 수첩(群舞手帖)	서울신문
1960	소설	비정의 공화국	자유신문
1960. 4	소설	현주(賢珠)의 사직(辭職)	현대문학
1960. 9	평론	문학자(文學者)는 항상 성낸다	새벽
1961	소설	애원(愛怨) 4백리	부산일보
1961	소설집	에밀레종	대문사
1962	소설집	취장세우(翠帳細雨)	수도문화사
1962. 8	소설	계단(階段)	현대문학
1962. 12	소설집	회색의 단층	을유문화사
1963	소설	창 너머엔 햇빛이	대한일보
1963. 8	소설	고빗길	현대문학
1964	소설집	연개소문	향우출판사
1964	소설집	계룡산	수도문화사

발표일	분류	제목	발표지
1964. 7	소설	와문(渦紋)	문학춘추
1964. 10	소설	여름밤에	문학춘추
1964. 12	소설	익비(益妃)	문학춘추
1965	소설집	에밀레종	한양출판사
1965	소설	대사풍(大砂風)	전남일보
1965. 8	평론	6·25의 역경(逆境) 속에서 공적(功績) 남긴 《문예(文藝)》	현대문학
1966	소설	비어(飛魚)	대구일보
1967. 4	평론	김동인의 역사소설	현대문학
1968. 2	소설집	계룡산(전 4권)	삼신서적
1968. 10 ~ 1969. 1	평론	월탄 박종화 연구	현대문학
1969. 8	평론집	역사소설 입문	을유문화사
1970. 2 ~ 1972. 4	소설	동양척식주식회사(東洋拓殖株式會社)	현대문학
1971	소설	비원(悲苑)	대구일보
1972	소설	사막서 온 공주(公主)들	대한일보
1974. 4	소설	김헌창(金憲昌)의 난(亂)	현대문학
1974. 6	소설	강화(江華)와 산성(山城)	월간문학
1974. 11	소설	노복(奴僕) 순정(順貞)	한국문학
1975	사화집	풍속사화	을유문화사
1975. 9~10	소설	왜왕(倭王) 오호하쓰세	현대문학
1976	소설집	산 높고 물은 맑아도(전 6권)	태정출판사
1976	소설집	한양별곡(漢陽別曲)	선일문화사
1976. 2~3	소설	후궁(後宮) 조씨(趙氏)	월간문학

발표일	분류	제목	발표지
1981. 2	소설집	동양척식주식회사	문지사
1985. 7	소설	고요 속에서	월간문학
1992	소설집	계룡산(전 9권)	자유문학사

작성자 이철호 대구교대 교수

비극의 시대에 순수를 갈망하다

방기환의 1950년대 단편소설을 중심으로

신은경 | 고려대 교수

1 1950년대 방기환 문학

방기환[1)]은 1944년 문단에 입문하여 생애 말기까지 다양한 작품을 발표했다. 그는 등단 이후 소년소설, 아동시집, 아동극집, 동화집 등을 발표하며 아동문학에서 중추적 역할[2)]을 했고, 1960년대부터 본격적으로 장편

1) 방기환은 1923년 1월 16일 서울에서 출생했으며, 1948년 서울대학교 사범대학을 수료했다. 1944년 청춘좌(靑春座) 극단에서 모집한 희곡이 당선되어 문단에 입문했다.

2) 방기환은 1946년 소년소설 「꽃 필 때까지」를 발표했고, 이듬해 아동지 《소년》 발행을 주간하면서 본격적으로 아동문학가로 활동했다. 해방 이후 그는 '아동문예춘추사'에서 모집한 '아동 현상 작문'의 심사위원으로 활동하고, 1949년 4월 30일에 결성된 '전국아동문학가협회'의 사무이사를 지냈다. 「아동 현상 작문」, 《동아일보》, 1946. 12. 1.; 「아동문학가협회 결성」, 《경향신문》, 1949. 5. 3. 그리고 1957년 2월에는 한국동화작가협회에 소속된 상태에서 마해송, 김요백, 임인수, 홍인수 등과 함께 '어린이 헌장'을 발표하면서 아동문학가로서의 중추적 역할을 했다. "한국아동작가협회(마해송, 강소천, 임인수, 방기환, 이종환, 김요섭, 홍은순)가 근자에 생겨서 그 첫 사업으로 아동 헌장을 초안하여 발표

역사소설가로 활약했다. 또한 외국 소설 번역, 소년·소녀 문학 전집을 발간하는 등 한국 문단에서 다양한 발자취를 남겼다.[3)]

1950년 6월 한국전쟁이 발발했고 방기환은 전시에도 문학가로서의 활동을 이어 나갔다. 그는 1951년 3월 9일 대구에서 피난을 내려온 16명의 문인[4)]과 함께 '공군 문인단'(일명 蒼空俱樂部)을 결성했고, 국방부에 소속된 정식 문관으로 임명되었다. 당시의 문인들은 군대에서 봉급과 쌀을 받아 생계를 유지할 수 있었고 한국전쟁 당시 대부분의 문예지 발간이 중단되었기에 문인들은 군 기관지에 작품을 발표했다. 방기환은 공군 문인단 창단 직후, 시인 이상로와 함께 공군 정훈지 《공군순보(空軍旬報)》의 편집을 맡았고, 1년 뒤 《공군순보》가 《코메트》[5)]로 이름이 바뀌어 월간으로 발

함으로 이번 어린이날에 정부가 반포할 아동헌장의 동기를 만들었다."(「어린이와 문화 단체」, 《동아일보》, 1957. 4. 22.) 방기환은 1949년 아동극집 『손목 잡고』, 1963년에는 동화시집 『나비의 집』 등을 발표면서 아동문학 창작에도 열의를 보였다. 1960년대부터 본격적으로 『바람아 불어라』(1964), 『소년과 말』 등 소년소설집과 소년소녀 문학 전집을 출판하면서 창작 말기까지 아동문학에 헌신했다.

3) 1960년대부터 방기환은 아동문학뿐 아니라 역사 장편소설을 창작했고, 톨스토이나 도스토옙스키 등 외국 작가의 소설을 번역, 고전 문학 선집 등을 출간하면서 문학 활동 반경을 넓혔다. "문예중흥5개년계획의 문학 분야 사업 중 가장 투자 규모가 크고 의욕적인 민족문학대계 발간 사업 1차 년도 계획이 10일 확정되고 40인에 달하는 집필 작가의 선정이 끝나 연내에 착수하게 되었다. (중략) 소설 분야 — 방기환 — 김춘수" 방기환이 1960년대 이후 역사소설 집필에 집중한 것은 국가적 사업의 일환과도 관련한다.(「되살리는 선인들 위업」, 《경향신문》, 1974. 12. 11.) 방기환의 장편 역사소설은 1960년대부터 1980년대까지 이어졌다. 『옥루몽』(1961), 『楚漢戰記』(1962), 『수양대군』,(1967), 『어우동』(1981), 『龍飛御天歌』(1975), 『三國志』(1985), 『김춘추』(1987), 『사랑의 자명고』(1987) 등을 발표했다.

4) "공군 문인단 구성은 단장 마해송, 부단장 조지훈, 사무국장 최인욱, 단원으로는 박훈산, 박두진, 박목월, 유주현, 방기환, 이상로, 곽하신, 전숙희, 최정희, 이한직, 김윤성 등, 주로 대구 피란 문인들이었지만 부산에 거주한 김동리, 황순원씨도 이 모임에 끼었다."(중앙일보사 편, 「전시하의 문인들」, 『민족의 증언』 7(중앙일보사, 1983), 99쪽)

5) 방기환은 1953년 3월에 발행된 《코메트》에 편집 후기를 작성했다. 이를 통해서도 《코메트》의 발간 초기에는 방기환의 역할이 중요했음을 알 수 있다. "하찮은 일에 우울해 가지고 돌부리나 차면서 골목을 걷다가 폭음을 듣고 고개 들어 순백의 비행기를 보면 구름이

행됐을 때 소설을 발표하기도 했다.[6] 이 밖에 방기환은 피란민과 군인들을 위해 '문학의 밤'을 개최하거나 육군 종군작가단과 합동으로 '문인극'을 공연하면서 종군 문인으로 활동했다.[7] 《코메트》 이후 창공구락부는 '순문예지'[8] 성격을 띤 《창공(蒼空)》을 발간했다. 방기환은 종군 활동 중 전투비행단 기지를 드나들며 조종사들의 무용담을 듣고, 종군기(從軍記)를 작성했는데,[9] 그는 전쟁의 참상을 직접적으로 확인한 "동시에 작가적인 내면세계에도 선열(鮮烈)한 자극과 풍요로운 창작의 자원(資源)"[10]을 얻게 된다. '전쟁'은 방기환 창작적 모티프가 되었고, 이를 바탕으로 1952년에 첫 단편소설집 『동첩(童妾)』이 출간된다.[11]

그동안 한국 문학사에서 방기환은 1950년대 소설가나 전후소설가로 거

나 별에 못지않은 위안을 받지 않는가. 비행기는 구름이나 별과는 달라서 살아 있다. 저편에서 위안을 받을뿐더러 이편의 의사를 저편에 전달할 수도 있다. 그리고 편집자는 그 전달의 사도인 《코메트》를 주무르고 있다. 언제나 행운아다."(방기환, 「편집 후기」, 《코메트》 3(1953), 148쪽)

6) 방기환은 한국전쟁 때 종군 문인으로 활동하면서 군 기관지에 「인형의 고독」(《공군순보》, 1952. 3), 「방매가」(《공군순보》, 1952. 6), 「冬窓」(《창공》, 1952. 6), 「물은 물대로」(《코메트》, 1953. 1), 「骨肉」(《코메트》, 1953. 5)을, 휴전 이후에는 「날으지 않는 비행기」(《코메트》, 1954. 7), 「파도」(《코메트》, 1955. 4) 등을 발표했다.

7) 방기환은 "하여튼 문인들은 어려운 전시에 군의 지원으로 생활을 이어 나갈 수 있었고, 작품 활동까지 할 수 있었으며, 또 군은 그 반대급부로 정신적인 도움을 받았다고 생각할 수 있지요."라고 술회했다. 중앙일보사 편, 앞의 책, 102~103쪽.

8) 방기환도 《창공》이 "공식적인 명분은 창공구락부, 즉 공군 종군 문인단의 기관지였지만 문예작품 발표지였다."라 했다.(방기환, 「창공구락부를 찾아서」, 《공군》 205 여름호, 1988, 161쪽) 《창공》은 "월간으로 만들 계획으로 추진되었으나 결국은 재정난으로 1953년 1월 2월호를 낸 후에 중단"되었다.(위의 책, 103쪽)

9) 방기환은 1953년 《코메트》 5호에 「이등병(二等兵)이 된 교장선생(教長先生) — 창공구락부(蒼空俱樂部) 특파(特派)」, 「돌맞이 항공병학교(航空兵學教) — 창공구락부 특파」라는 종군기를 작성했다.

10) 방기환, 위의 글, 159쪽.

11) 방기환은 1988년 창공구락부의 일화를 회상하는 글의 마지막 문장에 "나의 첫 창작집 동첩(童妾)이 간행된 것도 대구에서였다."라 하며 종군작가단 활동 가운데 문학적으로 중요한 결과물을 만들었다는 점을 재확인했다.

론되지 않았고, 현재까지 그의 1950년대 단편소설은 연구가 진행되지 않았다. 한국문학사에서 방기환이 논의의 대상이 되지 않았던 것은 1950년대라는 시대적 현실에서 그 원인을 찾을 수 있다. 앞서 언급했듯이 한국전쟁으로 인해 문단의 변화가 나타났고 해방기 전부터 활동했던 기성 문인들은 종군 문인단에 소속되어 창작 활동을 이어 나갔다.[12] 방기환도 아동문학가로서 기성 문인이었다는 점에서 종군작가가 될 수 있었다. 하지만 한국문학사에는 전시문학을 정훈문학이라고 설명하고, 이 시기 문학을 "일시적 공백 상태"[13]로 규정하면서 오랫동안 연구의 대상이 되지 못했다. 게다가 방기환은 아동문학으로는 기성작가였지만, 단편소설로는 신인의 위치에 있었기에 1952년에 발표한 『동첩』이 문단에서 활발히 거론되기도 어려웠을 것으로 보인다. 그리고 엄밀히 본다면 방기환은 해방기에 등단하여 "일제 식민지 시대에 소년기를 보내면서 해방을 맞았고, 청춘을 전쟁 속에서 보낸"[14] 전후 '신세대 문학가'에 속하는 인물이었다. 그러나 방기환은 아동문학가로 등단했고, 한국전쟁 기간에는 기성 문인과 함께 종군 활동을 하면서 손창섭, 선우휘, 장용학 등과 같은 신세대 작가와 동일선상에서 논의되지 않았다. 신세대 문학가들에게 나타났던 기성 문인에 대한 저항[15]과 실존적[16] 의식이 방기환의 작품에서 발견되지 않는다고

12) 1951년 공군 종군작가단을 시작으로 육군, 해군 종군작가단이 결성되었다. 육군 종군작가단에는 김팔봉, 김송, 박영준, 최태웅, 정비석, 박인환, 이덕전 김이석이 소속되었고, 해군 종군작가단은 윤백남, 염상성, 이무영의 도움으로 결성되어 박계주, 안수길, 이종환, 박연희 등이 참가했다. 김윤식, 「한국문학 40년사」, 『한국 현대문학사』(서울대 출판부, 2008), 475~456쪽.

13) 권영민, 『한국 현대문학사 2』(민음사, 2002).

14) 위의 책, 105쪽.

15) 이형기는 "신인은 언제나 기성의 존재를 전제로 하는 상대적 관념"이라 했다.(이형기, 「신인의 위치」, 《문예》, 1953. 3) 이봉래는 전후의 신세대 작가였던 손창섭에 대해 "현실에 대한 불신과 거부의 역설적 자세"가 나타난다고 평가했다.(이봉래, 「신세대론」, 《문학예술》, 1956. 4) 천상병은 신인들이 문학은 "기성측의 그것과 대결"해야 한다고 언급했다.(천상병, 「나는 거부하고 반항할 것이다.」, 《문예》, 1953. 2)

16) 백철은 1955년에 "실존주의적인 주관 의식이 문학을 가해 그 작품 세계와 수법을 확대

보았기 때문이다.

이처럼 방기환은 1950년대 기성과 신세대 문학가 중 어느 한곳에 소속된 인물이라고 정의하기 어렵다. 그런데도 방기환 문학을 1950년대 한국문학사 내부로 소환하고 이를 연구해야 하는 까닭은 그의 소설이 1950년대 문학 가운데 나름의 '색채'를 형성하고 있기 때문이다. 1950년대 방기환 소설에서 주목할 수 있는 부분은 비극적 시대를 해석하는 '시선'에 있다. 그의 소설에서 시대를 인식하고 해석하는 시선은 '주체'가 아닌 '타자'를 통해서 이루어지기 때문이다. 이는 타자와 주체의 역전을 의미하며, 여기에서 타자는 '아동', '동물'로서 주체로 호명되지 못한 존재들이다. 방기환이 '아동', '동물'의 시선을 통해서 1950년대를 살펴본 것은, 그가 아동문학가였다는 사실에서 이해할 수 있는 부분이기도 하다. 하지만 그는 한국전쟁 당시 아이들이 처했던 비극적 상황[17]을 직접 관찰했고, 개인적으로도 '아동'과 '동물'에 관심을 가질 수박에 없었다는 점도 배제할 수 없다.[18] 즉, 방기환은 다양한 요인에 의해 소설에서 전쟁이라는 비극적 시대를 타자의 시선을 통해 그려 냈다. 방기환 소설에 등장하는 '아동'과 '동물'은 '순수의 대상'으로 존재하는데, 이는 인간의 이상적 세계관을 드러내

하면서 우리 신인들의 작품 세계에 반영되어 있다."라고 했다.(백철, 「신인 작가와 현대 의식」, 《조선일보》, 1955. 10)

17) "제5장 어린이는 위험할 때에 맨 먼저 구출하여야 한다. 방기환 아동문학가 — 우리가 겼었던 6·25사변 때 또는 큰 화재나 수재 때에 아이들을 버리고 피난 가거나 도망치는 일을 많이 보았다."(「울고 있는 어린이 현장 교육자와 아동문학가들은 이렇게」, 《경향신문》, 1965. 5. 5)

18) 방기환은 어린 시절 문학가 이종환과 고아원에서 생활했던 이력이 있었던 것으로 보이며, 고양이를 키웠다. "두 아들과 함께 집도 없이 떠돌던 고아원 시절의 친구 이종환을 불러들여 살게 했던 것도 그 무렵의 일이었다."(「1970년대 부부 작가 방기환. 임옥인」, 《중앙일보》, 2010. 1. 15) "작가 방기환 씨 집에는 고양이들이 많았다. 대를 이은 것 떠돌이 등 모두 합쳐 일곱 마리가 넓은 뜰과 서재에 멋대로 올리 초가지붕 위에서 권태로운 한낮을 보내고 있었다. (중략) 고양이는 가끔 주인을 할퀴기도 하고 쉽게 정을 주지 않는 가장 자유로운 동물인 것 같아요."(「작가 방기환 씨가 말하는 새 연재소설 어우동」, 《동아일보》, 1979. 3. 28)

기 위한 장치로 사용되지는 않는다. 오히려 '순수'를 통해 1950년대 암담한 시대상이 도출된다.

이처럼 방기환이 '순수의 대상'을 통해 비극의 시대를 바라보고자 한 것은 작가 자신을 작품에서 배제하기 위한 일환이기도 했다. 방기환은 글이란 "자기 자신의 진심을 속일" 수 있고, "말로 미루어 그 정체를 파악하기란 위험하기 짝이 없는 노릇"[19]이라 했다. 그는 글이란 작가 자신의 존재성을 충분히 숨길 수 있고, 그것이 가능하다고 보았다. 그래서 방기환은 자신이 인식했던 1950년대의 시대를 직접적으로 이야기하지 않고, '아동', '동물'의 굴절된 시선으로 모순된 전쟁 현실과 인간의 내밀한 삶의 실체를 보여 주었다. 이는 그동안 한국 문단에서 주목받지 못했던 방기환 문학의 가치가 드러나는 부분이다. 이와 같은 논의를 바탕으로 본고는 그동안 연구되지 않았던 방기환의 1950년대 단편소설[20]을 살펴보고, 전쟁의 비극을 초월하는 순수의 대상을 통해 은폐되었던 인간의 내면과 그 속에서 구현되는 시대적 의식을 살펴보겠다.

2 아동의 시선과 어른의 현실

방기환이 1952년 공군 작가단으로 활동하면서 발표한 첫 단편집 『동첩』에는 총 8편의 단편소설이 수록되어 있다. 8편의 소설을 살펴보면 직접적으로 전투 상황을 묘사한 작품은 없다. 이는 방기환이 1950년대에 발표했던 단편소설의 전반적인 경향이기도 하다. 당시 『동첩』에 대해 소설가 최인욱은 「방매가」는 "세태가 있고 인정이 있고 풍속이 있고 생활이 있"으며, 「뱀딸기」는 "천진무구한 동화의 세계와 성인의 생활 감정이 잘 조화"

19) 방기환, 「표현이라는 것」, 《조선일보》, 1955. 4. 16.

20) 1950년대 방기환이 발표했던 단편소설은 약 26편(1950년대 발표된 단편소설 편수는 『동첩』에 수록된 단편을 포함했다.) 정도 되며, 1960년대는 약 9편 정도다. 1970년 이후부터는 단편소설을 집필하지 않았다.

되었다고 평가했다. 또한 『동첩』은 여전히 아동문학적 성격이 남아 있다고 했는데, "장난감을 완상(玩賞)하는 듯한 느낌이다."[21]라며, 이 작품집의 한계를 지적하기도 했다. 방기환이 『동첩』을 발표하기 전 아동소설이나 아동극만을 집필했기에 최인욱의 평가를 전면 부정할 수는 없다. 『동첩』에 실렸던 「뱀딸기」와 「포연(砲烟)의 동화(童話)」가 1984년 『소년·소녀 한국문학 단편』에 재수록[22]되었기 때문이다.

하지만 방기환이 『동첩』을 발표할 당시 공군 종군작가로 활동하면서 군인과 피난민 등 성인을 위한 글을 써 왔고,[23] 한국전쟁이 발발하기 전 1950년 3월 단편소설 「뱀딸기」를 발표했기에 『동첩』이 아동을 대상으로 한 창작집으로 보긴 어렵다. 물론 『동첩』에 수록된 소설에 아동이 자주 등장하지만, 아동은 그들의 세계만을 이야기하고 있지 않기 때문이다. 소설에 등장하는 아동은 '순수'의 대상으로 "풍경으로서 발견"되고, 이러한 아동의 속성은 마치 객관적 실재로 간주[24]되고 있을 뿐이다. 전형화된 아동의 모습은 표면적 실체일 뿐 궁극적으로 이들은 어른의 세계를 발견하고 피폐한 현실을 드러나게 한다.

방기환 소설에서 '발명'되는 아동 즉, "진정한 아이"[25]는 낭만적 동심을 가진 '순수함'으로 '발견'된다. 여기에서 '아동'의 '순수'는 '동심(童心)'으로 해석할 수 있는데 동심은 "인간으로서 가장 처음 갖는 본심"[26]이기에,

21) 최인욱, 「동첩 — 방기환 소설집」, 《코메트》 2(1953), 43쪽.

22) 1984년 금성출판사에서 출판한 『소년소녀 한국문학 단편』에 수록된 「돌아온 암소」는 1952년에 발표한 「砲烟의 童話」를 제목을 바꾼 것이다.

23) 방기환은 "창공구락부 공식 명칭으로 공군 종군 문인단이 창단된 목적은 날개와 펜과의 결속에 있었다. 젊음을 불사르며 분투하는 각급 병사들과 손을 잡고, 그들의 힘이 미치지 못하는 국민의 마음 구석구석을 어루만지고 부추겨 주는 또 하나의 전투력이 되자는 것이다."(방기환, 「창공구락부를 찾아서」, 《공군》 205, 여름호(1988), 159쪽)

24) 가라타니 고진은 "아동이라는 것은 본래 그렇게 해서 발견된 것일 뿐, '현실의 어린이' 또는 '진정한 어린이'라는 것은 그 후에 발견된 것에 지나지 않는다."(가라타니 고진, 『일본 근대문학의 기원』(도서출판b, 2010), 162~163쪽)

25) 위의 책, 181쪽.

인간의 '본능'과도 관련한다. 프로이트는 이 본능은 불안으로부터 형성된 것이고 이를 전쟁의 속성을 통해 설명하기도 했다. 인간은 억압받고 '자기 보존'이 위협받을 때 불안이 발생하는데,[27] 여기에서 인간의 불안은 전쟁이라는 암담한 시대에서 증폭된다. "전쟁은 낯선 사람을 적으로 낙인찍고, 우리는 그 적을 죽이거나 적의 죽음을 바라"게 하며, "사랑하는 사람의 죽음을 무시하라고 가르치"[28]기에 인간은 '양가적' 감정을 생성한다. 죽음에 대한 '강박'과 '무감각'은 '순수'를 향한 욕망으로 나아가는데 "금지된 본능은 적당한 기회만 생기면 언제든지 터져 나와 만족을 얻으려"[29]하기 때문이다. 그래서 방기환 소설에는 전쟁으로부터 발생한 인간의 '불안'과 '억압'이 아동의 순수한 본능을 통해 나타난다.

> 딸기 있는 돌다리는 멀어만 간다. 멀어만 간다…… 소년(少年)은 길바닥에 주저앉어 버린다. "흥, 내 딸기이…… 내 딸기이……" 엄마는 그제야 발을 멈춘다. "왜 또 이러니?" 엄마는 딸기를 모른다.[30]

> "주사 많이 놓믄 병 더 빨리 낫잖우? 병 더 빨리 나믄 언내 더 빨리 맨들잖우?" 소녀(少女)는 눈을 깜박깜바악 하더니 이렇게 말했읍니다. 엄마는 덥썩 소녀를 끌어 안었읍니다. 끌어안고는 빰을 부볐읍니다. 빰을 부비면서 기침을 했읍니다. 기침을 하면서 눈물을 흘렸읍니다.[31]

---

26) 이지, 김혜경 옮김, 「동심설」, 『분서』(한길사, 2004), 347쪽.

27) "불안은 하나의 정서적 상태로서 지나간 위협적인 사건의 재생 작용이며, 또 자기 보전의 목적에 기여하는 새로운 위험에 대한 신호이며, 어떤 이유에서 사용할 수 없게 된 리비도로부터 발생하고, 또 억압의 과정 중에 일어나게 됩니다."(지그문트 프로이트, 「불안과 본능적 삶」, 『새로운 정신분석 강의』(열린책들, 2012), 115쪽)

28) 위의 책, 68쪽.

29) 위의 책, 49쪽.

30) 방기환, 「뱀딸기」, 『동첩』(백조사, 1952), 93쪽.

31) 방기환, 「인형(人形)의 고독(孤獨)」, 위의 책, 147쪽.

『동첩』에 수록된 소설 가운데 「뱀딸기」와 「인형(人形)의 고독(孤獨)」에 등장하는 아동은 본능적 욕망에 치중해 있다. 하지만 이들의 욕망은 어른의 비극적 현실을 내면화한 채 발생한 것이었다. 「뱀딸기」에 등장하는 소년은 "뱀딸기"를 보고, '먹고 싶어' 했다. 그러나 소년의 어머니는 할머니와 다투고 친정으로 가는 상황이었고, 아버지는 오랫동안 폐병을 앓아 죽음을 눈앞에 둔 상태였기에 아동의 소망은 어른의 세계에서 이질적 실체로 존재한다. 소년은 엄마와 쫓기듯 집에서 나왔지만, '뱀딸기' 때문에 "길바닥에 주저앉어" 버림으로써 자신의 본능적 욕망에 치중했다. 그러나 소년의 행위는 궁극적으로 어른들의 비극적 현실 인식에서 비롯된 것이었다. 아버지가 죽자 "소낙비에 쓸려 갔을 뱀딸기도 다 잊고 소년은 기껏 엄마를 버텨"[32] 주기 때문이다. 이는 '뱀딸기'를 향한 소년의 집착이 아버지의 죽음 이후 사라지는 양상을 통해서도 알 수 있다. 즉, '뱀딸기'를 먹고 싶어 했던 소년의 욕망은 같이 살 수 없게 된 아버지를 향한 그리움을 표현한 것이다. 이처럼 방기환 소설에서 아동은 어른의 비극적 상황을 관찰하고, 자신의 행동을 통해 어른의 현실이 바뀌기를 소망한다. 「인형의 고독」에 등장하는 소녀는 '언내' 즉, 인형을 갖고 싶어 하는 철없는 어린아이였다. 그러나 '언내'를 향한 소녀의 욕망에는 엄마의 병이 나아지길 바라는 소망을 내재하고 있었다. 아픈 엄마는 병을 잊은 채 초월적인 힘으로 '언내'를 완성했고, 이러한 과정에서 엄마의 죽음은 조금 늦춰졌기 때문이다. 그러나 '언내'를 만든 뒤 엄마가 죽기에 '언내'가 없어 고독했던 소녀는 영원한 고독에 갇힌다.

「뱀딸기」와 「인형의 고독」에 등장하는 소년, 소녀는 모두 부모를 잃게 되면서 본질적 욕망은 실현되지 않는다. 아동의 비극은 궁극적으로 어른의 비극을 의미하며, 암담한 현실에서 죽음으로 향하는 존재의 모습만 발견된다. 「마돈나의 집」에 등장하는 마돈나의 딸 '오뚝이'는 피난지에서 무

32) 방기환, 「뱀딸기」, 앞의 책, 116쪽.

기력하게 살아가는 네 명의 남성들과 대조적으로 순수하고 자유로운 존재이다. 그러나 '오뚝이'의 엄마가 죽으면서 아이의 순수함은 어른의 비극적 실체를 비춘다. '오뚝이'는 아버지로부터 학대받아, "타오르듯 붉던 망또는 거의 검은빛으로 변색하고, 뿐만 아니라 너덜너덜한 품이랑 넉마가"[33] 된다. 네 명의 남성은 아버지에게 학대받는 '오뚝이'를 "우리가 기르자"[34]라고 주장했지만, 그들은 "돈 떨어지고 쌀 떨어진"[35] 비극적 현실에 내몰린 존재일 뿐이었다. 이처럼 어른의 비극적 현실은 아동의 '순수', 즉 본능을 통해 밝혀진다.

방기환 소설에서 아동의 순수는 '놀이'라는 행위를 통해서 구체적으로 제시된다. '놀이'는 본능뿐 아니라 능동적 행위로 '자유' 그 자체를 의미하기에 '순수'한 행위이다. 하위징아는 "놀이는 문화보다 오래된 것"이며, "놀이는 인간 사회를 언제나 전제하고 있다."[36]라고 했다. 여기에서 놀이는 단순히 물리적, 생물학적인 행위를 넘어서고 "하나의 의미 기능"으로 존재한다. 즉, "놀이에는 뜻이 있다".[37] 방기환 소설에서 표면적으로 아동의 놀이는 암담하게 살아가는 어른의 삶과 이질적 양상을 띤다. 그러나 아동이 놀이하는 과정에서 어른의 문제가 드러난다.

『동첩』에 수록된 「방매가(放賣家)」에 등장하는 '영감'은 아내와 피난지 "하꼬방"에 살면서 서울 집으로 다시 돌아갈 날만 기다리던 피난민이었다. 그런데 서울 집이 폭격 맞고 사라져 그들은 하꼬방을 떠날 수 없는 처지가 된다. 그러나 영감은 아내의 성화를 못 이겨 문 앞에 집을 팔겠다는 "방매가"를 붙이는 모순적 행위를 했다. 노인은 스스로 이를 모른 척하려 했지만, 아이들이 "알라찔래요. 소문 났대요. 성냥갑집을 누가 사나요."[38]

33) 방기환, 「마돈나의 집」, 앞의 책, 172쪽.

34) 위의 책, 174쪽.

35) 위의 책, 175쪽.

36) 요한 하위징아, 김윤수 옮김, 『호모루덴스』(까치, 2011), 13쪽.

37) 위의 책, 9쪽.

38) 방기환, 「방매가」, 앞의 책, 141쪽.

라며 놀리자 집을 팔거나 살 수 없는 자신의 모순적 현실을 인식하게 된다. 즉, 소설에서 아이들의 순수한 '놀림'은 어른이 감추고 싶었던 내면의 목소리로 존재한다.

'아동'의 '놀림'은 일종의 '놀이' 행위이다. '놀이'는 방기환 소설에서 '순수'의 구체적 방법으로, 이를 통해 어른은 자신의 현실을 발견한다. 이는 '놀이'가 단순히 본능적 행위가 아니라 비이성적 측면을 내재하고 의미를 산출하기 때문이다. "놀이는 말뜻 그대로 하나의 과잉(superabundance)"[39] 이라는 점에서 궁극적으로 인간의 이성적 측면으로 논의될 수 없다. 놀이를 통해 인간은 '초논리적 특성'이 나타나고 이성적 존재 이상이 된다.[40] 여기에서 놀이는 단순히 생리적, 반사적 작용에서 발생하는 것이 아니라 인간의 '정신'적 측면에서 의미를 만들어 낸다. 그래서 방기환 소설에서 놀이는 인간 내면을 반영한다.

1953년 《코메트》에 수록된 「물은 물대로」에 등장하는 소년은 부모에게 사랑을 받지 못하고 가난으로 인해 노처녀 선생의 양자가 된다. 그러나 소설에는 여선생이 구현하고자 했던 고고한 삶과 소년의 '놀이', 즉 '놀고 싶음'이 충돌하면서 위기가 발생한다. 소년은 친구들과 놀기 위해 밖으로 나갔고 여선생은 이러한 소년에 대해 불만을 느끼며 소년을 때리는 등 폭력을 행사했다. 여선생은 소년이 불쏘시개로 주워 온 솔가지를 보고서 "에그, 이 거지새끼 또 아첨야? 소용없군, 남의 자식은……."[41]이라며, 소년이 자신의 친자식이 아니라는 사실에 부정적 감정을 표출하기도 했다. 이를 통해 여선생이 아이를 키우고자 했던 소망에는 아이에 대한 부정성도

---

39) 요한 하위징아, 앞의 책, 13쪽.

40) 하위징아는 놀이를 통해 인간의 초논리적 특성을 확인할 수 있다고 정의한다. 그리고 "인간은 이성적 존재 이상이다. 왜냐하면 놀이란 비이성적인 것이기 때문"이다. 궁극적으로 놀이는 물질로 해석되는 것이 아니라 "정신을 인정하게" 한다는 점에서 인간의 사유적 부분의 의미적 기능이 있음을 "생리적 현상이나 반사작용 이상의 것"이라고 주장했다. 위의 책, 9~13쪽.

41) 방기환, 「물은 물대로」, 《코메트》, 1953, 90쪽.

내재하고 있었음이 드러난다. 여기에서 아동의 '놀이'는 여선생이라는 고고한 신분을 벗기고 위선적 인간의 모습을 보여 준다. 아동의 '놀이'는 잠재된 어른의 모순적 내면세계를 들추고, 더 나아가 전쟁 현실이라는 비극적 시대까지 도출한다.

방기환이 1954년 《코메트》에 발표한 「날으지 않는 비행기」에는 "모형 비행기"로 '놀고' 싶어 하는 소년이 등장한다. 소년이 '놀고' 싶어 하는 순수한 욕망은 어른들의 비참한 처지와 대조를 이루며 삶의 아이러니를 드러낸다. 소설에 등장하는 소년의 조부모는 아들을 잃은 상태였고, 죽은 아버지의 친구였던 소령 아저씨는 어려서부터 부모님을 잃고 외롭게 살아가는 사람이었다. 그리고 하늘을 날아다니는 "제트기"는 어른들이 전쟁에 대한 공포와 불안을 느끼게 되는 직접적인 대상이었다. 그러나 소년은 이러한 어른의 현실에 관심 없고 "모형 비행기"로 '놀이'를 원하는 순수한 모습을 보인다. 소년은 "비가 오구 깜깜해두 비행기가 뜨지?"[42]라며 제트기가 하늘에 있기에 자신이 "모형 비행기"와 놀 수 있다고 생각한다. 즉, 그는 모형 비행기를 날리고 싶다는 욕망에 집중하면서 현실과 상반된 세계관을 보인다. 그러나 소설에는 이러한 아동의 이질적 행위를 통해 암담한 시대적 상황이 명료하게 드러난다. 즉, 전쟁이라는 비극적 현실에서 '소년의 순수한 욕망'은 전쟁의 모순적 실체를 보여 준다.

이처럼 방기환 소설에서 순수한 아동은 전쟁이라는 비극적 현실에서 어른과 표면적으로 상반된 대상으로 존재한다. 어른은 비도덕, 폭력적이며,(「동첩」, 「마돈나의 집」, 「뱀딸기」, 「물은 물대로」) 아프거나 무기력하고,(「인형의 고독」, 「그 집 사람들」) 힘없는 노인(「포연(砲烟)의 동화(童話)」, 「방매가」)이지만 아동은 '먹는 것'에 집착(「뱀딸기」)하거나, '노는 것'에 집중(「인형의 고독」, 「방매가」, 「마돈나의 집」)하기 때문이다. 그러나 아동은 어른의 삶에 속박되어 살아가는 존재라는 점에서 그들의 삶의 본질도 다르지 않다. 이는

42) 방기환, 「날으지 않는 비행기」, 《코메트》 11, 1954, 150쪽.

어른의 죽음이 아동의 세계에 파문을 일으킨다는 점에서 알 수 있다. 그래서 방기환 소설에는 어른의 세계가 무너질 때 아동도 같이 매몰(埋沒)[43] 된다.

3 동물, 은폐된 사실의 폭로

방기환 소설에서 '순수'를 통해 은폐된 사실에 대한 폭로는 '아동'뿐 아니라 '동물'에 의해서도 이루어진다. 동물의 본능은 인간의 잔혹성과 폭력성을 그대로 드러나게 하기 때문이다. 여기에서 인간의 본질이 동물을 통해서 밝혀지면서 동물은 주체로서 존재한다. 이에 대해 데리다는 '발가벗음(naked)'의 개념을 설명했다.[44] "발가벗겨진 수동성"은 다른 말로 "동물의 정념, 동물의 내 정념"[45]으로 다른 동물에 대한 '인간의 정념'을 뜻한

---

43) 방기환이 1964년 《문예춘추》에 발표한 「매몰(埋沒)」에서는 제본 공장이 무너지면서 공장에서 일하던 남성들이 건물에 깔리는 사건이 발생한다. 그중 유 선생은 아들을 대학에 보내고 기와집을 사고 싶은 꿈이 있었으나 매몰되어 죽게 된다. 부모의 죽음으로 인해 아들의 삶도 불투명해진다.

44) 데리다는 "짐승과 인간을 구분 짓는 것이 발가벗고 있다는 사실을 알지 못한 채 발가벗고 있다는 사실이라고 생각합니다. 결국 발가벗지 않았다는 것. 그네들의 발가벗음을 알지 못한다는 것, 한마디로 선악에 대한 의식이 없다는 겁니다."라며, 동물이 발가벗었기에 발가벗고 있지 않은 역설적 속성에 대해 이야기했다. "그것은 그들이 동물이라고, 그리고 예컨대 고양이라고 부르는 전적인 타자에 대한 제멋대로의 연출이지요. 그래요, 그 전적인 타자, 어떤 타자보다 더 타자인 그것을 그들은 동물이라고, 예컨대 고양이라고 부르지요, 고양이가 발가벗은 나를 바라볼 때 말입니다. 그 순간, 나는 나 스스로 나 자신으로부터 고양이를 내놓습니다. 또는 그보다 일찍, 이 이상한 순간에, 그 사건 이전에, 내가 그것을 원하거나 알기 전에, 나는 발가벗은 채 수동적으로 고양이에게 내놓아집니다. 나는 보여지지요. 게다가 발가벗은 채 보여집니다. 보여지는 나를 고양이가 보기 전에도 말이지요, 내가 나를 제시하기 전에 나는 고양이에게 제시됩니다. 발가벗음이란 오직 이 수동성, 자기의 이 비자발적 노출 속에서 존재합니다. 발가벗음이 옷을 벗은 것은 오직 얼굴의, 얼굴을 마주한 이 노출 속에서입니다."(자크 데리다, 최성희·문성원 옮김, 「동물, 그러니까 나인 동물」, 『문학과학』(문학과학사, 2013), 304, 317쪽)

45) 위의 책, 318쪽.

다. 이는 "전적인 타자의 시선에서 보이는 자신을 보는 것"이다.[46] 이처럼 주체의 시선이 인간에서 동물로 이동하면서 "따름과 뒤에 있음"으로 인해 타자의 시선은 '상호 보완적' 관계를 형성한다.[47] 그리고 동물의 시선은 "나의 첫 번째 거울"[48]이자 "자기 자신을 부끄러워하는 부끄러움의 거울"[49]이 된다. 즉, 동물이 응시한다는 것을 통해서 인간은 자신의 본질적 모습을 발견한다.

1955년 《문화예술》에 발표된 「애묘기(愛描記)」에 등장하는 남성은 과거와 달리 고양이를 애정하게 되었고, 내면에 숨겨진 욕망을 발견한다. 그는 자식이 없이 결혼 생활을 하던 중이었고, 다른 사람에게 관심이 없는 감정이 메마른 사람이었다. 그랬던 그가 고양이를 통해 내면에 잠재된 부성애를 인식하게 된다. 아내 또한 '자식'을 낳지 못한 내적 결핍을 고양이를 통해 발견하면서 소설에는 고양이라는 순수한 존재에 의해 숨겨져 있던 부부의 결핍과 욕망이 드러난다. 그리고 이는 남편이 고양이의 모든 부분을 집착하고, 아내가 고양이를 발길로 차는 등 극단적 행위 양상으로 이어진다. 즉, 고양이에 대한 부부의 비정상적 태도는 채워질 수 없는 욕망에 대한 항거이자, '결핍'을 전복하고자 하는 이중적 의지로 나타난다. 그러므로 고양이는 부부의 '결핍'을 발견하게 하는 '거울'이자, 갖고 싶은 '아이'인 '결핍' 그 자체로 존재한다. 결국 고양이의 '응시'는 인간의 내면적 결핍을 꺼내고 본질적 모습을 드러나게 한다. 1957년 《문학예술》에 발표

46) "이것은 한 시선 아래서 발가벗은 채 보여지고 있는 자신을 보는 것을 뜻합니다. 그 시선의 바닥의 바닥은 없습니다. 그것은 순진하면서도 동시에 아마 잔인하고, 아마 예민하면서도 둔감하며, 선하면서도 악하고, 불가해하고, 속을 알 수 없고, 뭔지 모를, 한없이 깊고 비밀스러운 그런 시선이지요, 전혀 다른 눈길입니다. 전혀 다른 전적인 타자지요. 바로 그곳에서, 참을 수 없는 타자의 근접성 속에서, 나는 아직 그 타자를 나의 이웃이라고 부를 아무런 권리와 자격을 느끼지 못합니다."(위의 책, 318쪽)

47) 이동연, 「동물과 인간 사이, 그 철학적 질문들과 문화적 실천」, 『문학과학』(문학과학사, 2013), 44쪽.

48) 자크 데리다, 앞의 책, 378쪽.

49) 위의 책, 304쪽.

된 「사슬」에도 고양이가 등장한다. 이 소설에 석주라는 남성은 고양이를 집 나간 아내로 인식하게 되면서, 아내에 대한 분노와 집착을 고양이에게 투사한다. 고양이의 시선에서 석주는 자신을 아내에게 버림받는 자로 인식하게 되었고, 아내가 없다는 상실감을 고양이를 향한 광적이고 폭력적 행위로 대응했다. 그는 "잠이 오지 않는 밤일 경우 달려들어 모가지를 움켜쥐고 동댕이치"[50]며, 고양이를 학대했고, 결국 "사슬"을 준비해 고양이를 집에 묶어 둔다. 이 소설에서 석주와 고양이, 즉 인간과 동물의 관계는 "수동성이나 능동성을 가리키는 어떤 것만이 아니"고 자기모순적 상황에서 이 둘은 "할 수 없음의 가능성을, 불가능성의 가능성, 상처 입기 쉬움의 불안과 이 불안의 상처 입기 쉬움을 공유하는 가능성"[51]으로 존재한다. 이처럼 방기환 소설에서 인간과 동물은 구분할 수 있는 존재가 아니며, 동물의 순수한 행위에서 인간 내면의 본질이 드러난다. 그래서 인간은 자신의 '내적 결핍'을 무화(無化)하기 위해 동물을 학대한다.

1954년 《신태양》에 발표된 「권태」에는 전쟁 중 아픈 어머니와 자신을 따르던 강아지를 버려 두고 혼자 피난길을 떠난 남성이 등장한다. 그는 서울이 환도되어 집으로 돌아왔을 때, 버리고 갔던 검둥이가 어머니를 지켰다는 사실을 알게 되었고 자신에게 "꼬리"를 흔드는 검둥이에게 분노를 느끼게 된다. 강아지를 향한 남성의 분노는 어머니를 버리고 떠난 자신의 죄의식에서 비롯된 것이었다. 그는 자신의 무능력함을 어머니를 지킨 검둥이의 순수한 행동에서 발견했기 때문이다. 이 소설에도 인간의 결핍은 동물에 대한 폭력으로 이어지고, 이는 궁극적으로 남성이 강아지를 자신과 동일시한 결과로 볼 수 있다. 그래서 남성은 자신의 이기적 인간성을 드러내는 검둥이의 꼬리를 떼어 냈고, '양심의 눈'을 찌른다. 결국, 강아지에 대한 남성의 폭력성은 자신의 "고통이나 불안"[52]을 표현한 것이었다.

50) 방기환, 「사슬」, 《문학예술》 23, 1957, 55쪽.

51) 자크 데리다, 앞의 책, 342~343쪽.

52) 데리다는 "우리는 완전히 다른 방식으로, 비록 비본질적으로 다르긴 하지만 그만큼 근

즉, 인간은 동물에 의해 자신이 결핍과 한계를 인식하고, 폭력을 통해 비양심적 행위에 죄의식을 표출한다.

이처럼 방기환 소설에 등장하는 동물의 순수함은 무기력하고 이기적 인간과 대조를 이루며, 인간 내면의 본질을 드러나게 한다. 여기에서 '동물'은 데카르트가 주장한 인간 중심적 사유에서 벗어나 있다. 즉, 주체는 인간이 아닌 '동물'이며, 동물의 시선에서 인간은 수동적으로 존재한다. 동물의 시선은 "바닥 없는 전적인 시선으로서", 이 시선은 인간인 "나로 하여금 인간적인 것의 깊은 한계를 보도록 한다."[53] 이는 "비인간적인 것 또는 무인간적인 것을, 인간의 끝을, 다시 말해 어떤 경계들의 통과를 보도록 하며", "이러한 발가벗음의 순간에, 동물의 시선에서, 온갖 일이 발생"한다. 결국, 동물의 시선에서 인간은 "세상에 종말을 맞을 준비가 된 아이와도 같게"[54] 된다. 데리다는 "고양이는, 그 눈 깊은 곳에서, 나의 첫 번째 거울이 될 수 없는 걸까?"[55]라고 질문했다. 즉, "동물이라는 공통된 이름에는 결국 나를 응시하는 것을 가리키는 것을 의미"[56]하기에 방기환 소설

본적인 심급, 말하자면 부정할 수 없는 심급에 우리의 신뢰를 얹고자 합니다. 그 누구도 특정한 동물들을 엄습할 수 있는 고통을, 두려움이나 공황 상태를, 공포나 놀람을 부정할 수 없습니다. 이것은 우리 인간들이 목격할 수 있지요. 데카르트 자신도 동물이 고통을 느끼지 못한다고 주장할 수는 없었다는 걸 우리는 보게 될 것입니다."라고 했다.(위의 책, 343쪽)

53) 자크 데리다, 앞의 책, 319쪽.

54) 위의 책, 같은 곳.

55) 위의 책, 378쪽.

56) "일반적인 동물, 이것은 무엇입니까? 그것은 무엇을 뜻하죠? 이것은 누굽니까? 그것은 무엇에 해당합니까? 누구에 해당하죠? 누가 누구에게 응답합니까? 그들이 그토록 태평하게 '동물'이라고 부르는 공통된 이름에, 일반적이고 단수인 이름에 누가 응답합니까? 응답하는 자는 누구죠? 이런 물음들은 동물이라는 이름으로 나를 응시하는 것을 가리킵니다. 사람들이 동물이라는 이름에 호소할 때 동물이라는 이름으로 말해지는 것을 가리키지요. 그래요. 여기서 관건이 될 법한 것은 발가벗은 채 노출되는 어떤 것이지요. 발가벗음 속에서 또는 자서전의 페이지를 열면서 '자 이것은 나입니다.'라고 말하는 자의 궁핍 속에서 노출되는 어떤 것일 테지요. '그러나 나로 말하자면, 나는 누굽니까?"(위의 책, 같은 곳)

에 등장하는 인간은 동물의 시선에 의해 자신의 내면적 실체를 발견한다.

4 결론을 대신하여: 석조(石朝) 방기환

방기환과 함께 공군 기관지 편집을 맡으며 종군 문인으로 활동했던 이상로(李相魯)는 방기환에 대해 다음과 같이 말했다. "그는 다정다감하다. 만나면 늘 반갑고 재미있고 유쾌한 사람, 한 번도 중심으로나마 불합치가 없었다."[57] 했다. 이상로의 증언을 통해 방기환의 별호(別號)가 '석조(石朝)'[58]라는 점이 이해된다. 방기환은 이상로와 함께 공군 종군작가로 전시에 활동하면서, 단편소설을 창작했고, 석조(石朝)처럼 굳건하고 청초하게 불행했던 시대에서도 문인으로서 역할을 이행했기 때문이다. 즉, 그의 단편소설은 '순수의 대상'을 통해 시대적 아픔을 보여 주고 전쟁에 의한 인간의 모순적 삶의 실체를 들춰 냈다.

물론 1950년대 방기환 소설에는 전투 상황을 직접적으로 다룬 「골육(骨肉)」[59]도 있다. 하지만 그의 소설 대부분은 전쟁이라는 시대에서 발생하는 인간의 피폐한 삶을 초점했다. 일제강점기부터 한국전쟁에 이르기까지 아버지, 남편, 아들을 잃은 '소녀'의 참담함(「동창(冬窓)」),[60] 전쟁을 겪으면서 여성들을 정신적으로 괴롭히는 남성의 비정상성(「파괴(破壞)」),[61] 피난지에서 가족으로부터 버림받은 가장의 괴로움(「동거생활(同居生活)」)[62]등 방기환의 1950년대 단편소설은 전쟁을 중심으로 인간의 절망적 상황을 담았

57) 이상로, 《창공》 2, 1953, 29쪽.

58) 방기환은 1953년 《코메트》 2호에서 석조(石朝)라는 별호로 '세계 명작 다이제스트'에 발자크의 작품 등 해외 문학을 해설하기도 했다.

59) 방기환, 「골육」, 《코메트》 4, 1953.

60) 방기환, 「동창」, 《창공》 2, 1953.

61) 방기환, 「파괴」, 《문예》 21, 1954.

62) 방기환, 「동거 생활」, 《자유문학》 15, 1958.

다. 이는 죽음을 직면한 상태에서도 "돈과 바람"[63]을 걱정하고, "아무리 괴로워도 종부는 받고 죽어야 한다."[64]라는 절규로 이어지기도 했다. 이처럼 1950년대 방기환 소설은 비극적 시대에 발생하는 인간의 욕망이 나타난다. 하지만 방기환은 1960년대부터 단편소설 창작을 줄이고, 1970년대부터는 아예 손을 떼면서 1950년대 단편소설에서 지향하던 '순수'는 사라지고 만다. 죽음 앞에서 모든 것이 "다 쓸데 없는 짓"[65]이자 "허전함과 불만스러움"[66]으로 인식되었기 때문이다. 그러나 방기환의 '순수 지향'은 소설 내부에만 사라졌을 뿐, 그 의식은 1960년대 이후에도 이어졌다.

방기환은 1960년대부터 본격적으로 장편 역사소설을 집필했고, 소년·소녀 고전문학이나 세계문학 전집을 출간하면서 과거를 현실로 호출했다. 방기환이 1970년대 이후 단편소설을 쓰지 않은 것은 1950년대 단편소설에서 구현했던 '순수 지향'을 작품 밖에서 '실질적 과거의 것', 즉, 고전적 결과물을 들춰 내는 것[67]으로 이어 갔기 때문이다. 그래서 1950년대 방기환 단편소설은 그의 문학적 방향성을 이해할 수 있는 중요한 연구의 대상이다. 본 연구 이후 방기환 문학 연구가 더욱 확장되길 기대해 본다.

---

63) 방기환, 「파도」, 《코메트》 12, 1955, 140쪽.

64) 방기환, 「종부성사(終傅聖事)」, 《문학예술》 12, 1956, 29쪽.

65) 방기환, 「그 집 사람들」, 《신태양》 17, 1954, 99쪽.

66) 방기환, 「매몰」, 《문학춘추》 4, 1964, 68쪽.

67) "방기환 씨는 잡초 속에 남겨진 발자국처럼 극히 단편적인 사료의 토막토막을 수집, 조립해서 미세한 움직임까지 재현시켜 등장인물에게 생경을 불어넣어 주는 작업이 역사소설을 쓰는 재미라고 말한다."(「작가 방기환 씨가 말하는 새 연재소설 어우동」, 《동아일보》, 1979. 3. 28)

참고 문헌

기본 자료

소설

방기환, 『童妾』, 백조사, 1952

______, 「물은 물대로」, 《코메트》, 1953

______, 「骨肉」, 《코메트》 4, 1953

______, 「冬窓」, 《창공》 2, 1953

______, 「날으지 않는 비행기」, 《코메트》 11, 1954

______, 「그 집 사람들」, 《신태양》 17, 1954

______, 「破壞」, 《문예》 21, 1954

______, 「파도」, 《코메트》 12, 1955

______, 「終傳聖事」, 《문학예술》 12, 1956

______, 「사슬」, 《문학예술》 23, 1957

______, 「同居生活」, 《자유문학》 15, 1958

______, 「埋沒」, 《문학춘추》 4, 1964

잡지

방기환, 「편집 후기」, 《코메트》 3, 1953

이봉래, 「신세대론」, 《문학예술》, 1956

이형기, 「신인의 위치」, 《문예》, 1953. 3

천상병, 「나는 거부하고 반항할 것이다」, 《문예》, 1953

최인욱, 「동첩 — 방기환 소설집」, 《코메트》 2, 1953

방기환, 「창공구락부를 찾아서」, 《공군》, 1988
이상로, 《창공》 2, 1953

신문

「아동 현상 작문」, 《동아일보》, 1946. 12. 1
「아동문학가협회 결성」, 《경향신문》, 1949. 5. 3
「어린이와 문화 단체」, 《동아일보》, 1957. 4. 22
「되살리는 선인들 위업」, 《경향신문》, 1974. 12. 11
「신인 작가와 현대 의식」, 《조선일보》, 1955. 10
「울고 있는 어린이 현장 교육자와 아동문학가들은 이렇게」, 《경향신문》, 1965. 5. 5
「작가 방기환 씨가 말하는 새 연재소설 「어우동」」, 《동아일보》, 1979. 3. 28
「표현이라는 것」, 《조선일보》, 1955. 4. 16

논문 및 단행본

가라타니 고진, 『일본 근대문학의 기원』, 도서출판b, 2010
권영민, 『한국 현대문학사 2』, 민음사, 2002
김윤식, 「한국문학 40년사」, 『한국 현대문학사』, 서울대 출판부, 2008
요한 하위징아, 김윤수 옮김, 『호모루덴스』, 까치, 2011
이동연, 「동물과 인간 사이, 그 철학적 질문들과 문화적 실천」, 《문학과학》, 문학과학사, 2013
이지, 김혜경 옮김, 「동심설」, 『분서』, 한길사, 2004
자크 데리다, 최성희, 문성원 옮김, 「동물, 그러니까 나인 동물」, 『문학과학』, 문학과학사, 2013
중앙일보사 편, 「전시하의 문인들」, 『민족의 증언』 7, 중앙일보사, 1983
지그문트 프로이트, 「불안과 본능적 삶」, 『새로운 정신분석 강의』, 열린책들, 2012

제2주제에 관한 토론문

노지승 | 인천대 교수

신은경 선생님의 「비극의 시대에 순수를 갈망하다—방기환의 1950년대 단편소설을 중심으로」에서는 두 가지 중요한 의미가 발견되고 있다고 생각됩니다. 하나는 아동문학 작가로 알려졌던 방기환이 한국전쟁기에 공군 문인단의 일원으로 공군 정훈지 《공군순보》, 문예지 《창공》 등에 관여하면서 전쟁문학의 중요한 축을 담당했다는 사실입니다. 선생님이 연구하신 바에 따르면 방기환의 문학적 출발은 해방 이전인 1944년 그리고 해방 후인 1946년 두 시기에 걸쳐 있다고 볼 수 있습니다. 그리고 이후 전쟁기를 거치면서 그의 문학 세계의 진정한 토대가 마련되었다는 인상을 받습니다. 무엇보다 대구에서 그의 첫 번째 창작집인 『동첩』이 간행되었다는 것 자체가 그것을 입증하는 듯합니다. 전시에 공군 문인단으로서 일종의 호구지책으로 글쓰기를 하면서 그가 전쟁과 아동이라는 두 개의 축을 엮어 낼 수 있었고 이에 선생님의 발표는 방기환 문학뿐 아니라 한국전쟁기 문학에서 매우 유의미한 조각을 맞추어 냈다고 생각합니다. 두 번째는 선생님의 발표는 아동과 동물이 그의 소설에서 세계를 탐구하는 독특한 장치가 되고 있다는 점을 보여 줌으로써 방기환의 전체 문학적 흐름을 설명할 만한 중요한 키워드를 발견하고 있습니다. 방기환의 작품들이 여러 시기와 여러 장르들에 걸쳐 있는 만큼 그의 문학 세계를 명쾌하게 꿰뚫기는 쉽지 않은 점이 있는 듯합니다. 선생님의 발표는 방기환의 아동문학, 단편소설 그리고 역사소설까지 방기환 문학을 설명하는 하나의 출발점을 제공하고 있습니다. 선생님의 서술을 그대로 인용해 보겠습니다. "'아동'과 '동물'은 '순수의 대상'으로 존재하는데, 이는 인간의 이상적 세계관을 드러내기 위한 장치로 사용되지는 않는다. 오히려 '순수'를 통해 1950년대 암담한 시대상이 도출된다." 아이와 동물이 순수의 대상이지만 '이상적 세계'를 구현하는 장치가 아니라는 점은 매우 흥미로운 부분이라 생각됩니다. 방기환은 전쟁기에 종군작가로서 그리고 아동문학가라는 자신의 전문성을 살리는 나름의 방법을 찾았던 것 같습니다. 이러한 의미들을 나름 읽어 내며 저는 선생님의 글에 대해 다음 두 가지 질문을 드리고 싶습니다.

첫째, 방기환의 이후의 문학에 '전쟁'이 남긴 흔적이 있다면 무엇이었을까 궁금합니다. 선생님은 그는 나이와 등단 시기를 고려했을 때 전후 '신세대 문학가'에 속하는 인물이기는 하지만 1950년대를 대표하는 손창섭, 선우휘, 장용학과는 다른 유형의 작가라 언급하고 계신데요. 전쟁 체험과 전쟁기의 문학이 위의 작가들과 결정적으로 다른 점이 있다면 무엇인지요. 단지 방기환이 아동문학에 주력했고 상대적으로 덜 주목을 받았기 때문인지 아니면 결정적으로 전쟁이라는 체험을 문학에서 형상화하고 녹여 내는 데 있어서 위의 작가들과는 중요한 차이를 갖고 있었던 것인지요. 그리고 이후 역사소설들을 집필하는 데도 전쟁이라는 특별한 역사적 순간의 체험이 영향을 준 바가 있을는지요. 이러한 질문들은 선생님께서 특별히 방기환의 전쟁기 문학에 주목하게 된 계기와도 관련되어 있을 것 같습니다. 방기환 작가를 동시대 여러 유형의 작가들과 비교하는 작업이 분명 필요한 듯합니다.

둘째, 선생님께서는 발표에서 아동과 동물에 주목하면서도 그 대상이 갖는 미학적 효과를 분석하고 계신데요. 이 부분이 이 발표문의 하이라이트가 아닐까 합니다. 선생님의 발표에서 '아이'는 순수이지만 '타락', '오염'의 반대항으로서의 순수가 아니라 문명 이전 혹은 인간의 본능과 욕망이라는 의미에서 '순수'를 보여 줍니다. "죽음에 대한 '강박'과 '무감각'은 '순수'를 향한 욕망으로 나아가는데 금지된 본능은 적당한 기회만 생기면 언제든지 터져 나와 만족을 얻으려"는 맥락에서 '순수'가 등장합니다. 저는 이 부분이 매우 의미 있는 지적이라 생각합니다. 욕망과 본능을 포기하지 않는 아이들의 모습은 불가해한 욕망의 모습이라는 점에서 섬뜩한 인상마저 듭니다. 그런데 선생님의 다른 분석들 즉 아이들의 '놀이'에 대한 분석도 이와 관련지어서 보충적으로 설명될 필요가 있을 것 같습니다. 더불어 "아동은 어른의 삶에 속박되어 살아가는 존재라는 점에서 본질은 어른과 다르지 않다."라는 문장은 선생님의 전체적인 논의에서 어떤 의미가 있는 것인지요.

소설 속에 등장하는 '동물'의 의미에 대해서는 선생님은 주로 데리다의 '발가벗음(naked)' 개념을 이용해 분석하셨는데요. 이 글은 "동물은 '부끄러움의 거울'이며 동물이 응시한다는 것을 통해서 인간은 자신의 본질적 모습을 발견"하는 것이라는 데리다의 논의를 분석의 토대로 삼고 있습니다. 「사슬」, 「권태」에서는 인간에 의해 동물에 대한 폭력이 행사되고 있는데 이러한 동물에 대한 폭력은 동물을 통해 인간 자신의 벌거벗음을 알게 되었기 때문이라고 읽을 수 있을 것 같습니다. 동물들이 다름 아닌 주로 '남성' 인물로 하여금 비참함을 깨닫게 하고 그들을 폭력으로 몰아가게 하는 점도 흥미롭습니다.

그런데 아이와 동물이 전시기 방기환 소설에서 인간의 비참함을 깨닫게 하는 두 가지 매개라면 아이와 동물에서 발견된 인간의 모습이 무엇이었는지 아이와 동물이라는 매개의 역할은 서로 달랐던 것인지, 결론에서 잠깐 언급한 여성 인물들과 동물, 아이는 연결될 수는 없는 것인지 등이 궁금합니다. 혹은 그 인간의 모습은 '남성' 인간의 모습은 아닐까도 생각해 봅니다. 아울러 선생님의 글에서 '순수'라는 키워드는 매우 많은 것이 설명되지 않으면 종종 오해를 살 수도 있겠다는 생각도 듭니다. 예컨대 "1950년대 단편소설에서 구현했던 '순수 지향'을 작품 밖에서 '실질적 과거의 것', 즉, 고전적 결과물을 들춰 내는 것으로 이어 갔"다고 결론 맺고 계시는데요. 순수를 '갈망'한다는 표현이 발표의 제목에도 들어가 있습니다. 그런데 선생님의 분석을 따라 읽다 보면 방기환은 '순수'를 '지향'하거나 '갈망'했던 것이 아니라 어쩔 수 없이 순수를 경험할 수밖에 없었던 그 폭력적 상황이 두려워 다른 쪽으로 나아갔던 것은 아닌가 합니다.

혹시 제가 오독, 오해한 부분이 있었을지도 모르겠습니다만 선생님의 글을 읽고 작가 방기환에 대한 의미 있는 문제의식과 전시 문학의 중요성 그리고 소설 속에 등장하는 '아이'와 '동물'에 대한 중요한 분석의 시각을 배우게 되었습니다. 선생님의 답변을 기대하겠습니다. 감사합니다.

방기환 생애 연보

1923년	1월 16일, 서울 출생.
1943년	철도종업원양성소 수료.
1944년	극단 청춘좌(青春座)에서 모집한 희곡이 당선되면서 문단에 데뷔함.
1946년	《아동문예춘추》사에서 모집한 아동 현상 작문의 심사위원으로 활동함.
1947년	아동지 《소년》을 주간했고, 『꽃 필 때까지』를 연재함. 시집 『녹야(綠野)』 발표. 아동문학가로서 활동하기 시작함.
1948년	서울대학교 사범대학 중등교원양성소 수료. 소년소설집 『누나를 찾아서』를 《문화당》에 발표함.
1949년	해방 이후 최초의 아동극집 『손목 잡고』와 소년소설집 『꽃 필 때까지』를 《문화당》에, 「굴러간 뽈」을 《소년》에, 「꾀꼬리가 울며는」을 《어린이》에 발표함. 5월에 결성된 아동문학가협회에서 사무이사를 맡음. 《소년》을 주간하면서 후에 아내가 되는 12살 연상 임옥인을 만남.
1950년	3월, 단편소설 「뱀딸기」를 《문예》에 발표하면서 일반 소설 분야에 창작 영역을 넓힘. 6월, 한국전쟁이 발발하자 피난을 떠남.
1951년	3월, 대구에서 피난을 내려온 16명의 문인들과 함께 공군 문인단(일명 창공구락부(蒼空俱樂部))를 결성함.
1952년	공군 문인단 창단 직후 시인 이상로와 함께 공군 정훈지 《공군순보》 편집을 맡음. 단편 소설집 『동첩』을 《백조사》에 발표

함. 《공군순보》가 《코메트》로 이름이 바뀌어 월간으로 발행되었을 때 편집을 맡기도 함.

1953년 단편 「물은 물대로」, 「골육」을 《코메트》에, 단편 「매력」을 《문화세계》에 발표함. 대구에서 피난 시절 임옥인과 재회하고 부부가 됨.

1954년 전국문화단체총연합회에서 중앙위원을 지냈고, 소년소설집 『언덕길 좋은 길』을 발표함.

1955년 톨스토이의 원작 『인생의 사랑』을 번역, 단편 「정희(晶姬)」를 《현대문학》에 발표함.

1956년 한국아동문학회에서 총무위원을 맡음. 장편 역사소설 『왕손(王孫)』을 《문화예술》에 발표함.

1957년 한국아동작가협회에 소속되어 마해송, 강소천, 임인수, 이종환, 김요섭, 홍은순과 함께 아동헌장 초안을 작성함. 단편 「사슬」, 「귀」를 《문학예술》에 발표함.

1958년 아동 잡지 《소년생활》 주간. 박영준, 이한이와 공저로 교양서 『문장강의(文章講義)』를 펴냄.

1959년 교양서 『한국 고대 소설집』을 발표함.

1960년 소설가협회 임원, 한국작가협회 발기인으로 활동함. 『재일영친왕비(在日英親王妃)의 수기(手記)』를 번역 발표함.

1961년 『챠타레이 부인(夫人)의 제이(第二)의 결혼(結婚)』, 『삼형제 황야를 가다(Burnford, Sheile)』를 번역 발표함.

1962년 한국문인협회 감사로 선출됨. 장편 역사소설 『초한전기(楚漢戰記)』를 발표함.

1963년 방기환 작 어린이 연속극 「보이지 않는 사람들」이 동아방송국에서 18회에 걸쳐 방영됨. 「아라비안·나이트」, 「뱃사람 신드바드의 모험」 공편. 동화집 『나비의 집』을 발표함.

1964년 한국어린이글짓기 지도회에 강사로 소속되어 어린이들을 상대로 글짓기를 강습함.

1964년 방기환 작 중편 사극 「한국의 풍운아」가 DBS에서 신정 연속 사극으로 방영됨. 강소천 선생 추모 작품집 『봄동산 꽃동산』, 아동문학 『우랑 소년 소녀 문고』 공편. 소년소설집 『바람아 불어라』를 발표함.

1965년 동화 「검둥이만 아는 일」을 《동아일보》에 발표함. 마해송 선생 환갑 기념 아동문화집 『마해송 할아버지』를, 문학 전집 『세계야담사화전집』을, 교양서 『세계여인백상(世界女人百象)』을 공편. 『삼국지』 번역, 단편 「순진한 난경(蘭卿)이」를 《현대문학》에 발표함.

1966년 교양서 『한국역대궁중비사(韓國歷代宮中秘史)』, 아동문학 전집 『소년소녀 세계문학 전집』 공편. 장편역사소설 『단종역란(端宗逆亂)』을 《대구매일신문》에 1966년 1월부터 1968년 12월까지 연재함. 단편 「청궁비록(淸宮秘錄)」을 《현대문학》에 발표함.

1967년 『옥루몽(玉樓夢)』, 『초한지』를 번역. 장편 역사소설 『수양대군』을 발표함.

1968년 아동문학 전집 『소년소녀 세계문학 전집』을 공편. 단편 「왜장사야가(倭將沙也可)」를 발표함.

1969년 아동문학 『(소년소녀) 한국고전문학 선집』, 『(소년소녀) 세계미담집』(공편)을 발표함.

1970년 아동문학 『한국 아동 고전 문학 선집』을 공편. 『참된 인간의 행복론』을 번역 발표함.

1971년 장편역사소설 『용비어천가(龍飛御天歌)』를 《경향신문》에 1971년 1월부터 1975년 3월까지 연재함.

1972년 아동문학 『(소년소녀) 한국의 문학』 공편.

1973년 《월간문학》 편집위원으로 위촉. 아동문학 『어린이 한국 명작』

공편.

1974년	문화예술진흥원에서 국난 극복의 영웅상을 작품화하는 『민족문학대계』 제1차 연도 집필 작가 40명 중에 소설 분야에 선정됨. 교양서 『한국 야사 전집(韓國野史全集)』, 『한국 야담 전집(韓國野談全集)』(공편저)을 펴냄.
1975년	문인협회 이사. 전국소설가협회 발기 위원. 번역서 『톨스토이 전집』(공역)을 펴냄.
1976년	장편 역사소설 『삼국지』, 『후궁(后宮)의 일월(日月)』을 발표함.
1979년	장편 역사소설 『어우동(於于同)』을 《동아일보》에 1979년 4월부터 1981년 10월까지 연재함.
1980년	교양서 『여성한국사』, 장편역사소설 『통일천하(統一天下)』를 발표함.
1981년	소년소설 『꽃바람 부는 집』을 발표함.
1982년	장편 역사소설 『이벽(李檗)』을 《현대문학》에 1983년 5월부터 1983년 8월까지 연재함. 장편역사소설 『어우동』을 출판함.
1983년	장편역사소설 『강화부인(江華夫人)』을 《조선일보》에 1983년 1월부터 1985년 3월까지 연재함.
1985년	6월 말, 방기환의 장편역사소설 『어우동』을 이장호 감독이 영화로 만들어 개봉함. 안성기, 이보희가 주연을 맡음. 장편 역사소설 『강화부인』을 출판함.
1987년	장편 역사소설 『김춘추(金春秋)』를 출간함. 이 작품은 1970년대 초에 발표한 『동방 삼국지』를 개작하여 새롭게 출간한 것임.
1993년	1월 9일, 오전 4시 서울 둔촌동 보훈병원에서 숙환으로 별세. 향년 71세. 유족으로는 미망인 임옥인 여사. 경기도 남양주군 천주교 묘지에 안장됨.

방기환 작품 연보

발표일	분류	제목	발표지
1947. 1	시집	녹야	자가본
1947	소년소설	꽃 필 때까지	소년
1948	소년소설집	누나를 찾아서	문화당
1949	소년소설집	꽃 필 때까지	문화당
1949	소년소설	굴러간 뿔	소년
1949	아동극집	손목 잡고	문화당
1949	아동극	꾀꼬리가 울며는	어린이
1950. 3	단편	뱀딸기	문예
1951	아동극	싸우는 어린이(전시 동극본)	향학사
1952	단편집	동첩(童妾)	백조사
1952	단편	초가삼간	백조사
1952	단편	동첩	백조사
1952	단편	뱀딸기	백조사
1952	단편	포연의 동화	백조사
1952	단편	방매가	백조사
1952	단편	인형의 고독	백조사
1952	단편	마돈나의 집	백조사
1952	단편	금원(禁園)	백조사
1952. 3	단편	인형의 고독	공군순보

발표일	분류	제목	발표지
			(『동첩』에 재수록)
1952. 6	단편	방매가	공군순보
			(『동첩』에 재수록)
1953. 1	단편	동창(冬窓)	창공
1953. 1	단편	물은 물대로	코메트
1953. 5	단편	골육	코메트
1953. 11	단편	매력	문화세계
1954	아동극	빛나는 용사	문교사
1954	소년소설집	언덕길 좋은 길	상문사
1954. 1	단편	그 집 사람들	신태양
1954. 3	단편	파괴	문예
1954. 7	단편	날으지 않는 비행기	코메트
1954. 9	단편	권태	신태양
1955	장편소년소설	잃어버린 구슬	미상
1955	번역서	최대(最大)의 문헌: 인생의 사랑(톨스토이)	大東社
1955. 4	단편	파도	코메트
1955. 4	단편	송 편집장	신태양
1955. 6	단편	정희	현대문학
1955. 1	단편	애묘기	문학예술
1956	장편소년소설	웃지 않는 아이	미상
1956	번역서	전락의 여인 (Alberto Moravia)(공역)	문연사
1956	번역서	(완역) 삼국지 (진수(陳壽))	삼희사

발표일	분류	제목	발표지
1956	번역서	가난한 연인들 (도스토옙스키)	대문사
1956. 4	단편	종전성사(終傳聖事)	문학예술
1956. 7	단편	계모	신태양
1956. 9	장편 역사소설	왕손	문학예술
1956. 9	단편	뚜껑 없는 화물열차	현대문학
1957	교양서	논문사전(論文事典)(공저)	선진문화사
1957	교양서	(모범)서한사전(書翰事典) (공저)	동아문화사
1957	교양서	중학생(中學生)의 작문(作文)(공저)	문화교육
1957. 1	동화	어린 닭의 소망	동아일보
1957. 3	단편	사슬	문학예술
1957. 11	단편	귀	문학예술
1958. 6	단편	동거 생활	자유문학
1958.11	교양서	문장강의(공저)	미상
1959	아동극집	빛나는 소년 용사	문교사
1959	교양서	한국 고대 소설집	계몽사
1960. 1	단편	항아리와 취객	자유문학
1960	번역서	인간실격(Dazai Osamu)	신태양
1960	교양서	민주주의의 영웅들	정문사
1960	번역서	재일 영친왕비의 수기 (이방자 저)	신태양사
1961	교양서	고시와 논문	新太陽社
1961	번역서	챠타레이 부인의 제2의 결혼	대문사

발표일	분류	제목	발표지
1961	번역서	삼형제 황야를 가다 (Sheila Burnford)	하서출판사
1961	장편	옥루몽	선진문화사
1961. 6	단편	계산	현대문학
1962	번역서	비운(悲運)의 왕비: 재일(在日) 영친왕비의 수기(이방자)	聖峰閣
1962	장편 역사소설	초한전기(楚漢戰記)	선진문화사
1963	아동문학 전집	(소년소녀) 세계 전기 전집; 9 동양편(공편)	삼화출판사
1963	아동문학	아라비안 나이트(공편)	화학사
1963	아동문학	뱃사람 신드바드의 모험(공편)	화학사
1963	번역서	광풍노인 일기(狂風老人日記) (谷崎潤一郎)	세문사
1963	번역서	바람아 이 등불을 끄지 말아 다오: 버림받은 딸을 안고 20년. 그 사랑의 기록(城戸禮)	신태양사
1963	동화집	나비의 집	계진문화사
1963	어린이 연속극	보이지 않는 사람들	동아방송
1963. 6	단편	아이와 어른의 조화	현대문학
1964	장편소년소설	꽃바람 부는 집	미상
1964	교양서	봄동산 꽃동산: 동화편: 강소천 선생 추모 작품집(공편)	배영사
1964	아동문학	우량 소년 소녀 문고 2: 우리 겨레의 옛 이야기(공편)	삼성출판사
1964	아동문학	우량 소년 소녀 문고 3:	삼성출판사

발표일	분류	제목	발표지
		세계 명작 동화집(공편)	
1964	소년소설집	바람아 불어라	구미서관
1964. 7	단편	매몰	문학춘추
1964. 1	단편	요즈음 아이들	현대문학
1964. 1	단편	이별 이후	문학춘추
1965	교양서	마해송 할아버지: 마해송 선생 환갑 기념 아동문학집(공편)	교학사
1965	문학 전집	세계야담사화 전집(공편)	을유문화사
1965	교양서	세계여인백상 1~3(공편)	화학사
1965	번역서	(단권 완역) 삼국지(나관중)	학우사
1965. 6	단편	순진한 난경이	현대문학
1966	교양서	한국 역대 궁중 비사 1~5(공편)	신태양사
1966	아동문학 전집	소년소녀 세계문학 전집 1, 3, 5(공편)	어문각
1966. 1 ~ 1968. 12	장편 역사소설	단종역란(端宗逆亂)	대구 매일신문
1966. 2	단편	청궁비록(淸宮秘錄)	현대문학
1967	번역서	옥루몽	불이출판사
1967	장편 역사소설	수양대군	어문각
1968	교양서	소년소녀 그림 국사 1 우리나라를 세우신 분들	신태양사
1968	교양서	동양역대위인전기 서집 1~6(공편)	신태양사
1968	교양서	소년소녀 그림국사 5 자랑스런 고려 정신	신태양사

발표일	분류	제목	발표지
1968	아동문학 전집	소년소녀 세계문학 전집(공편)	계몽사
1968. 6	단편	왜장 사야가(倭將沙也可)	신동아
1969	아동문학	(소년소녀) 한국 고전문학 선집(공편)	하서출판사
1969	아동문학	(소년소녀) 세계미담집: 새 시대의 도덕 독본(공편)	삼화출판사
1970	아동문학	한국 아동 고전문학 선집(공편)	제문출판사
1970	아동문학	소년소녀 세계문학 전집(공편)	계몽사
1970	번역서	참된 인간의 행복론(톨스토이)	지원사
1971	번역서	간디 전기	신태양사
1971	교양 전집	소년소녀 세계 위인 전집(공편)	계몽사
1971	아동문학	소년소녀 세계 교육·명작 동화 선집(공편)	서정출판사
1971. 1 ~ 1975. 3	장편 역사소설	용비어천가	경향신문
1972	아동문학	(소년소녀) 한국의 문학: 현대편(공편)	신구문화사
1972	아동문학	(소년소녀) 한국 고전문학	제문출판사
1973	아동문학	소년소녀 세계문학 전집(공편)	계몽사
1973	아동문학	(컬러판) 어린이 한국 명작(공편)	계몽사
1974	교양서	한국야사 전집(공편)	규문사
1974	교양서	한국야담 전집(공편)	우성출판사
1975	번역서	톨스토이 전집(공역)	동창출판사
1976	장편 역사소설	삼국지	신한출판사

발표일	분류	제목	발표지
1976	장편 역사소설	후궁의 일월(日月)	선일문화사
1979. 4 ~ 1981. 10	장편 역사소설	어우동	동아일보
1980	장편 역사소설	통일천사	민중도서
1980	교양서	여성 한국사	세일사
1981	소년소설	꽃바람 부는 집	갑인출판사
1982	장편 역사소설	어우동	동아일보사
1982. 5 ~ 1983. 8	장편 역사소설	이벽(李蘗)	현대문학
1983. 1 ~ 1985. 3	장편 역사소설	강화부인	조선일보
1983	장편 역사소설	이벽	현대문학
1985	소년소설집	소년과 말	미상
1985	장편 역사소설	강화부인	행림출판사
1987	장편 역사소설	김춘추	고려출판사

작성자 신은경 고려대 교수

정한모 혹은 '시인-교수'라는 이름의 '운명의 지침'

조영복 | 광운대 교수

페이지 속 그 많은 형상과 뜻과 모든 빛나는 것
모조리 딱 덮인 까만 장정 안에 나도 접혀
—「까만 장정(裝幀)」 중에서

1 머리말

일모(一茅) 정한모(1923~1991)는 시인이자 교수로서 '노태우 정부'의 문공부 장관(1988. 2~1989. 12)을 역임한,[1] 한국 근·현대문학(이하 '현대문학') 사상 보기 드문 이력을 지니고 있다. '정한모 탄생 100주년'을 기념하는 자리에서 그의 '화려한 이력' 가운데 그의 어떤 면모를 부각시킬 것인가를 고민하게 되는데, 관료로서의 그의 이력은 교수이자 학자로서의 그의 학문적 공적을 평가절하할 위험이 있고 교수이자 학자인 그의 '이론가'로서의 면모는 '시인' 정한모의 시사적 가치를 평가하는 데 일견 장애가 될 수도 있다. 물론 그 역도 마찬가지일 터이다. 한편으로, 그가 해방 이후 대한민국의 '대학 제도' 아래에서 체계적인 문학 이론 공부를 한 '국문학 첫

1) 그 외, 한국문화예술진흥원장(1984. 5~1988. 2), 한국간행물윤리위원장(1989. 1~1991. 2) 등을 지냈다.

세대'이자 문과대학 시스템 아래에서 현대문학 연구자로서의 삶을 살았다는 것은 소홀히 다룰 수 없는 측면인데, 이는 현대문학의 이론화, 학문화 및 문과대학의 제도화, 체계화, 그리고 문학 연구의 영속성 문제와 결코 분리될 수 없기 때문이다. 해방 이후 현대문학의 통사적 관점의 정립, 문학사 기술의 방법론 구축, 분석적, 과학적 문학 연구 방법의 정립 등 현대문학의 아카데미즘화에 있어 그의 공적을 간과할 수는 없다.

따라서 이 글은 해방 이후 '국문학 아카데미즘'의 제도화, 체계화와 관련된 그의 위치 및 학자이자 연구자로서 그의 학문적, 학술적 공적을 조명하는 한편, 6권의 시집을 낸 시인으로서의 그의 면모를 대략적으로 점검하고자 한다. 더욱이 그가 문공부 장관 재직 시 단행한 ' 납, 월북 문인에 대한 해금 조치'는 한국현대문학사상 하나의 '사건'으로 기록될 정도로 현대문학 연구의 범주나 방향성에 일대 전회를 가져오는데 이 역시 무엇보다 중요하게 평가되어야 한다.

2 '백석'이라는 이름의 대중화와 '장관' 정한모

대체로 호사가들의 관심에서 비롯된 것이지만, 문인으로 정·관계에 진출한 인물로 흔히 앙드레 말로를 든다. 말로의 관계 진출(드골 정권 문화부 장관)이 부정적으로 인식되지 않은 것은 그의 문학적 성과 때문이기도 하겠지만 말로의 첫인상에 대한 드골의 회고도 크게 작용한 듯하다. 앙드레 말로를 만난 드골이 "마침내 인간을 만났다."라고 고백했다는 일화는[2] '행동주의 철학자'이자 '휴머니즘 예술가'인 말로의 면모에 신화적이고 영웅적인 숭고와 시적인 아우라를 겹쳐 읽게 만드는 힘이 있다. 그런데 우리에게 문인 혹은 예술가의 정·관계 혹은 국가 행정부의 진출은 말로의 경우처럼 그런 시적이고 낭만적인 인상을 주기 어렵다. '테크노크라트'에 버

2) 앙드레 말로, 유복렬 옮김, 『덧없는 인간과 예술』(푸른숲, 2001), 7쪽.

금가는 문학, 예술 분야의 전문성을 지닌 행정가로서 실천적인 역할을 수행하는 긍정적인 측면이 있을 수 있으나 그에 관한 시각은 대체로 부정적이다. 그 이유의 일단은, 점검이 필요한 대목이기는 한데, 문인, 예술가의 정·관계 진출을 '성스러움'과 '세속성'의 대립 관계를 통해 바라보는 관점이 지배적인 탓도 있고, 그것은 문학 예술의 신비주의적, 근본주의적 속성과도 분리되기 어렵다. 다른 한편으로는 근대문학의 출발과 식민지 경험이 상동성을 갖는 것과도 무관하지 않을 것이다. 학문의 본질을 순수 인식에서 찾고 대학 공동체의 절대적 자유를 강조하는 피히테식 관점[3]에서 보면 교수의 관계 진출이란 비학문적인 '출세주의'로 인식되기 쉽다.

그런데 정한모의 관계 진출은, 말로에 대한 드골의 인상적인 회고담에도 비교될 수 없고, 적어도 한 개인의 '출세주의'의 화려한 수사와도 비견되지 않는, 보다 공적이고 문학사적인 '사건'과 결부되어 있다. 정한모에 대한 '인간적인 회고'를 참조하더라도 그것이 '말로의 이력'에 못 미치는 것은 아니며 더욱이 그의 문공부 장관 재직 시 단행한 '조치'가 무엇보다 비장함과 역사성을 내재하고 있다는 점에서 그의 관계 진출이 개인적인 차원을 넘어서 있다는 점은 분명하다.

그의 관료로서의 삶을 조명하면서 예컨대 시인 백석을 떠올린다면 지나치게 뜬금없는 것일 수 있다. 사실, 백석만큼 대중화된 시인을 찾기도 어려운 듯하다. 학문 연구의 대상을 넘어 대중적인 '인기'의 정점에 서 있는 인물이 백석인데, 정한모가 공식적으로 시인 백석을 오늘의 지위에 있게 했다고 한다면 과장이거나 농담일 수 있는가. '한국인들이 가장 사랑하는 시인'의 목록의 맨 앞자리에 있던 소월의 자리를 대체한 인물이 백석이니, "한국인들에게 어쩌구" 식의 이 저널리즘적이고 통속적 취향의 설문을 굳이 언급하는 비례(非禮)이자 무례(無禮)를 무릅쓴다면, 정한모의 관료로서의 삶에 있어 무엇보다 맨 앞자리에 놓아야 할 '사건'은 1988년 7월 19일 단

3) 이광주, 『대학사』(민음사, 1997).

행된 '납·월북 문인에 대한 해금 조치'이다. 좌우 이데올로기 및 정치적 대립의 한가운데 '금제'와 '검열'의 영역에 던져져 있던 '반쪽 한국문학사'를 온전하게 회복할 계기를 마련한 인물이 '문공부 장관' 정한모였다. '7·19 조치'로 납·월북 및 재북 문인 120명에 대한 전면적인 해금이 단행됨으로써 그 '조치'는 해방 이후 한국문학사에서 가장 획기적[4]일뿐더러 한국 현대문학 연구의 방향성 자체를 전회시킨 하나의 '사건'으로 기록된다. 사라지거나 망각되었거나 복자(覆字)로 가려졌던 근현대사의 많은 인물들이 제 이름을 찾고 한국 현대사의 공백을 채우게 되었으며 더욱이 '한국현대문학(사, 연구)'의 온전한 지평을 회복하는 계기가 되었던 것이다.

이 '조치'는 그에게는 현대문학 연구자로서 개인적이고 학문적인 차원의 소명 의식과도 무관하지 않다고 판단되는데, 『한국 현대시문학사』, 『현대시론』 등 그의 저서가 지향하는, 한국 현대문학이 '온전한 문학사' 위에서 정초될 필요성, 가능성과 연결되었던 것이다. 한국 현대시(사)의 정리 및 완성이 그의 세대에서 수행되지 않았다고 해도 그 의미나 가치가 축소될 수는 없다. 이 '조치'로 이태준, 이기영, 박태원, 안회남 등의 소설가는 물론이고 정지용, 백석, 오장환, 이용악, 김기림, 임화 등의 한국문학사에서 걸출한 업적을 남긴 문인들이 학위논문, 학술논문, 단평 등의 연구 대상으로서 '다수적인' 지위를 갖게 된다. 우리의 망각을 '레테의 강물'에 부려 놓지 않는다면, 이 '조치'만으로도 그는 분명 관료로서의 삶을 성공적으로 수행했다고 평가할 수 있다. '문공부 장관'의 자격으로 행해진 이 '조치'가 한편으로는 그가 시인이자 국문학 교수(학자)였다는 사실이 크게 작용했음을 짐작하기란 어렵지 않다.

---

4) 권영민, 「일모 선생님의 마지막 작업 그리고 남겨 두신 말씀」, 『정한모의 문학과 인간』(시와시학사, 1992).

3 한국 현대문학의 아카데미즘화와 제도화

정한모는 해방 이후 한국 대학 제도 아래에서 교육을 받고 대학교수가 된 '국문학 첫 세대'에 속한다. 해방 이전 현대문학 연구 및 이론화에 기여했던 백철, 김기림, 임화, 박영희 등을 정한모 앞(세대)의 인물이라 할 수 있다면, 정한모 '뒤'로는, 시 장르로 한정한다면, 김용직(1932~2017), 김학동, 김준오(1939~1999), 박철희(1937~) 등이 있다.

정한모 혹은 '정한모 세대'의 세대론적 입장을 이해할 필요가 있을 듯하다. '정한모'라는 고유명사가 아닌 '정한모' 혹은 '정한모 세대'를 말해야 하는 것은 그 세대가 해방 이후 국어국문학과의 행정적 체계와, 현대문학의 학문으로서의 제도화와 밀접하게 연결될 뿐 아니라 그 '제도'를 통해 한국 현대문학의 존재론적 지위 및 실천적인 연구 지평이 확보되기 때문이다. 정한모 세대의 특징으로는, 1) 한글(우리말)로 문학하기에 대한 고도의 자의식, 2) 한국문학의 제도적 학문화와 지속성에 대한 문제의식, 3) 국문학도로서 외국 이론의 홍수 속에서 어떻게 한국문학(시)을 위치시키고 해석, 분석, 가치 평가할 것인가의 한국 현대문학의 과학화, 학문화에 대한 문제의식 등으로 요약할 수 있다. 이 같은 문제의식은 그 세대로서는 일종의 '운명의 지침'[5]으로 작동했던 것 같다. 1)은 해방 이후 '국문학 첫 세대'에게 특히 심층화된 자의식이자 문제의식으로 특정될 것이고 2)는 아카데미즘의 제도권 '안'으로 진입했던 국학자들의 소명 의식으로 특히 국어학, 고전문학에 비해 역사가 짧았던 현대문학으로서는 필연적인 것이며 3)은 보편문학과 한국문학, 서구 문학 이론과 한국문학 텍스트 사이의 갈등을 마주한 현대문학 전공자들에게는 피할 수 없는 '선험적 의식'[6]으로 자리 잡고 있었다.

정한모는 일본 나고야의 미쓰비시항공기제작소에 징용당한 뒤 귀국,

5) 정한모, 「내가 좋아하는 시」, 『바람과 함께 살아온 세월』(문음사, 1983).
6) 김현, 「한 외국 문학도의 고백」, 『김현 문학 전집 (3)』(문학과지성사, 1991).

1945년 12월경 동인 '백맥'의 결성에 참여했고,[7] 서울대학교 문리과대학 '국어국문학과에 입학한 것은 1947년 9월이며, 그 뒤 전광용, 정한숙 등과 '주막'을 결성한다. 대학 입학 및 '주막'의 결성은 '시인' 정한모의 개인적 이력을 펼치는 것 못지않게 한국 현대문학의 학문화, 제도화에 그가 깊숙이 간여하게 되는 동력이 된다. 전광용(서울대), 정한숙(고려대) 등 '주막' 동인의 면모에서 확인되듯 이들은 문인이자 대학교수로서 후일 대학에서 문학 아카데미즘을 제도적으로 정착시키는 데 기여한다. '저널리즘'을 통해 지속된 '식민지 문학 아카데미즘'[8]의 극복과 문학 아카데미즘의 제도권 '안'으로의 복원은 문인이자 대학교수였던 이들 세대의 공적이라 할 것이다. 정한모는 1956년 4월, 서울대 국문과 대학원에 입학해 본격적으로 한국 현대문학의 이론화, 학문화의 길에 들어서는데, 1958년 4월, 동덕여대 전임강사를 시작으로 1988년 서울대에서 퇴임할 때까지 교수직을 유지했다.

일제시대 신문, 잡지 등의 '활자 미디어 저널리즘'에 의해 지속된 '국학 아카데미즘' 영역에서 국어학, 고전문학에 비해 현대문학의 지위 및 성과는 다소 미약했다. 현대문학 분야가 학문적 영역으로 인정되고 체계화되기 위해서는 대학 '안'으로의 제도화가 긴급했고 '예술로서의 문학'보다는 '학문으로서의 문학'의 지위를 확보하는 것이 요구되었다.[9] 일제시대 일본에서 대학 교육을 받은 지식인, 문인들이 대학 제도의 '안'으로의 진입이 쉽게 허용되지 않았던 상황에서[10] 문학 아카데미즘이 대학 제도의 '밖'에서 저널리즘을 통해 구성될 수밖에 없었다면, 해방 이후 '국문학 첫 세

7) 정한모·김종철 대담, 「나의 문학. 나의 시작법」, 『정한모의 문학과 인간』(시와시학사, 1992).

8) 이용범, 「'식민지 국학'의 학제적 위치 — 국문학, 조선 문학, 동양학, 그리고 한학」, 《동방학지》 200집, 2022. 9.

9) 이미정, 「한국 현대문학의 지식 체계화 과정 연구」, 《문화와융합》 53집, 2018. 6.

10) 정종현, 「신남철과 '대학' 제도의 안과 밖 — 식민지 '학지'의 연속과 비연속」, 《동악어문학》 54, 2010.

대'의 임무는 한국문학의 담론들을 제도권 '안'으로 복원시키고 국문과의 '제도'를 통해 후학들을 교육하고 양성함으로써 현대문학 연구의 실질적 토대 및 연구의 영속성을 마련하는 것이었다. 더욱이 정한모는 영문학과의 송욱, 불문학과의 김붕구, 중국 문학의 차주환 등과 함께 '연구와 창작'을 병행하는데[11] 그들 세대는 대학 내에서 문인이자 교수, 창작자이자 연구자로서의 '이중의 정체성'을 고유하게 견지한다. 이 '이중의 정체성'을 두고 "역설이냐 평행이냐"[12]의 가치론적 논쟁이 있겠으나 이 논란 자체가 근원성, 순수성에 대한 완고한 관점의 피력일 수 있고 이는 본고의 논의와는 다른 차원의 것이어서 생략한다.

정한모의 또 다른 공적은 국어국문학회, 비교문학회 등의 학회 결성, 학술지 창간을 들 수 있다. 전광용, 정한숙 등과 결성한 동인지 《주막》의 활동은 그 뒤 '국어국문학회'의 결성 및 국어국문학회지 창간으로 이어진다.[13] 이들은 무엇보다 "우리말과 글을 보다 공부하고 연구, 천착해야겠다."는 의욕에 차 있었고 전광용, 정한숙 등과 시작된 개인적 교유는 점차 서울 시내 9개 대학의 국어국문학과 학생들의 모임으로 발전했는데 그것이 후일 '국어국문학회'의 모체가 되었다는 것이다. 그런데 '주막'의 결성이 국어국문학회의 모체가 된다는 정한모 등의 회고와, 한국전쟁 발발 후(1952년 9월 24일) 부산에서 김민수, 양재연, 정병욱, 이태극, 김동욱 등이 주축이 돼 '창간을 위한 제1회 모임'을 가졌다는 기록[14]은 다소 차이가 있는 듯하다. 세대론적인 간극도 있는 듯하고 국어학, 고전문학에 대비된 현대문학의 위상도 짐작되기는 하지만, 그 '차이'는 확인이 필요하다.

---

11) 정한모, 「주막 동인치 — 상규에게」, 《조선일보》, 1956. 6. 13.

12) 에드워드 사이드, 다니엘 바렌보임의 '용어'에서 따왔다. 『평행과 역설』(생각의 나무, 2008).

13) 정한모·김종철, 앞의 대담. 실제 '국어국문학회 50년사'의 창립 시기에는 그의 이름이 확인되지는 않는다.(『국어국문학회 50년』(태학사, 2002)) 정한모는 후일 국어국문학회 대표이사(1983. 3~1985. 3), 비교문학회장(1987. 10~1991. 2)을 역임한다.

14) 위의 책.

4 문학사의 '질서'와 창작의 '혼돈' 사이

문과대학에서의 문학 교육은 우선적으로 문학사 교육과 결부되는 것이고 그것은 과거로부터 현재에 이르는 연대기적 질서를 중시한다면, 창작은 어떤 것을 완벽하게 하기보다는 오히려 혼란하게 하고 뒤흔든다는 점[15]에서 대학의 이념에 저항하고 학문적 질서에 반발하는 특징을 갖는다. 즉 교수이자 시인의 운명이란 일종의 모순, 충돌의 지층에 존재한다는 것이다. 이것은 말로의 견해인데, 말로의 관계 진술로 이 글을 시작한 만큼 이 '모순된 상황'에 선 정한모를 언급하는 것으로 정한모의 '교수-시인'의 면모를 조명하고자 한다.

1) 문학(시) 이론서 집필과 현대문학의 학문적 축적

국어국문학과의 제도적 편재, 학회 조직 등의 하드웨어적인 '제도적 장치'뿐 아니라 국문학 연구의 영속성을 확보하기 위한 구체적인 기반이자 실재로서 '이론 텍스트(문학 교재)'가 준비되지 않으면 안 되었다. 문학의 이론적 이해, 현대문학사 서술의 관점 정립, 현대문학 개별 텍스트의 분석, 해석을 위한 방법론 구축 등은 궁극적으로 문학 이론서 및 개론서, 시학론, 문학사론, 작가론 등의 관련 저서의 집필, 출간이 요구되었다. 1948년 41개 대학이 설립되고 그중 국어국문학과가 설치된 대학이 10여 개였다고 하는데 현대문학 강좌가 개설되면서 강의 교재용 저서 및 이론적 학문적으로 문학을 담론화할 수 있는 이론서의 출간이 요구된 것이다. 이는 학문의 영역뿐 아니라 창작의 영역을 위해서도 긴요한 것이었는데, 이론 기반 없는 창작이 '영감'이나 자연발생적인 소박한 인상론에 그치는 것 못지않게 창작 없는 학문 연구는 문학의 생동성을 거세하고 그 형해만을 다루게 된다[16]는 문제의식의 일단이기도 했다.

『현대 작가 연구』(범조사, 1960), 『문학 개론』(공저, 청운출판사, 1964), 『문학

---

15) 앙드레 말로, 앞의 책, 15~16쪽.

16) 정한모, 김용직, 「책머리에」, 『개정 문학 개설』(박영사, 1973).

개설』(공저, 박영사, 1973), 『현대시론』(민중서관, 1973), 『한국 현대시 문학사』(일지사, 1974) 등이 정한모의 저작들인데, '해방 이후 국문학 첫 세대'의 문학 이론서에 값하는 것으로 시론, 시사, 문학사론의 방향성을 제시한 저술로 평가할 수 있겠다.

정한모는 『문학 개론』, 『문학 개설』 등을 공저로 출간했는데 이는 국문학의 토대를 닦는 이론적 작업의 일환이기도 했겠지만, 대학 공동체의 지적, 도덕적 교양 형성을 위한 대학 전반의 '개론서'의 요구에 값하는 것이기도 했다. '개론'의 이름으로 각 전공 분야에서 개설된 '개론 강좌'는 인문 교양의 가치가 중시되던 20세기 대학 공동체의 이념을 반영한 것이었고 한국에서도 1980~1990년대까지는 대학 교양 과정의 핵심이기도 했다. 해방 이후 출간된 문학 입문서 혹은 개론서 격의 저서로는, 조용만(1945), 김기림(1946), 백철(1947), 조연현(1947), 홍효민(1949), 김동리(1952) 등의 『문학 개론』, 박영희의 『문학의 이론과 실제』(1947), 최재서의 『문학 원론』(1957) 등을 들 수 있다. 이들 개론서들의 특징은, 서구 문학, 영미 문학 중심의 문학 원론을 이론적으로 기술하고 그것에 적합한 한국문학 텍스트들을 구체적으로 접합시키는 방식을 택한 것들로, 이들 중 1960년대 문과대학 문학 이론서의 기본 텍스트이자 동시에 후속 세대의 문학 개론서의 전범이 된 것은 백철의 『문학 개론』이다.[17]

백철은 1954년, 1963년 전면 개정된 『문학 개론』을 각각 출간했는데, 그것은 문과대학 학생들을 위한 '문학 이론 입문서'로서의 역할뿐 아니라 일반 문학 교양서로서의 역할을 담당한다. 정한모의 『문학 개론』도 이 영향 아래 저술된 것으로 판단되는데, 문인, 작가(비평가)들 중심의 저작인 『문예 창작 강좌』(서라벌예대 출판부) 및 『세계 문예 강좌』(현대문학사, 1962)[18]와 비견될 만하다. 1973년 김용직과 공저한 『문학 개설』은 문학 이론 입문서

---

17) 홍경표, 「근대 초기 『문학 개론』의 수용과 그 전개 과정 — 『문학 개론』서의 서지와 관련하여」, 《어문학》, 한국어문학회, 2006. 12.

18) 이미정, 앞의 논문.

이자 창작 원론서로 1980년대까지 문과대학 '문학 개론' 강의실의 핵심 교재로 자리 잡았다. 시인이자 교수(시 연구자, 교육자)로서 정한모에게 긴요했던 것은 문학을 학문적으로 접근하고 과학적, 객관적 엄정성을 개별 텍스트의 분석 및 해석에 적용하는 것이었을 터, 인상적 비평 및 소박한 감상류의 단평이나 설명적 해설 수준의 담론으로는 현대문학의 '제도'를 뿌리내릴 수는 없다고 판단했을 것이다.

조동일은 '과학'과 '학문' 사이의 개념적 '거리'를 해소하는 방식으로 이 문제에 접근한 바 있다. '학술', '학문'이라는 개념에 대응하는 영어 'science'는 자연과학이나 사회과학에 다소 특화된 용어이고 따라서 (인)문학에 적용하기에는 다소 그 의미를 축소시키는 경향이 있다는 것, 그러니 문학의 '과학' 여부를 논하기보다는 차라리 '학문'이라는 용어를 쓰는 것이 '문학'에 더 적절하다는 것이다. '학문'이란 동아시아 고유의 개념으로, 그것은 학습이자 질문이고 참여이자 토론이며 이론이자 실천의 포괄적인 의미를 담은 개념이다.[19] '문학의 과학화'가 어색하다면 '문학의 학문하기'가 더 적절한 술어적 개념일 수 있다는 뜻이다. 문학의 과학화나 문학의 학문화가 어색하다면 '문학학'의 개념도 가능하다. 로만 야콥슨의 말대로, 반복과 유사성에 의한 법칙과 체계를 찾는 과학과 달리 문학은 예외성과 개별적 고유성이 특징인 만큼 오히려 비과학이자 비학문으로서의 '문학학' 개념을 '문학'에 적용하는 것이 합리적이라는 것이다.[20] '문학의 과학화'든 '문학의 학문화'든 이 문제의식은 정한모가 학자이기에 앞서 '시인'이었다는 점에서보다 예민하게 다가왔을 수 있다. 어쨌든 이 문제는 '세대'의 차원을 뛰어넘는 문학 연구의 최종 심급에 존재한다.

시론, 시학, 시사를 기술하는 것은 시 연구의 근본이자 정점에 속하는 작업이 아닐 수 없다. 시 각 편을 논하는 것과 시론 및 시학, 시 양식론을 논하는 것에는 근본적인 차이가 있다. 누구나 시(poem)를 말할 수는 있어

---

19) 조동일, 『학문론』(지식산업사, 2012), 23~25쪽.

20) 옥타비오 파스, 김은중 옮김, 『흙의 자식들 외』(솔, 1999), 209쪽.

도 아무나 시(poetry)를 말할 수 있는 것은 아니다.[21] 이 관점에서 후자의 근본적인 토대를 닦은 인물은 김기림이며 해방 이후 세대의 시 연구 및 이론적 지평은 궁극적으로 '김기림'에 잇닿아 있다고 할 수 있다. '시의 과학'을 단호하게 내세우고 체계와 방법론을 견지한 시 연구의 출발이 김기림의 『시의 이해』 및 『시론』에 있다면, 그것은 시의 형이상학을 논하는 것과도, 한 시인의 작시상의 경험에서 나온 시 기술론과도 다른, 시의 과학으로서의 시학에 근거한 것이다.[22] 김기림은, "과학 아닌 시학 내지는 그것에 유사한 여러 가지 환영을 씻어 버릴 것", "박식은 과학이 아님"을 단호하게 선언한다. 김기림의 과학으로서의 시학은 해방 이후 국문학과의 '제도' 아래 시 이론의 심층화, 시사 기술 방법론 및 시 텍스트 해석, 분석의 축적으로 이어진다.

소설에 비해서도 더욱 인상 비평적 설명이나 비학문적 단견에 빠질 위험이 있는 시 양식 연구에 요구되는 것은 분석 및 해석의 과학화이다. 정한모의 『현대시론』(민중서관, 1973)은 시의 이론화, 학문화의 의미 있는 성과를 보여 준 연구서이다. 1, 2부로 구분되어 있으나 2부는 주로 개별 시인론의 성격이 짙어 실제 '시론'의 성격에 부합하는 것은 1부이다. 시의 정의, 시의 구조, 현대시의 본질을 비롯 총론 격의 시학적 설명을 근간으로 한 형태론, 방법론, 내용론 등을 기술했는데, 핵심은 '이미지, 은유, 아이러니, 역설, 상징' 등의 항목으로 편재된 '3. 방법론'이다. 해방 이후 시론은 궁극적으로 뉴크리티시즘에 빚지고 있는 편인데, 정한모의 이 저서도 웰릭·워런의 『문학의 이론』에 기대고 있다. '이미지(심상) 이론'이 시학의 근간이자 시 장르의 이해를 위한 핵심이 된 것은 백철의 역할이 큰데, 정한모의 『현대시론』 역시 '이미지' 항목의 설명에 상당한 분량을 할애하고 있다.

그의 문학 이론서 가운데 주저로 평가받는 것은 『한국 현대시문학사』(일지사, 1974)이다. 이 저서는 근대시사의 출발과 이행 과정에 대한 저자

21) 조영복, 「'김준오'라는 시학과 인간론 '사이'」, 《신생》, 2022. 겨울호.
22) 김기림, 「시론」, 『김기림 전집』 2(심설당, 1988), 12~13쪽.

특유의 관점이 분명하게 제시된 것으로, “한국 현대시사의 체계화 작업의 초석이자 독립적인 시문학사”로서의 가치가 있다.[23] 저자 스스로 언급한 바와 같이, 백철의 『신문학 사조사』, 조연현의 『현대문학사』 등에 비추어 시 텍스트 중심의 연구서 및 시사(통사) 기술의 필요성에서 저술된 것으로, 실증주의적인 자료 탐색의 엄격성을 견지하고[24] 시사 기술의 방법론적 토대 위에서 개별 시 텍스트를 분석한[25] 저서이다. 해방 이후 학문적, 학술적으로 조명된 시 통사라는 점에서 의의가 있다 할 것이다. 「해에게서 소년에게」 이전 《대한학회월보》에 발표된 육당의 신체시를 발굴했다거나, 주요한이 「불놀이」 이전 《학우》에 발표한 「시내」, 「봄」 등의 시들을 실증적으로 밝혀내는 등 시 연구사적 가치를 갖는다.

그는 한 좌담에서 이렇게 말했다.

> 최남선의 「해에게서 소년에게」를 훌쩍 뛰어넘어 주요한의 「불놀이」, 이런 식으로 형태적인 것만을 거론한 데 불만을 갖고 자료 정리를 하다 보니 가치 평가 기준도 새롭게 달라졌습니다. 앞으로 한국에서의 시사는 일단 충실한 자료에 대한 탐구에서부터 시작되어야겠고 그 후 가치 기준에 대한 재평가가 이뤄져야 한다고 생각합니다.[26]

근대시의 핵심에 주요한의 「불놀이」를 위치시키던 관례를 깨고 육당의 선구적 업적을 실증적으로 평가한 것은 이 저서의 핵심적 성과이다. 10년 단위의 연대기적 시사 기술의 문제점에 대한 문제의식도 엿보이는데, 1950년대 누구, 1960년대 누구 하는 식의 이미 평가된 시인을 기준으로 시사를 기

---

23) 조남현, 「객관성과 엄정성, 그리고 리리시즘」, 『정한모의 문학과 인간』.
24) 정한모·김종철, 앞의 대담.
25) 김용직, 「견실한 방법과 그 성과」, 조창환, 「정한모 저 『한국 현대 작가 연구』, 『한국 현대 시문학사』」, 『정한모의 문학과 인간』.
26) 앞의 대담.

술하는 것은 약사(略史)의 시사가 되는 문제가 있다는 것이다. 정한모의 시사 기술의 입장은 무엇보다 충실한 자료 탐구과 그에 기반해 시, 시인에 대한 평가가 이루어져야 한다는 지극히 당연한 논리적 토대 위에 서 있다.

이 저서의 1, 2장은 시 양식사와는 다소 무관한 역사적 '배경'이 서술돼 있는데 그것을 근대시의 '태동'과 연결하기는 무리이고, 자료 탐구와 시 텍스트 분석, 해석에 있어 정한모의 특유의 관점이 드러난 것은 3장이다. 근대적 신문의 간행, 기독교의 영향, 신교육에 의한 근대의 자각, 친목회지 등의 출현 등을 근대시 태동을 위한 중요한 계기로 보고 특히 근대시의 제반 형식들을 실증적 자료를 통해 점검하고 있다는 것이 핵심이다. 그런데, 근대 의식의 선험적 조건으로서의 '조선어 전문'과 '고유어 전용'의 문제는 임화나 안서에게는 중요한 문제의식으로 자리했던 것인데, 정작 정한모(세대)의 시사 기술의 관점에서는 거의 간과된다. '저항기'와 '근대의식'에 대한 프리오리티한 가치 규정이나 근대시의 가치를 개인 서정이나 '포에지'에 두는 태도 등은 초창 시대 시의 실제적인 평가나 해석에 절대적 영향을 끼치는 요인인데, 그 같은 규준이 초창 시대 시 양식에 대한 인식에 부합되는 것인지, 당대의 실재하는 시학적 이념을 투영한 것인지에 대해서는 논쟁적 요소가 없지 않다. 일종의 '시성'이나 '문학성' 중심주의가 초창 시대 시에 적용될 수 있는지는 의문인 것이다.

실증적 자료 기반의 시사 기술에 대한 태도, 비교문학적 시 텍스트 분석 등의 연구사적 의의에도 불구하고 이 저서의 학문적 가치가 그다지 조명되지 않은 것은 그가 관계에 진출하면서 대학 강단에서 그의 존재감이 다소 희미해진 것과도 무관하지 않다. 정한모의 '국문학 첫 세대'로서의 학문적 공적은 그 후배 격인 시 전공 교수, 비평가들의 현대문학 연구의 축적적 성과와 연결되고 후속 연구자들의 연구 기반으로 자리 잡는다. 정한모, 김용직, 김학동 등을 스승으로 둔 후속 세대 시 연구자들이 양성되면서 1970～1980년대 이후 국문과 대학원 내에 현대문학 연구자의 수가 증가하고 그것은 곧 연구의 질적, 양적 확장 및 확충으로 이어진다. '한국 현대문학'의 이론화는 물론이고, 외국 문학의 성채에 봉쇄돼 있던 한국 현대문학 텍스트들이 대거 발굴, 연구의 지평이 넓어진 것도 지적되어야 한다. 이른바 정한모 세대의 '발로 뛰는' 연구의 결과는 한국 근대문학 자료의 발굴과 그 각편의 분석 및 해석으로 이어졌고 통사론적 시사 정리와 기술 방법론에 입각한 시 연구서의 발간으로 구체화되었으며 그것은 곧 후속 세대의 시 연구의 뿌리가 되었다.

정한모가 우려한 것은 외국 이론의 홍수 혹은 외국 이론의 한가운데 내던져진 한국 현대문학의 위상 및 존재론적 위기감이다. 그는 이렇게 진단했다.

> 요새 현대문학계 등에서 외국의 이론을 너무 앞세우고 이론만 먼저 선행시켜서 견강부회할 뿐만 아니라 모든 것을 이론에 맞추어 떨어뜨리려는 연구 방법을 하고 있어요. (중략) 이제 외국 일변도의 연구 태도는 정말 자신있게 소화되지 않은 이상 삼가야 되리라 믿습니다. 그 어떤 것보다도 우리 작품, 우리 시에 대한 충분한 이해가 선행되어야 할 것입니다.[27]

'우리말로 쓰고 공부하고 연구하기'의 해방 이후 첫 세대의 교수로서의 내면을 달구었던 문제의식의 핵심은 '한국문학'에 있다. 이 문제의식이 낯설지 않은 것은 우리 세대가 여전히 '외국 이론 중심주의'와 그 '적용을 위한 텍스트'로서의 한국문학이라는 '선험적 의식'에 지배되고 있음을 부정하기 어렵기 때문이다.

2) '우리말, 우리글'의 가장 최종적 '운명의 지침' — '시인'의 이름으로

'백맥'(1946), '시탑'(1946), '주막'(1947) 등의 동인을 이끌며 해방기 시단을 주도했다[28]고 평가될 정도로 '시인 정한모'에 대한 평가는 시 그 자체로서

---

27) 앞의 대담.

28) 김영철, 「정한모 시의 지수비평적 고찰」, 《인문과학논총》 32, 1999.

보다는 '동인지', '순수 동인 활동'을 기반으로 이루어진 경향이 있다. '백맥'은 김윤성, 구경서, 조남사와 함께, '시탑'은 김윤성과 함께, '주막'은 전광용, 정한숙 등과 함께 동인 활동을 했다. 두 가지를 지적할 수 있을 듯하다. 함께 동인 활동을 한 인물들이 이후 한국 문단에서 큰 족적을 남기지는 않았고 시사적으로 크게 평가를 받는 위치에 있지 않았다는 것. 게다가 '주막' 동인인 전광용, 정한숙 등과의 인연에서 보듯, 이들은 대학 강단에서 문학 연구(이론)와 창작 활동을 병행한 인물들이었고 그것은 창작자로서의 면모와 교수로서의 학문적 공적을 평가하는 데 '상호 균열'을 일으키는 원인이 되기도 한다. 정한모에게도 이 같은 상호 모순의 '균열'은 불가피해 보이는데, 이것이 시인으로서의 그의 위상이나 그의 시에 대한 평가가 적극적으로 조명되지 않은 한 원인일 수 있다.

정한모는 생전 『카오스의 사족』(범조사, 1958), 『여백을 위한 서정』(신구문화사, 1959), 『아가의 방』(문원사, 1970), 『새벽』(일지사, 1975), 『아가의 방 별사』(문학예술사, 1983), 『원점에 서서』(문학사상사, 1989) 등 6권의 시집을 출간했다. 다작의 시인이라 할 수는 없겠으나, 그가 시인으로서의 정체성을 끝까지 지키고자 했던 것에 비추어 '시인 정한모'를 다루는 것은 중요한 작업일 듯하다. 정한모의 시는 휴머니즘, 고전적 가치관, 원초적 생명 의식, 반문명 의식, 자연 친화적 정서를 담고 있고, 꿈과 희망의 유토피아 정신을 주저음으로 전통 서정시의 계보를 잇고 있으며, 주로 아기, 별, 나비, 새 등의 이미지를 반복, 변주하는 특성을 갖는다고 평가된다.[29] 아기, 별, 나비, 새 등 그가 반복적으로 이미지화하는 대상 자체가 '동시적인 특성'이 강하고 더욱이 그의 시가 대체로 이해하기 쉽고 대중적으로 공감되는 서정시 본연의 특징을 갖는 탓에, 그의 시에 대한 연구는 소략한 편이다. 그의 시의 특성 자체가 시 연구자에 깃든 '현학적 글쓰기의 욕망'을 억누르는 데는 제한적일 수 있다는 것이다.

29) 위의 논문.

'해방 이후 첫 세대' 문인들의 '우리말 글쓰기'에 대한 자의식은 그들의 동인지 창간 이념에 분명하게 투영돼 있다. 《백맥》이 '세계문학으로서의 조선문학'과 '우리말을 고도히 살릴 수 있는 조선문학의 탑'의 건설을 고고하게 표방했던 것[30]은 '해방 이후 세대' 시인들의 공고한 자의식에 연결된다. 그런데 그 테제는 근대문학 초창 시대의 그것과 어구 자체로는 크게 차이가 없지만 실상은 강조점이 달랐다. 일제시대의 '상상된 조국'의 대체물로서의 '조선어', '조선문학'의 위상과는 다른, 구체적 실체이자 실재로서 우리말, 우리 문학이 그들 앞에 놓여 있었다. '새 나라 건설'의 소명 의식은 강력한 밀도를 내장한 것이어서 '조선어', '조선문학'이라는 기표의 공간을 채우고도 남는 한층 잉여적인 것이었다.

서울대 문리대에서 만난 전광용과 의기투합해 '주막' 동인을 결성한 것은 "우리말과 글을 보다 공부하고 연구 천착해야겠다."[31]라는 의지에 기반한 것이었고, 그것은 "일본어와 국어가 본 위치로 자리 바뀌려는 과도기여서 책 한 권조차 활자와 지질에서 제대로 된 게 없었던"[32] 상황의 강력한 반작용이기도 했다. "한자와 같은 표의문자를 완전히 피하고 오로지 한글만으로써 명료히 표현하도록 노력하리라."[33]라는 장만영의 의지는 현철, 황석우, 오상순, 안서 등 근대시 초창 시대부터 1930년대 중반기 이후 등단한 신진 시인들에게 이르기까지 공통적으로 마주한 조선어구어한글문장체(이하 '구어문장체') 시 쓰기의 지난함을 대변한다.[34] 전통적인 한문장체뿐 아니라 일제시대를 거치면서 일본식 한문장체, 번역체 등에 노출된 시인들에게 우리말 구어문장체 시 쓰기는 정작 그 의욕만큼 용이하게 수행되지는 않았다.

---

30) 「창간사」, 《백맥》, 1946. 1.

31) 앞의 대담: 김남조, 「정한모 선생 이야기」, 『정한모의 문학과 인간』.

32) 김남조, 「정한모 선생 이야기」.

33) 장만영, 「시작에서의 한자 문제」, 『장만영 전집 3』(국학자료원, 2014), 690쪽.

34) 조영복, 『한국 근대시와 말, 문자, 노래의 프랙탈』(소명출판, 2022).

정한모 세대의 구어문장체 시 쓰기의 과제 역시 실제 그들이 마주한 '언어의 해방'에 비해 그렇게 활기찬 '계몽의 빛'을 얻지는 못했던 것이다. 1921년생인 김수영은 그 사정을 「가장 아름다운 우리말 열 개」에서 내비친 적이 있는데, 1923년생인 정한모에게서도 '우리말과 글로 쓰기'에 대한 상대적 결핍감이 목격된다. 1930년대 일본어를 '국어'로 배운 연유인지 확정하기 어려우나 그들 세대는 1910년 전후 출생한 근대 문인들 세대에 비해 구어문장체의 '쓰기'의 가능성 및 유려함에서 상대적인 '결핍'이 존재한다. 1936년 부여 성석공립보통학교 6학년 과정을 졸업하고 일본 오사카 나니와상업학교로 유학을 간 이후 해방 전까지 대체로 일본에서 생활한 탓인지 정한모로서는 '일본어 쓰기'가 보다 용이했을 가능성도 있다. "모국어에 의한 언어예술에 대한 각성과 자각"이 이때 싹텄을 것이다. 그의 첫 시집의 시들은, 황석우가 언급한 대로, 일종의 '사상시'에 가까운 즉 '문청'이 가진 '사변성의 아마추어리즘' 경향이 있고 거기에 더해 한자 관념어와 다소 서툰 문장체가 더러 눈에 띈다. 의미가 불문명하거나 모호한 문장들이 시의 해석은 물론이고 문장의 해독을 더디게 하는 경향이 있다. 예컨대,

> 1) 귀를 기우리고 있는 눈이라든가 눈으로 말하고 있는 조용한 표정 하며 때로는 노한 포구같이 불을 뿜는 격정의 얼굴// 2) 오랜 세월 해와 달 정신과 생명의 빛과 그늘로 하여 닦고 닦아 온 거울/ 마음의 문이여// (중략) 3) 그것은 눈자위 가느다란 주름의 선을 그리기도 하고 실바람같이 이는 듯 사라지는 명암을 지으면서 나의 마음속 가득 차는 얼굴을 새긴다// 4) 얼굴은 그대로 내면일 수 있는 얼굴 앞에 아름다운 꽃이 된다(「얼굴」 부분)[35]

전반적으로 시적 수사나 언어의 '검약'이 행해지지 않고 있으며 '사변성'

---

35) 『정한모 시 전집』(포엠토피아, 2001). 이하 시 인용은 이 책에서 한다.

으로 인해 의미 파악이 어렵고 문맥이 잘 연결되지 않는다. 설명적이고 산문적이며 비문의 성격을 지닌 문장들이 나열되어 있다는 인상을 준다. 이 세대 시인들의 구어문장체 시 쓰기의 어려움을 투영하는 듯하다. 1)뿐 아니라 특히 2)의 "해와 달 정신과 생명의 빛과 그늘로 하여"의 단어와 단어, 어구와 어구 사이의 연결성은 시적 논리로도 이해하기 어렵고 3), 4)의 의미는 해독하기가 쉽지 않다 "다가오는 아침을 향하여 파장(波長)하는 나의 아침"(「오늘」), "나의 해체가/ 골목길 어느 소녀의/ 보드라운 손아귀에 쥐어지는/ 한 개 공깃돌일 그날에도"(「바위의 의장」), "무너지며 말려오르며 열(熱)하는 파도", "그 명암(明暗)하는 기복(起伏)을 더듬으며"(「氷花」) 등의 구절들은 관념 한자어가 시의 소통을 가로막는 역기능을 하면서 시적 문장으로서의 가치를 감쇄시킨다. 더욱이 두 음절의 관념 한자어와 '~하다'의 결합은 우리말 문장체로는 어색하다.

이 문제는 오시영이나 김광섭 등의 시에서도 드러나는데, 일제시대 말 신진 시인들의 문제의식으로 떠오른 '한자어를 적게 쓰고 우리말의 자연스러운 리듬 구조에 맞는 시 쓰기, 통사론적으로 자연스러운 구어문장체 시 쓰기'는 오히려 해방 이후 등단한 시인들에게는 절박하게 소환해야 할 문제의식은 아니었던 듯하다. 모국어를 '상상의 조국'의 제단에 올려 둘 필요가 없었던 것이다. 해방 이후 세대들의 성스러운 제단에는 '민족' 혹은 '조국'이 아니라 오히려 '시'가 놓여 있었을 것이다. 그들은 우리말과 글로 공부할 수 있었고 시 쓰기의 의욕을 '우리말 시'를 통해 충분히 보상받을 수 있었고 그것으로 그들은 '시인'이 될 수 있었다.

그러니까 싸늘한 달빛에 반사된 아우의 얼굴에서 깊은 슬픔에 젖은 자신의 초상을 투영해 낸 윤동주에게 간절했던 것은 '사람이 되는 것'(「아우의 인상화」)이었겠지만, 그래서 그 '사람'에게서 '조선(인)의 얼굴'을 치환해 내는 것이 불가피했겠지만, 정한모 세대는 우리말, 우리글의 '거울'에서 무엇보다 먼저 '시인'의 얼굴을 소환해 내야 했고 그러니 그들에게 '첫 시집'이란 '시인'의 정체성을 보증하는 것으로도 충분했을지 모른다. 그의 '1시집',

'2시집'은 추상성과 사변성이 시의 제목에서 짐작될 정도로 시인 개인의 고유성과 독창성을 논하기 어려운 점이 있다. 유치환식의 '생명 의식'과 유사한 측면도 존재하고, 「정상(頂上)에서」는 정지용의 「백록담」에서 확인되는 시적 전개 방향이나 모티프가 두루 활용되고 있다. 그는 '정지용의 초기 시에서부터 백록담에 이르기까지 정독하고 시어의 묘미와 세련성에 우리 시의 수준을 짐작하게 되었다.'[36]라고 회고했다. 이 두 시집의 가치는 그에게 '시인됨'의 고고하고 숭고한 가치를 부여해 준 데서 찾아야 할 것이다.

시인 정한모의 위상을 확인할 수 있는 것은 '3시집' 『아가의 방』이며 이 시집을 기점으로 말의 절제와 언어적 검약을 무기로 삼은 '시인 정한모'를 분명하게 확인할 수 있다. 묘사의 날카로움과 이미지의 선명함이 해석의 긴장을 요구할 뿐 아니라 언어의 방만에서 오는 군더더기 어투가 사라져 있다. "주먹만 한 활자들이/ 양철통을 두들기는 활기찬 대낮인데"(「흔적 6」) 같은 감각과 묘사, "바람이 분다/ 두고 온 강가에서/ 갈대가 울고 있다/ 내 가슴속 안켠에서/ 갈대가 소리 내어 울고 있다"(「아가의 방 별사 4」)의 시행 간의 긴밀한 연결과 리듬감, 심층적인 반복 및 그 확장에서 보이는 구조적인 시적 완성도.

새삼 '구어문장체' 여부를 논할 이유도 또 그럴 필요도 없이 이후의 시들은 관념이 의미를 횡단하면서 홀로 질주하지 않고 그래서 이른바 '난해성'의 알리바이 없이도 높은 시적 완성도를 보여 준다. 깊고 유랑한 언어의 협곡에서 느껴지는 시적 서정과 대상에 대한 지적 사유가 유기적으로 연대해 내뿜는 서정이 소박한 듯 깊고 평범한 듯 짙다. 「원점에 서서 — 2. 꽁에바다」(『원점에 서서』)는 삶과 죽음, 정착과 유목, 인간의 영속과 허무하기 그지없는 삶의 풍경들을 '꽁에바다'와 '꿩의바다'와 '꿩으바다'의 변주를 통해 신산하면서도 해학적으로 그려 내는데, 일상의 언어가 시인의 여유로운 유머에 포착돼 '언어 원뿔'(들뢰즈)의 꼭짓점까지 가속도를 쏘아

36) 정한모, 「내가 좋아하는 시」.

올리는 격이다. 살아 있는 말로부터 얻은 시적 자양을 다시 시에 생동감 있게 돌려주고 있는 것이다. 그의 귀와 눈에 포착된 일상의 언어가 메타언어적 분석 대상으로 끌어올려지고 있다는 점을 지적할 수 있겠다.

그의 시를 '휴머니즘'이라는 거시적인 틀로 묶어 내기도 하지만 정한모의 시들은 무엇인가 초월적이고 탈속적인 면모가 있다. 생물학적으로도 환갑의 나이에, 원환 회귀적 주제로 쓴 『원점에 서서』는 물론, 『아가의 방』, 『새벽』, 『아가의 방 별사』의 시들이 대체로 그러하다. '순수 서정성', '형이상학적', '관념적' 같은 수식어나, 휴머니즘 등의 개념어, 생명주의 같은 추상화된 술어로는 규정하기 어려운, 혹은 그런 인위적인 틀이 불필요할 정도로 그의 시는 서정성과 사상성과 탈속성이 함께 겹쳐 있다. 어색한 한자어 및 문장 조어법으로 정제되지 않고 통어되지 않은 관념들을 진술체 문장의 행갈이를 통해 시로 구현하려는 방식이 소멸된 것과, 명료한 의미와 자연스러운 리듬을 담보한 구어문장체 리듬의 시적 구조로 전환해 간 것과, 이 서정성, 탈속성, 생명성이 어우러진 아름다운 시의 한 판이 펼쳐진 것은 동시적이고 또 평행적이다. "우리말 우리글로 공부하고 연구하고자 한" 그의 의욕의 가장 최종적인 지점에 비로소 시인인 그가, 그의 시가 있다. 책 안에, 시집 페이지 곳곳에 "그 많은 형상과 뜻과 모든 빛나는 것"이 존재하기는 매한가지일 터, 시인 혹은 교수(학자)를 논할 일이 불필요했을 것이다. 시인이자 교수(학자)의 '이중의 정제성'은 그렇게 그에게 왔던 것이다.

덧붙여 정한모의 '인간'을 잠깐 언급하기로 한다. 그의 시집 전편을 훑어보면, 기념시, 행사시가 많고 특정인의 회갑을 위한 기념(축하)시도 더러 확인된다. 대체로 '기념시(행사시)' 청탁을 결코 거절할 수 없었던 그의 품성 아니었을까 짐작한다. 또한 '현대시사'의 궤도에 올라섰던 많은 시인(문인)들의 초상을 그의 시에 남겨 두었다는 점도 지적되어야 할 것이다. 이상(李箱)이 「소설로 쓰는 김유정론」에서, 그가 비록 '김유정론'밖에 완성하지는 못했으나, 이상 특유의 유머와 은유를 섞은 캐리커처식 필치로 정지용, 김기림, 박태원 등을 모사해 두었듯이, 「원점에 서서 — 4.시협여주행」에는 당대의 시인 묵객들의 '인간'이 유머와 사실을 뒤섞은 섬세함으로 드러나 있다. 이외 많은 시편들에서 한국 현대시사의 인물들에 대한 헌정 혹은 오마주가 목격된다. 「성북산조(城北散調)」에는 만해, 지훈의 목소리도 섞여 있다. 후일 그의 선후배, 혹은 가까운 인사들의 회고록에는 "단신이었으나 품은 누구보다도 넓었다"는 한결같은 증언들로 채워진다. 수나 양이 질을 배반할 수 없고 따라서 자본주의에 저항하는 가장 첨예한 양식이 시라면 그의 '인간'은 실재적으로도 비유적으로도 가장 '시적인 인간'에 가까운 것 아닌가.

5 '시인-교수'라는 이름의 학문적 축적과 낭만적 인간 '사이'

'탄생 100주년 문인'을 기념하는 이 자리가 여느 학술 발표회의 그것과는 다소 차이가 있다는 점에서 그의 '인간'에 대한 일화를 소개하면서 이 글을 마무리하고자 한다.

시인이자 학자, 시 연구자이자 평론가, 교수(교육자)이자 관료(행정가)로 산 그의 이력에서 그가 가장 애착을 가졌던 것은 시인, 그리고 문학 교수로서의 역할이었던 것 같다. 문공부 장관직을 퇴임하던 날, 그가 가장 아쉬워한 것은 "나머지 두 학기를 못 채우고 강단을 떠난 것(박연호)"이라고 회고했다 한다. 그는 사소한 일상에 목을 매지는 않았던 '호인형' 인간이었다. "이만큼 살았으면 됐지 늘그막에 평생 즐기던 술을 굳이 끊을 필요가 있겠느냐.(김종길)"라고 했다거나, 김춘수에게 "아침저녁 도시 체조나 적당히 하는 것이 우리 나이에는 건강에 훨씬 좋을는지도 몰라."라고 말했지만 정작 입원 며칠 전까지도 술을 거부하지 않았다는 일화가 전해진다. 세속적 욕망에 무관심했던 정한모에게서 이상의 풍모가 겹쳐지는 대목이다. 정말체조(덴마크 체조)에 열심인 김기림 자신의 초상에 투영된 이상의 풍모는 부, 권력, 건강 따위의 일상의 너저분한 것들에 속절없이 초월해 있던 예술가적 영웅의 기풍 바로 그것 아니었던가. 그러니까 정한모는 '낭만적인 시인', '풍류를 지닌 교수'의 초상의 마지막 여백을 채운 인물이 아닌가 생각된다. 그런 '시인-교수'의 낭만적, 인상적 풍모를 갖추는 것이 허여되지 않을 정도로 세상은 너무 빨리 변해 갔다. 수와 통계가 시를 배반하고, 가성비적 효율이 '시적인 인간'을 대체하고, 'N차 산업형 인재 양성'이 '인문교양형 인격 형성'을 대체하면서 '캠퍼스 낭만'이 사라진 것도 한 역할을 했을 것이다.

'해방 이후'라는 이 네 음절만으로도 "주먹만 한 활자의 양철지붕 두드리는 경쾌한 대낮" 같은 활기를 느끼는 것은 "우리말 우리글을 공부하고 연구하자"는 의욕에 찬 해방 이후 '국문학 첫 세대'의 감수성만은 굳이 아닐 터이다. 정한모 혹은 정한모 세대의 시 연구의 뿌리가 끌어올린 자양이 한국 현대시 연구의 현재에 이르고 있음은 부정하기 어렵다. 학문은 저항이자 계승이고 인용이자 일탈이며, 집적이자 또 축적이 아닐 수 없다. "앞으로 나가기 위해(진보, 혁신하기 위해) 뒤를 돌아다보는"(베르디, 브람스) 족속이 인간인 것이다. 정한모는, 후학 현대시 연구자들에게게 단지 '시 연구의 대상'일 뿐 아니라 시 연구자로서의 '거울'이 된다 하겠다.

제3주제에 관한 토론문

박슬기 | 서강대 교수

한 명의 한국 현대시 연구자로서 저는 정한모라는 이름에 대해 두 가지 방향으로 대응해 온 것 같습니다. 하나는 한국 현대시사를 정립한 학자로서 정한모의 저서를 제 연구의 토대로 삼아 왔다는 점입니다. 발표자께서 지적하신 것처럼 『한국 현대시문학사』는 한국 현대시가 성립하는 토대와 발전 과정을 엄밀하게 검토함으로써 현대시사를 현대문학사에서 독립시켜 체계화한 거의 최초의 저서입니다. 특히 발표자께서도 지적하셨지만, 육당 최남선의 작업에 시문학사적 의의를 부여한 지점은 『한국 현대시문학사』가 수행한 최대 업적이라 할 수 있을 것 같습니다. 저의 경우 정한모의 육당에 대한 평가를 참조하여 한국 자유시의 발전 과정을 조금 더 근본적으로 생각할 수 있게 되었습니다. 특히 《태서문예신보》에 관한 부분은 텍스트의 실증적 검토와 그에 근거한 평가가 현재 시점에서도 유효하다는 점에 놀라게 됩니다. 『한국 현대시문학사』는 김용직의 『한국 현대시사』(1996)과 함께 제게 한국 현대시사에 대한 가장 중요한 저술로 여겨집니다.

반면에 시인으로서 그가 보여 준 시 세계에 대해서는 전적으로 무관심했습니다. 시적 언어는 현학적이면서도 소박하고 그 언어가 전달하는 주제 의식은 다소 상식적이라 여겼고 그래서 저는 그의 시에 큰 매력을 느끼지 못하고 있었습니다. 저의 무관심은 어쩌면 제가 접했던 몇 개의 작품, 가령 「나비의 여행 — 아가의 방(5)」(『아가의 방』)이나 「새벽」(『새벽』)과 같은 시가 보여 주는 현학성, 추상성, 그리고 강렬한 교훈성에 대한 거부감 때문이었을 수도 있습니다. 어쨌든 제게 정한모는 시인으로서보다는 학자로, 특히 한국 현대문학의 제도화에 기여한 학자로 각인되어 있습니다.

그런 차원에서 저는 이 논문이 시인의 작업과 학자의 작업 사이의 연결점 혹은 접합점을 논구함으로써 '정한모'라는 이름의 통일적 전체를 조망하고 있다는 점에 매우 큰 흥미를 느꼈습니다. 그 접합점이란 해방 후에 비로소 정치적 억압을 벗어난 '우리말과 글'의 '시'에 대한 부채감과 소명 의식이라 할 수 있을 것 같습니다. 즉 해방 직후 시인으로서의 작업이 '우리말과 글'로 시를 씀으로써 상대적으로 부족한 우리말로 글쓰기에 대한 부채감의 해소라면, 대학이 설립된 이후 학자로서의 작업은 '우리말과 글로 된 시'를 학문으로 정립시키려는 소명 의식의 발로인 것으로 보입니다.

이 지점에서 현대문학자로서의 정체성과 시인으로서의 정체성이 만나고, 이 정체성은 '정한모 세대'의 정체성으로 확대되어 비로소 이 세대가 짊어지고 있던 과업이 드러나게 됩니다. 발표자께서 지적하신바, 해방 전의 조선어 글쓰기/시 쓰기가 민족의 정치적 무게를 짊어지고 있었다면, 해방과 함께 조선어 글쓰기/시 쓰기는 이 무게를 덜어 내고 보편적 문학의 언어로 직행할 수 있었기 때문입니다. 정한모 세대는 해방된 조선에서의 조선어를 민족의 언어이자 문학의 보편적 언어로 마주하게 된 첫 번째 세대이며, 따라서 이들은 창작-학문의 접합점을 탐구할 수밖에 없지 않았을까 합니다. '우리말과 글로 쓰기'에 대한 상대적 결핍감이 시인으로서의 과업을 지속하게 했다면, 그 결핍은 또한 우리 말과 글로 된 문학이 학문으로서 제대로 자리 잡아야 한다는 학문적 욕망으로 이어지고 이는 나아가 월북 문인 해금 조치를 단행하게 한 근원적인 원동력이었다고 생각됩니다.

창작자로서의 시인과 학자로서의 교수라는 이중의 정체성을 통합적으로 이해하면서, 정한모 개인에게서 나아가 '정한모 세대'의 현대문학 혹은 현대시를 이해하게 하는 발표자의 논의에 의해 저 역시 이 접합점들을 따라 나가 정한모 세대의 사명이랄까 운명적 과업에 눈을 돌리게 됩니다. 그런 차원에서 몇 가지 궁금한 점을 질문드리고자 합니다.

첫 번째로는 해방 후 '국문학 첫 세대'의 업적을 한국 현대문학의 제도화로 보고 계신 부분입니다. 한국문학의 담론들을 제도권 '안'으로 복원시키고 국문과의 '제도'를 통해 후학들을 교육하고 양성함으로써 현대문학 연구의 실질적 토대 및 연구의 연속성을 마련했다고 평가하신 부분입니다. 제도권 '밖'에서 저널리즘을 통해 유지/연속되던 문학이 예술로서의 성격을 강하게 지니고 있었다면 이 세대에 와서 한국 현대문학은 이제 아카데미즘에 귀속된 학문으로서의 성격을 지니며 제도권의 '안'으로 도입된 것입니다.

이 지점을 '국문학'의 차원으로 조금 넓혀 보면, 경성제국대학 출신 학자들의 조선문학의 학문화 논의와는 어떤 관계가 있을지에 대해 생각해 보게 됩니다. 가령 조윤제, 김태준의 조선문학 논의는 조선문학의 갈래를 정돈하고 정전을 확립함으로써 국문학을 학문으로써 정립시켰고 이는 대학 설립과 함께 '국어국문학과'의 전공 영역으로서 제도화되었습니다. 이들의 논의가 고전문학의 범위에 집중되어 있기는 하지만, 이들의 '고전문학' 범주 설정은 결국 근대적 문학 제도에 근거한다는 점에서 '문학의 제도화'라는 틀 자체는 1930년대에 이미 제기된 것이 아닌가 합니다. 물론 현대문학은 고전문학의 통시적 계승자가 아니며, 정한모 세대는 현대문학을 고전문학과는 무관하게 새로운 문학적 전통으로서 정립시키고자 한 것 같습니다. 그러나 둘 다 근대적 문학 제도에 의거하여 문학을 체계화하고 있다고 본다면, 경성제대 학자들의 국문학 제도화의 작업과 정한모 세대의 현대문학 제도화의 작업에 관련성이랄까 차이랄까 이러한 점들에 대해 논의할 만한 부분이 있을지 궁금합니다.

두 번째로는 우리말로 문학하기에 대한 고도의 자의식이 시인으로서의 정체성의 견지로 이어지는 부분에 대한 것입니다. 해방 직후에 우리말로 문학하기에 대한 강한 갈증이 있었다는 점은 달리 말할 필요도 없을 것 같습니다. 그런데 사실 발표자께서 오랫동안 탐구해 오신 것처럼, 우리말로 '시 쓰기'라는 작업은 너무나 지난한 작업입니다. 발표자께서는 『한국 근대시와 말·문자·노래의 프랙탈』(2022)에서 '조선어구어한글문장체'라는 명칭으로 근대시 초창기부터 이어지는 '조선어 시 쓰기'에 대한 욕망과 난맥을 지칭하신 바 있습니다. 우리 말과 글로 시 쓰기는 그런 측면에서 해방 후의 세대들에게 새로운 문제였다기보다는, 해방 전부터 이어지던 어려움의 새로운 반복이 아닐까 하는 생각이 듭니다. 이 논문에서는 언급하지 않으셨지만, 정한모 세대가 마주한 시 쓰기의 난맥에 대해 오랜 문제의식의 연장선에서 말씀해 주시면 감사하겠습니다.

정한모 생애 연보*

1923년	10월 27일(음력 9월 18일), 충남 부여군 석성면 석성리에서 출생.
1936년	3월, 석성공립보통학교 졸업.
1941년	12월, 일본 오사카 나니와(浪華)상업학교 졸업. 이 무렵 이시카와 다쿠보쿠(石川啄木)의 소박한 단가 및 시마자키 도손(島崎藤村)의 낭만적 분위기의 시에 끌렸고 다양한 문학서를 탐독했음. 헤세, 릴케의 시집을 탐독하고 발레리의 에세이, 엘뤼아르의 시에 흥미를 가짐. 후일 정한모는 이 시기 한적서(漢籍書)에 접근하지 못했던 것을 아쉬워했음. 이십 대에 가까워서야 한국 시를 대했는데 정지용의 초기 시부터 『백록담』에 이르기까지 정독하면서 모국어 언어예술에 대한 각성과 자각이 절실해졌다고 썼음.
1942년	4월, 문학 공부에 뜻을 두고 대학 전문부를 기웃거리다 귀국함.
1943년	서울로 올라와 1944년까지 일문(日文)으로 시를 써서 몇 군데에 발표함.
1944년	12월, 강제징용을 당해 일본 나고야의 미쓰비시항공기제작소에 배치됨. 중학 진학을 위해 대한해협을 건너며 꿈을 키웠던 것과는 달리, 겨울 비바람 몰아치는 갑판에서 징용당해 가는 청년들과 함께 신음 소리처럼 「아리랑」을 부르며 목이 메었다고 후일 회고함.

* 연보는 정한모 에세이집 『바람과 함께 살아온 세월』(문음사, 1983)을 참조했음.

1945년	1월, B29의 집중 폭격과 지진으로 공장이 마비되자 이바라키 현 내원에 있는 '만몽(滿蒙)청소년개척의용군훈련소'에 수용되어 임야를 개간하는 노역에 동원됨. 3월, 나고야에서 도야마현 엣츄다이몬(越中大門)으로 공장이 소개(疏開)되자 거기로 이송돼 노역에 동원됨. 11월, 징용으로 같이 끌려간 젊은이들과, 정신대로 끌려가 공장에서 일하던 여성들 수백 명을 인솔해 시모노세키를 거쳐 해방된 조선으로 귀국함. 12월, 서울에 올라와 구경서, 김윤성 등이 발기한 '백맥(白脈)' 동인으로 참여함. '해방 후 최초로 방간된 문학 동인지《백맥》창간호 발행. '백맥'은 국판 70쪽 미만의 분량으로 1만 부가 발행됨. 1946년 1월 1일이 발행일이나 실제로는 1945년 12월 20일경이었음. 표지화는 동인이자 미술가인 정영환이 그림. 정한모는「귀향시편」2편을 실었는데 그로서는 최초의 우리말 시였음. 1945년 해방 직후의 열기가 채 가시지 않은 9월 중순경 종로 네거리 전신주에 붙은 "문학청년들이여, 모여라!"라는 광고를 보고 모여든 것이 '백맥' 동인들이며 그 일에 선봉을 선 구경서가 동인지 대표가 됨. 사무실은 소화통(퇴계로) 소화빌딩 2층. 그 외 동인으로는, 조남헌(남사), 남정훈, 최경희, 윤석범, 윤재창, 목영철, 최홍근 등임.
1946년	3월, '백맥'의 활동이 부진하자 김윤성 등 시 동인만을 규합해 시 동인지《시탑(詩塔)》을 창간함. 이후 6호까지 발간함. 8월, 해방 후 처음으로 서울대학교 사범대학에서 '하계대학'을 개교하자 한 달 동안 국어국문학 전문 분야 교수들의 강의를 수강함.
1947년	9월, 서울대학교 문리과대학 국어국문학과 입학.
1948년	9월, 서울대의 전광용, 남상규, 고려대의 정한숙과 함께 '주막(酒幕)' 동인 결성. 매달 각자의 작품을 발표하고 합평회를 가

짐. 공통의 이념보다 인간과 우정의 결합을 소중히 생각했다 고 후일 회고함. 남상규의 이른 죽음으로 전영경이 참여함. 동인 구성원의 변동은 있었으나 이후 20여 년에 걸쳐 동인 모임을 지속함. 1955년 신춘문예에 전광용의 「흑산도」(《조선일보》), 정한숙의 「전황당인보기」(《한국일보》), 「혼항(昏港)」(희곡, 《한국일보》), 전영경의 「선사시대」(《조선일보》), 정한모의 「멸입(滅入)」(《한국일보》)이 각각 당선되는 기록을 세움.

1952년 한국전쟁이 발발하자 10월부터 1954년 10월까지 공주로 피난해 공주사범대학 국어교육과에 출강함.

1954년 서울에 올라와 10월부터 1958년 3월까지 휘문고등학교 교사가 됨.

1955년 1월, 한국일보 신춘문예에 「멸입」이 당선됨.

1955년 9월, 서울대학교 문리과대학 국어국문학과 학사 졸업. 수도여자사범대학 국어국문학과에 출강함.

1955년 10월, '국문학대계' 시리즈의 하나로 『혈의 누, 은세계 외』의 주해서를 정음사에서 간행함.

1956년 4월, 서울대학교 대학원 국어국문학과 입학. 숙명여자대학교 문리과대학 국어국문학과에 출강함.

1958년 4월부터 1966년 6월까지 동덕여자대학교 전임강사, 교수를 역임함.

1958년 10월, 첫 시집 『카오스의 사족(蛇足)』을 범조사에서 간행함.

1959년 3월, 「효석 문학에 나타난 외국 문학의 영향」 연구로 서울대학교 국어국문학과 대학원 석사 졸업.

1959년 4월, 동덕여자대학교 조교수 겸 국어국문학과장. 서울대학교 문리과대학 강사.

1959년 12월, 제2 시집 『여백을 위한 서정』을 신구문화사에서 간행함.

1960년 3월, 『현대 작가 연구』를 범조사에서 간행함. 4월, 고려대학교

문과대학 강사.

1961년	4월, 성균관대학교 문리과대학 강사. 서울대학교 사범대학 강사.
1962년	4월, 건국대학교 문리과대학 대학원 강사. 8월, 동덕여자대학교 부교수 겸 교무과장.
1963년	2월, 동덕여자대학교 교수 겸 교무과장.
1964년	『문학 개론』(공저)을 청운출판사에서 간행.
1966년	6월부터 1975년 2월까지 서울대학교 문리과대학 전임강사, 교수 역임.
1967년	5월, 서울대학교 문리과대학 조교수. 7월부터 1968년 6월까지 서울대학교 문리과대학 조교수 겸 국어국문학과 주임. 9월, 문교부 교육과정심의회 국어분과위원. 문교부 실업계고등학교 국어과교과서 편찬심의위원.
1969년	4월부터 1974년 2월까지 《현대시학》에 「한국 현대시사」를 40회에 걸쳐 연재함. 7월, 서울대학교 문리과대학 부교수.
1970년	3월, 고려대학교 대학원 및 교육대학원 강사. 10월, 제3 시집 『아가의 방』을 문원사에서 간행.
1971년	3월, 제4회 '한국시인협회상' 수상. 10월부터 1975년 2월까지 서울대학교 문리과대학 부속 도서관장 겸임.
1973년	『문학 개설』(김용직과 공저)을 박영사에서 간행함. 8월, 서울대학교 대학원에서 「한국 근대시 형성 과정 고」로 문학박사 학위 취득. 9월, 『현대시론』을 민중서관에서 간행함. 10월, 서울대학교 문리과대학 교수.
1974년	3월, 『한국 현대시문학사』를 일지사에서 간행함. 7월, 『한국 현대시 요람』(공저)을 박영사에서 간행함.
1975년	3월부터 1988년 2월까지 서울대학교 인문대학 교수. 12월, 제4 시집 『새벽』을 일지사에서 간행함.
1977년	8월, 편저 『최남선 작품집』을 형설출판사에서 간행함. 9월, 문

교부 1종 도서(중고등학교 국어과) 편찬심의위원.

1978년 3월부터 1982년 3월까지 한국시인협회 회장 역임.

1978년 8월, 객원 연구원 자격으로 일본 동경대학 비교문학 비교문화 연구실에서 연구함.

1979년 3월, 『한국 현대시의 정수』를 서울대학교 출판부에서 간행함.

1980년 1월부터 3월까지 서울대학교 인문대학 국어국문학과장. 3월부터 1982년 2월까지 서울대학교 부설 한국방송통신대학장 겸직.

1981년 3월, 『문학 개설』(공저, 개정판)을 박영사에서 간행함. 6월, 『논문 작성법』(공저)을 박영사에서 간행함. 6월부터 1981년 7월까지 영국 Open University 등 시찰. 8월부터 1991년 3월까지 대한민국예술원 정회원.

1982년 5월, 문교부 1종도서(중학교 국어과) 편찬심의위원. 8월부터 1984년 5월까지 서울대학교 인문대학 국어국문학과장 겸직.

1983년 2월, 『한국 대표시 평설』(공편저)을 문학세계사에서 간행함. 3월, 문교부 1종 도서(중고등학교 국어과) 편찬심의위원. 3월부터 1985년 3월까지 국어국문학회 대표이사장. 9월, 제5 시집 『아가의 방 별사』를 문학예술사에서 간행함. 10월, 시 선집 『사랑시편』을 고려원에서 간행함. 시 선집 『나비의 여행』을 현대문학사에서 간행함. 『한국 현대시 비평의 현장』을 박영사에서 간행함.

1983년 3월부터 1985년 5월까지 국어국문학회 대표이사 역임. 11월, 에세이집 『바람과 함께 살아온 세월』을 문음사에서 간행함. 『소월 시의 정착 과정 연구』를 서울대 출판부에서 간행함.

1984년 5월부터 1988년 2월까지 한국문화예술진흥원장 역임. 12월, 서울시 문화상 수상.

1986년 10월 31일, 예술원 주관으로 열린 '제15회 국제예술심포지엄'

에서 「번역 시의 문학사적 의미와 반성」을 발표함.

1987년 10월, 제32회 예술원상 수상. 10월부터 1991년 2월까지 한국비교문학회장 역임.

1988년 2월부터 1989년 12월까지 문공부 장관. 1988년 7월 19일 단행된 '납, 월북 문인에 대한 해금 조치'로 납, 월북 및 재북 문인 120명이 해금됨. 한국 현대문학사상 하나의 '사건'으로 기록될 정도로 현대문학 연구의 범주나 방향성에 일대 전회를 가져오는 계기가 됨.

1989년 1월부터 1991년 2월까지 한국간행물윤리위원장. 제6 시집 『원점에 서서』를 문학사상사에서 간행함.

1990년 11월, 대한민국문학상 본상 수상.

1991년 2월 23일, 별세. 경기도 고양군 광탄면 돈암동 가톨릭 묘지에 안장됨.

2001년 2월, 후학들에 의해 『정한모 시 전집』이 1, 2권으로 묶여 포엠토피아에서 간행됨.

2023년 5월 11일, 대산문학재단에서 주최한 '탄생100주년 문학인 기념문학제'의 대상 문인으로 선정됨.

정한모 작품 연보

발표일	분류	제목	발표지
1946. 1	시	귀향시편	백맥 1
1955. 1	시	멸입(滅入)	한국일보
1955. 7	시	음영(陰影)	사상계 24
1956. 12	논, 평문	효석(孝石)과 EXOTICISM	국어국문학 15
1955. 10	주해서	혈(血)의 누(淚), 은세계(銀世界) 외	정음사
1955. 10	시	영상(映像)	시작 5
1955. 10	시	밤에 외	문학예술 7
1955. 12	시	얼굴	현대문학 12
1956. 2	시	설원(雪原)	문학예술 11
1956. 3	시	오늘	현대문학 15
1956. 5～12	논, 평문	문체로 본 동인과 효석	문학예술 14～21
1956. 9	시	바위의 의장(意匠)	현대문학 21
1957. 2	시	어둠이 쌓이는 밤의 깊이에서	문학예술 22
1957. 3	시	빙화(氷花)	현대문학 27
1957. 6	시	할아버지에게	자유문학 4
1957. 7	시	바람 속에서	문학 2
1957. 10	시	유월(六月)	현대시 1
1958. 8	시	전송(餞送)	사상계 61
1958. 9	시	웅도습유(熊都拾遺)	현대문학 45

발표일	분류	제목	발표지
1958. 10	논, 평문	리얼리즘 문학의 한국적 양상	사조 5
1958. 10	시집	카오스의 사족(蛇足)	범조사
1958. 12	시	바다의 기억	지성 3
1958. 12	시	정상에서	자유문학 21
1959. 1	시	밤의 생리	한국평론 7
1959. 3	논문	효석 문학에 나타난 외국 문학의 영향	서울대 대학원
1959. 6	시	화방심서(花房心書)	현대문학 54
1959. 7	시	별리(別離)	자유문학 28
1959. 11	시	속돌, 탐라에게	현대문학 59
1959. 12	시집	여백을 위한 서정	산구문화사
1960. 2	시	한 마리 새	청파문학 2-2
1960. 3	시	한목(寒木)	자유문학 36
1960. 3	저서	현대 작가 연구	범조사
1960. 10	시	꽃의 탄생	현대문학
1963. 8	논, 평문	서정의 언어	세대 3
1963. 10	시	그라디오라스	사상계 126
1964	(공)저서	문학 개론	청운출판사
1964. 2	시	연	청파문학 4
1964. 12	논, 평문	조밀한 서정의 탄주 — 김영랑론	문학춘추 9
1965. 1	시	아가의 방 — 서곡	문학춘추 10
1965. 2	논, 평문	문학적 모랄리티의 출발	세대 19
1965. 5	시	봄의 아가	청파문학 5
1965. 6	시	수면의 숲 누비는	시문학
1965. 9	논, 평문	감상주의는 과연 금기	세대 26

발표일	분류	제목	발표지
		— 현대시와 릴리시즘	
1965. 10	시	옥상화원	신동아 14
1965. 11	시	나비의 여행 — 아가의 방 5	사상계 153
1966	논, 평문	한국 현대시의 기점	성심어문논집 1집
1966. 6	시	꽃 체험	현대문학 138
1966. 11	시	꽃 체험 2	문학 7
1967. 4	시	하늘의 깊이에서	청파문학 7
1968. 4	시	돌의 노래	사상계 180
1968. 6	시	귀향	신동아 46
1968. 8	시	뜨거운 여름의 자락 아래서	현대문학 164
1969. 1	논, 평문	시어론	월간 문학 3
1969. 7	시	그 고운 마음을	월간 문학 9
1970. 6	논, 평문	조지훈 「승무」, 「완화삼(琓花衫)」	월간 문학 20
1970. 10	시집	아가의 방	문원사
1971	논, 평문	《소년》지 이전의 시가	同大논총 3집
1971. 1	논, 평문	한국의 소설 문장	월간 문학 27
1972. 2	시	서장(序章)	현대시학 35
1972. 12	논, 평문	『태백산 시집』, 『에튜우드』	문학사상 3
1973	논, 평문	한말 저항기의 시가(일문)	韓 18호
1973	공저	문학 개설	박영사
1973. 3	논, 평문	염상섭 작품의 특성	문학사상 6
1973. 4	시	빈 의자	다리 4-4
1973. 5	논, 평문	근대 민요의 두 시인	문학사상 8
1973. 6	논, 평문	사실(史實)의 복원과 역사적 인식 — 『근대 한국문학 연구』,	문학과지성 12

발표일	분류	제목	발표지
		『한국 근대 문예비평사 연구』	
1973. 8	논문	한국 근대시 형성 과정 고	서울대 대학원
1973. 9	저서	현대시론	민중서관
1973. 10	논, 평문	20년대 시인들의 세계	문학사상 13
1973. 10	논, 평문	시 효용론의 배경	심상 1
1973. 12	논, 평문	전쟁과 좌절과 죽음의 이미지	심상 3
1974	논, 평문	한국 근대시 형성에 미친 역시의 영향	同大 논총 4집
1974. 1	논, 평문	변화 속의 균형과 조화	심상 4
1974. 3	저서	한국 현대시 문학사	일지사
1974. 4	논, 평문	신석정, 김영랑, 김광섭, 김용호 —네 사람의 작품 세계	심상 7
1974. 7	공저	한국 현대시 요람	박영사
1974. 9	논, 평문	내면을 투시하는 「눈」	심상 12
1974. 10	시	해변 점묘	현대문학 238
1974. 12	논, 평문	건강성의 회복	심상 15
1975	논, 평문	한국 개화기 문학의 제 문제	한국학 6집
1975. 1	논, 평문	상징주의 시론의 한국적 상륙	월간 문학 71
1975. 2	논, 평문	윤동주 시의 특질과 역사적 의의	심상 17
1975. 3	논, 평문	한국 현대시에 대한 몇 가지 질문과 반성 —『진실과 언어』, 『한국 현대시 연구』, 『존재에의 향수』	문학과지성 19
1975. 5	시	봄	현대시학 74
1975. 8	논, 평문	광복 30년의 한국시 개관	심상 23
1975. 12	시집	새벽	일지사

발표일	분류	제목	발표지
1976	논, 평문	만해 시의 발전 과정 고 서설	관악논문 1집
1976. 1	논, 평문	한국 현대시에의 희구(希求)	심상 28
1976. 2	논, 평문	기독교 전교(傳敎) 시대와 한국문학	한국문학 28
1976. 10	논, 평문	한국 시에 있어서 전통이란 무엇인가	심상 37
1977	논, 평문	개화시가의 제 문제	한국학보 6집
1977	논, 평문	이효석과 Anton Chekhov과의 거리	이숭녕 선생 고희 기념 국어 국문학 논총
1977	논, 평문	소월 시의 정착 과정 연구	성심어문논집 4집
1977. 3	논, 평문	비시(非詩) 속에서의 시	심상 42
1977. 4	시	들판에서	한국문학 42
1977. 8	편저	최남선 작품집	형설출판사
1978. 3	시	동일(冬日)	한국문학 53
1978. 4~7	논, 평문	소월 시의 정착 과정 연구	현대시학 109~112
1979. 3	저서	한국 현대시의 정수	서울대 출판부
1979. 7	시	낯설은 숲속에서 외	한국문학 69
1979. 7	논, 평문	지훈의 시	현대시학 124
1980. 1	시	흔적	현대문학 130
1980. 1	논, 평문	산업사회와 문학	월간 문학 131
1980. 4	논, 평문	민족 서사시의 대계(大系) — 한국문화예술진흥원 편 『민족문학대계』	문예진흥 58
1980. 4	시	흔적	현대문학 133
1980. 8	시	흔적 5	현대문학 137

발표일	분류	제목	발표지
1981	논, 평문	이상화 시와 그 문학적 의의 (『이상화의 서정시와 그 아름다움』)	새문사
1981. 3	공저	문학 개설(개정판)/논문 작성법	박영사
1981. 6	논, 평문	지나친 나귀가 한바탕 울면 — 이효석의 「메밀꽃 필 무렵」	문학사상 104
1982	논, 평문	「찬송론(讚頌論)」(『한용운 연구』)	새문사
1982. 11	논, 평문	「금(金)잔듸론」	동양학 12
1982. 1	시	아가의 방 별사(別詞)	문학사상 111
1982. 2	시	양지(陽地)	신동아
1982. 3	시	아가의 방 별사(別詞)	문예중앙
1982. 4	시	옛날에 옛날에 아가의 방 별사(別詞)	현대시학 157
1983. 2	공편	한국 대표시 평설	문학세계사
1983. 9	시집	아가의 방 별사	문학예술사
1983. 10	시 선집	사랑시편	고려원
1983. 10	시 선집	나비의 여행	현대문학사
1983. 10	저서	한국 현대시의 현장	박영사
1983. 11	에세이집	바람과 함께 살아온 세월	문음사
1983. 12	시	천지현황(天地玄黃)	문학사상 134
1983	저서	소월 시의 정착 과정 연구	서울대 출판부
1984. 1 ~1988. 1	시	원점에 서서 10~56	현대시학 178~226
1984. 2	시	1984년 정월 초하루 아침 외	소설문학 99
1984. 3	시	나를 모르냐고	월간 조선 47
1984. 4	시	나를 모르냐고	월간 조선 48

발표일	분류	제목	발표지
1984. 5	논, 평문	한국 현대시 연구의 반성	현대시 1
1984. 10	시	연출	문학사상 144
1984. 11	시	눈물로 진주를	시문학 160
1984. 11	시	갑자(甲子) 가을	한국문학 133
1985	저서	현대시론	보성문화사
1985. 4	시	빈의자	문학사상 150
1985. 10	시	가을	문학사상 156
1985. 11	시	할머니의 기운	신동아
1986. 10. 31	발표	번역시의 문학사적 의미와 반성	'제15회 국제예술 심포지엄(예술원)
1986. 11	시	굵고 낮은 목소리 —석제(石濟) 형을 추모하여	현대문학 383
1986. 11	시	마지막 비상	동서문학 148
1987. 3	시	다시 네 곁에서	문학정신 6
1987. 3	논, 평문	한국의 미래 지향적 문화 발전	문화예술 110
1987. 6	시	당신의 비원(祕園)	월간 경향 268
1987. 9	시	낭떠러지 위에서	문학정신 12
1986. 12	논, 평문	한국 현대시 기점 연구	예술원 연구논문집
1987. 10	시	햇빛 속에서 햇빛의 정령을	문학사상 180
1988. 1	시	보이는 시간	동서문학 162
1989	시집	원점에 서서	문학사상사
1989. 5	시	사모곡	문학사상 199
1989. 6	시	사모곡 2-3	현대문학 414
1989. 7	시	사모곡	동서문학 180
1989. 10	시	그림자—사모곡 5	문학사상 204

발표일	분류	제목	발표지
2001. 2	시 전집	정한모 시 전집 1, 2	포엠토피아

작성자 조영복 광운대 교수

생활 속에 구현된 자연의 의미

송기한 | 대전대 교수

1 머리말

한성기 시인은 1923년 함경남도 정평군에서 태어났다. 그는 이곳 정평소학교를 졸업하는 등 유년의 시간 대부분을 정평에서 보낸다. 이후 함흥사범학교를 졸업하고 교사가 되어 1942년 충남 당진에서 교편을 잡는다. 이를 계기로 그는 대전, 충청의 문인으로 자리하게 되었다. 그의 문단 데뷔는 두 번에 걸쳐 이루어졌는데, 한번은 모윤숙의 추천에 의해서, 다른 한번은 박두진의 추천에 의해서이다. 모윤숙의 주선으로 1952년 《문예》 5·6월호에 「역」이, 이듬해 9월호에 「병후」가 추천되었으나, 이 잡지가 폐간되면서 또 다른 절차를 밟게 된 것이다. 이후 그는 박두진에 의해 「아이들」, 「꽃병」 등이 《현대문학》에 천료됨으로써 정식 시인의 길로 들어선다.

이때가 그의 나이 30세가 넘어서는 지점인데, 보통의 관례대로라면, 그는 시인으로서 제법 늦게 등단한 편이라고 할 수 있다. 이런 지각 등단은 다른 한편으로는 문단이나 문학사에서 그를 국외자로 남게 하는 한 요인 가운데 하나가 된다.

한성기는 문학사에서 비교적 낯선 시인이며, 또 이방인 취급을 받아 왔다. 그러한 원인들에 대해서 몇몇 연구자들은 그가 활동한 무대가 지방이었다는 사실에서 찾기도 하고, 그가 전략적으로 인유했던 자연의 소재들에서 별 특이성이 없었다는 데에서 찾기도 한다.[1] 한국 문단이 중앙 중심이고, 또 몇몇 영향력 있는 잡지나 연구자에 의해 좌우되었던 현실을 감안하면 이는 충분히 납득할 수 있는 일이다. 그뿐 아니라 한성기 시인이 즐겨 사용한 자연 역시 그에 대한 소략한 평가의 원인 가운데 하나가 되었다. 일찍이 이 소재를 배경으로 뛰어난 작품 활동을 보여 준 정지용이나 청록파의 작품성과 비교할 때, 한성기 시인의 그것은 별반 특이성을 보여 주지 못했기 때문이다. 그리하여 그의 시들은 내용보다는 방법의 특이성이 주목되어 그에 준하는 평가가 내려지기도 했다. 그 하나가 "한 걸음 뒤로 물러선 뒤 겸허한 위치에서 대상을 내적 질서로 객관화시키는 시적 작업을 처음부터 하고 있는 시인"[2]이라는 진단이다. 한성기의 시들이 응시와 관조의 과정을 거쳐 서정의 통일을 정치하게 이루어 내고 있다는 사실을 염두에 두면, 이는 매우 설득력 있는 지적이다. 특히 이런 수법은 한성기에 의해 거의 처음 시도된 방법적 의장이라는 점에서 그러하다.

이후 한성기 시들은 대전, 충청에 기반을 둔 연구자들에 의해 많은 탐색이 이루어져 왔다. 특히 그의 시에서 전략적으로 드러난 자연이라는 소재와, 그것이 갖고 있는 함의에 대해 다각도로 검토된 것이다.[3] 그뿐 아니라 이향과 탈향, 그리고 그 과정을 통해 얻어질 수밖에 없었던 생리적인

1) 전영주, 「한성기 초기 시의 자연 인식」, 《한국어문학연구》 39, 2002, 332쪽.
2) 정한모, 「한성기의 근작 초」, 『현대시론』(민중서관, 1973), 314~315쪽.
3) 박명용, 「한성기 시 연구」, 『한국 시문학』(한국시문학회, 1994).
정진석, 「한성기 시 연구」, 한남대 박사 논문, 1998.
이일훈, 「한성기 시에 나타난 생태 의식 연구」, 울산대 석사 논문, 2006.
김교식, 「한성기 시에 나타난 세계의 중심과 시적 공간 연구」, 《인문과 예술》, 2020. 6.

고향 의식에 주목해 그의 시 세계에 접근한 경우도 있다.[4] 하지만 이런 의욕적인 성과에도 불구하고 그의 시들에서 드러나는 자연의 세목들에 대해서는 여전히 미완인 채로 남겨져 있는 것이 사실이다. 특히 그의 시 세계의 전편에 등장하는 자연의 구경적 의미라든가 그것이 시집별로 어떻게 전환되고 있는가에 대해서는 거의 탐구되지 않았다. 이 글은 기왕의 연구 성과들을 바탕으로 그동안 미진했던 부분들에 대해 새로 밝혀 보고, 또 보완하는 측면에서 이루어진다.

2 생활 속에 구현된 자연의 세 가지 의미

1) 결핍에 대한 동일화

한성기 시의 주요 특장 가운데 하나는 자연의 서정화이다. 일찍이 이 분야를 먼저 개척한 시인은 정지용이었고, 그의 추천을 받은 청록파가 있었다. 이들의 활동 무대가 1930년대 말이고 또 1940년대 중반이니 한성기의 등단 시점을 고려하면, 이들과의 연결 고리를 어느 정도 찾을 수 있을 것이다. 실제로 그러한 면에 주목하여 한성기 시의 특성을 "청록파를 계승하면서도 조용한 법열의 세계"를 구현했다고 평가하기도 했다. 다시 말해 한성기 시인이 전통파의 한 갈래를 유지한 시인이면서 한편으로는 그의 시집을 "『청록집』과는 다른 또 하나의 시사적 위치를 차지할 수 있는 시집"이라고 했거니와 그 구분되는 지점이 "조용한 법열의 세계"라는 것이다.[5] 한성기의 시들이 자아와 세계의 동일성을 향한 구경적 도정에 놓여 있다는 것, 그리하여 그 과정에서 서정적 황홀의 경지에 이르고 있다는 점에서 보면, 분명 우리 시사에서 새로운 경지에 이른 것은 사실이다. 하지만 이런 국면으로 정지용을 비롯한 청록파 시인들의 자연 세계와, 한

4) 김현정, 「한성기 시에 나타난 고향의 의미」, 《현대문학이론연구》 45, 2011.
5) 이형기, 「조용한 법열」, 《현대시학》, 1970년 3월호, 64~65쪽.

성기 시에 나타난 자연과의 대비점을 찾는 것은 어딘지 허약한 국면이 있다. 특히 자연이 서정화되는 조건이 판이하게 다른 환경에 놓여 있었다는 점에서 더욱 그러하다.

잘 알려진 대로 일제강점기와 해방 직후, 그리고 1950년대는 자연을 서정화하는 배경이랄까 조건이란 사뭇 다른 경우이다. 「백록담」 등에서 펼쳐 보인 정지용의 자연시란 매우 형이상학적인 배경을 갖고 있었고 특히 그것이 모더니즘의 배경 아래에서 탐색되었다는 것, 그리고 일제강점기라는 상황과 분리하기 어려운 것이었다는 점에서 그러하다. 실상 이런 면들은 『청록집』이라고 해서 크게 달라지는 것은 아니다. 여기에 수록된 시들이 대부분 일제강점기에 쓰였기 때문이다.[6]

일제강점기란 가상의 현실을 요구했다. 따라서 생활과 접촉되는 것들이 시의 영역 속으로 틈입해 들어오는 것들은 경계의 대상이 될 수밖에 없었다. 설사 밀접한 교호 관계가 유지된다 해도 그것은 어디까지나 가공의 것일 때에만 가능했다. 이런 면은 비단 소재를 서정화하는 방식에서만 유효한 것이 아니었다. 이 시기 대부분의 사조들이 이 아우라로부터 자유로운 것이 아니었다. 가령, 이 시기의 모더니즘이 가상을 전제한 현실에서 만들어질 수 있었던 것도 이와 밀접한 관련이 있었다. 이 시기의 제반 사조들이 모두 불구화의 영역으로 갇힐 수밖에 없었던 것도 마찬가지의 경우이다. 그리고 청록파의 구성원 가운데 이러한 특성에 주목하여 시작을 한 목월의 자연관이 이를 잘 말해 준다. 그는 「보랏빛 소묘」에서 자신의 시 속에 구현된 자연들이 모두 창조적인 것이었다고 솔직하게 고백했다. 가령, "불온한 현실 속에 갇혀 있는 실제적 자연을 회피하기 위해 '마음속의 지도' 곧 가공의 현실을 만들었다."[7]라고 했기 때문이다. 그러니까 그의 시 속에 구현된 자연이란 궁극에는 허구에 기초해 있다는 것, 다시 말해 생활로부터 벗어난 것이었다고 할 수 있다. 이는 목월뿐 아니라 정지용

6) 박목월, 『보랏빛 소묘』(신흥출판사, 1958), 83쪽.

7) 위의 책.

이나 청록파의 또 다른 구성원이었던 조지훈이나 박두진에게도 동일하게 적용되는 부분이다. 현실의 불온성을 회피하기 위한 불가피한 의도, 그리하여 이를 우회하기 위해 관념적으로 만들어 낼 수밖에 없는 현실의 서정화, 곧 가공의 자연에 대한 서정화 방식이다.

반면 한성기가 활동하던 시기는 이전과는 전연 다른 상황에 놓이게 된다. 그는 자연을 소재로 한 이전의 시인들과 달리 현실을 애써 외면할 필요가 없었다. 그러니까 현실의 회피를 위해서 '마음의 지도'라든가 가공의 현실을 굳이 만들어 낼 필요가 없었던 것이다. 이제 현실 속에 감각되는 것들을 서정화하면 그뿐이었다. 생활이란 이제 회피가 아니라 자연스럽게 서정적 자아가 결합될 수밖에 없는 조건을 맞이하게 된 것이다. 그것이 곧 생활 속에 구현된 자연이라고 할 수 있을 것이다.

> 푸른 불 시그널이 꿈처럼 어리는/ 거기 조그마한 역(驛)이 있다// 빈 대합실에는/ 의지할 의자 하나 없고// 이따금 급행열차가/ 어지럽게 경적을 올리며/ 지나간다// 눈이 오고/ 비가 오고……// 아득한 선로 위에/ 없는 듯 있는 듯/ 거기 조그만 역처럼 내가 있다.
>
> —「역(驛)」 전문

인용 시는 한성기 시인이 처음 추천 받은 작이자 그의 시 세계의 한 단면을 잘 드러내 보여 주는 작품이다. 이 작품을 지배하는 정서는 고독이다. 이 감수성은 그의 실존적 조건에서 형성된 것이다. 그는 실향민이었고, 그렇기에 그의 고향에 돌아가기란 현실적으로 불가능했기 때문이다. 그뿐 아니라 시인이 되기 전 그의 첫 번째 부인과의 사별이라는 비극적 조건 또한 갖고 있었다. 이후 곧바로 재혼하기는 했지만, 어떻든 그의 의식 저변에 자리한 것은 이런 비극 속에 얻어진 외로움과 고독감이었고, 또 이향으로 인한 망향 의식이 생리적으로 자리할 수밖에 없었다. 그러한 자의식이 만들어 낸 것이 외따로 떨어진 '역'의 존재였다. 그래서 이 작품에는 두 가지 정서가 상존한다. 하나는 고향을 상실한 자의 실향 의식과, 다른 하나는 가까운 육친의 상실에서 오는 고독감이다. 이 중층적 감수성이 어우러져 만들어 낸 것이 '역'의 내포인 셈이다.

그런데 이런 실향 의식과 허무주의는 쉽게 극복될 수 있는 성질의 것이 못 되었다. 정주하지 못하는 떠돌이 의식과 폭음, 자학 등에서 벗어나지 못했기 때문이다. 그 결과 그는 치유의 한 방편으로 추풍령이라는 도피의 공간을 찾지 않으면 안 되는 현실에 마주하고 만다. 외롭기에 시를 썼지만, 그것만으로 자신의 결핍을 메우기는 곤란했던 것이다.

> 시 가지고도 채울 수 없는 공허는 술로 때웠다. 매일같이 취해 다녔다. 주위에서 좀 절제했으면 좋겠다고 권고도 있었으나, 듣지를 못했다. 그때 대전에는 글쓰는 분들의 열기가 대단했다. 문학청년들의 기세라고나 할까. 곧 대작(大作)이라도 쓸 것같이 모두 기고만장했다. 돌려 가며 합평회를 하고, 돌려 가며 술상도 차려 냈다. 이때 이 모임을 '지랄대회'라고 이름을 붙였다. 건강이 망가져 갔다. 무쇠가 아니라면 그렇게 퍼마시고 무사할 리 없었다.
>
> (중략) 백약이 무효다. 저축을 다 빼 쓰고 집을 팔아도 그래도 병은 차도가 없었다. 결국 직장을 버리고 추풍령을 찾아들었다.[8]

추풍령이란 한성기가 실존적 욕구에서 찾아낸 현실적이면서 치유의 공간이다. 그렇기에 그의 이런 행보는 관념에서 오는 행동과는 거리가 있었다. 말하자면, 자신과 세계 사이에 놓인 형이상학적인 불화라든가 혹은 객관적 현실의 불온성에서 찾아졌던 자연과는 상당한 거리가 있는 것이었다. 그의 시에서 드러나는 자연들이 생활과 불가피하게 결합될 수 없는 상황 속에 놓여 있었던 것이다. 그 하나의 특징적 단면을 보여 주고 있는 작품이 바로 「실향」이다.

---

8) 한성기, 「어느 날의 돌개바람」, 《현대문학》, 1982. 4, 141쪽.

잠이 오지 않았다./ 석 달 열흘을 아무리 애써 보아도/ 잠이 오지 않았다.// 병원과 약방을 찾았으나/ 나를 잠들게 하지 못하는 약들/ 밤이면 안경 너머로/ 내 병을 짚던 의사의 얼굴// 잠이 오지 않았다/ 사람의 수단과 방법의 한계// 산을 향해 떠났다.// 마을이 멀어져 가고/ 세상이 멀어져 갔다.// 사람들의 목소리가 멀어져 가고/ 차바퀴 구르는 소리가/ 멀어져 갔다./ 병원도/ 약방도// 산에 도착하던 날부터/ 쿨쿨 잠을 잤다.

—「처방」 전문

우선, 이 작품을 지배하고 있는 특징은 솔직성에서 찾을 수 있다. 그러한 감수성에 의해 만들어지고 있기에 시에서 요구하는 제반 의장들이 어느 정도 무시되고 있다. 그러나 여기에서 중요한 것은 문학성을 담보해 주는 의장의 존재 여부가 아니라 시인의 정서를 지배하고 있는 감수성일 것이다.

서정적 자아가 산에 들어올 수밖에 없는 필연적 요인이란 바로 육체의 한계성, 곧 불면증이었다. 하지만 이 병은 쉽게 치유될 수 있는 성질의 것이 아니었다. 육체와 정신의 아픈 곳을 치유할 수 있는, 아니 그런 능력을 갖고 있는 의사조차 자아의 현존을 구제할 수 없었던 까닭이다. 그래서 그에게 그 대안으로 제시된 것이 바로 '산'이었다. 그가 선택한 산은 인간적인 것들과 거리를 두고 있는 것이었다. 산에 가까울수록 사람들의 목소리가 멀어지고, 차바퀴 구르는 소리도 멀어졌다. 그뿐만 아니라 병원도 약방도 함께 사라져 갔다. 그 앞에 놓인 것은 지금 이곳의 현실과 유리된 공간, 곧 자연뿐이다. 그런데 산에 도착한 날부터 그의 육신과 정신을 괴롭혀 왔던 불면증은 씻은 듯 사라진다.[9]

산문에 가까운 이런 서술의 진실은 솔직성이고 또 직접성이다. 자연은 이런 정서를 매개로 해서 서정적 자아의 환부에 거침없이 육박해 들어온

9) 「처방」 이외에도 이때의 경험을 담은 대표적인 시가 바로 「특별 기도」이다.

다. 실상 이런 감각은 우리 시사에서 매우 드문 영역에 속하는 것이다. 자연이 어떤 형이상학적인 국면에서 의미화되는 것이 아니라는 사실에서 그러한데, 한성기 시에서의 자연은 이렇듯 육신과 정신의 한계에 의해 빚어진 생리적 욕구에 의한 것이었다. 그러한 욕구란 다름 아닌 생활적 반응, 실존적 한계에서 나온 것이고, 이런 면이야말로 우리 시사에서 쉽게 볼 수 없었던 국면들이라는 점에서 그 의의가 있는 것이다. 그는 잃어버린 자아의 일체성, 혹은 전일성을 이렇듯 자연 속에서 찾고자 했다.

2) 문명에 대한 안티 담론

한성기는 다섯 권의 시집을 상재했다. 첫 시집 『산에서』(1963)를 비롯해서 『낙향 이후』(1969), 『실향』(1972), 『구암리』(1975), 『늦바람』(1979)이 그것인데, 『낙향 이후』가 첫 시집 『산에서』에 수록된 작품의 개작, 혹은 중복 작품이 상당 부분 섞여 있음을 감안하면, 실질적으로는 4권의 시집을 간행한 것으로 보아야 한다. 늦은 등단과 더불어 어떻든 그는 시인으로서 많은 시집을 펴낸 것은 아니다. 그뿐 아니라 그의 시집 대부분이 자연을 소재로 하고 있어서 시 세계의 폭이 넓지 않은 한계도 갖고 있다.

하지만 시집의 양이 질을 보증하는 것도 아니고 그 역도 마찬가지 참일 것이다. 어떻든 자연이라는 단일한 소재로 해서 어떤 형이상학적인 깊이를 뚫어 내기란 결코 쉽지 않은 일이다. 그것은 한성기의 경우도 예외가 아닐 터인데, 그럼에도 한성기의 시들을 이런 틀 속에 가두어 놓고 그의 시를 해석하는 것은 또 다른 오류를 낳을 가능성이 매우 크다. 이는 다음과 같은 이해 방식이 그러한데, 가령 자연을 바탕으로 한 그의 전통적 서정이 그의 시 세계의 깊이를 가져온 반면, 그것이 한계가 되어 보다 큰 세계로 넓혀 나가지 못한 장애로 작용했다는 판단이 그러하다.[10]

한성기의 시들은 분명 자연이라는 소재를 인유하고 있다는 한계에 머

10) 전영주, 앞의 논문, 345쪽.

묻고 있지만, 그의 시 세계는 이 영역에서 그 나름의 음역들을 넓혀 나감으로써 이를 초월하고 있다. 그의 시에 나타난 공간의 변화에 주목한 탐색도 그 연장선에 놓여 있는 경우라 할 수 있다.[11]

한성기 시인은 자신의 실존을 위협하고 있는 실향이나 고립감 등을, 자연과의 동일성으로 채워 나가면서 어느 정도 극복하기 시작한다. 이는 그의 시 세계의 원형질이 이 감수성에 기초하고 있음을 말해 준다. 하지만 이런 감수성은 「실향」을 거쳐 「구암리」에 이르면 이전과는 다른 새로운 모습을 보여 주게 된다. 인간적인 것, 소위 문명적인 것과의 대립이 보다 분명하게 나타남으로써 시 의식이 전반적으로 확대되기 때문이다. 이를 대표하는 것이 바로 '둑길'이라는 소재이거니와 거기서 확산되는 상상력의 힘이다.

> 매일같이 둑길을 걸었다. 벌써 4년째// 둑길을 걸으면서/ 나는 세상을 생각했다.// 바쁘게 돌아가는/ 세상과// 서서히 도는/ 둑길// 먼 길/ 내게는 먼 영(嶺)마루를 넘어서/ 영동(永同) 예산(禮山) 조치원(鳥致院) 유성으로/ 10년이 걸려서/ 돌아온/ 길이 있다.// 매일같이 둑길을 걸으면서/ 나는 10년을 생각했다./ 바쁘게 돌아가는/ 세상과/ 서서히 도는/ 둑길
>
> —「둑길 6」 전문

시집 『실향』을 지배하는 전략적인 소재는 '둑길'이다. '둑길'이란 둑으로 난 길인데, 흔히 논두렁이나 밭두렁과 그 맥을 같이한다. 그러한 까닭에 그것은 자연의 길이면서 또 인간의 길이기도 하다. 서정적 자아는 지금 '둑길'에 있고, 걷고 있다. 지금껏 걸어왔거니와 또한 벌써 4년째 걷는다고 했다. 그는 여기를 걸으면서 "바쁘게 돌아가는 세상을 생각"하고 "지나온

11) 박명용, 「한성기 시의 공간 구조」, 『한성기 시 전집』(푸른 사상, 2003). 박명용은 한성기의 시들이 자연이라는 커다란 범주에서 형성되고 있음을 전제한 뒤, 그 자연의 공간을 산, 육지, 바다로 나누어 살펴보고 있다.

과거를" 회상하기도 한다. 말하자면 '둑길'을 걸으면서 현재를 사유하고 과거를 반추하고 있는 것이다.

이런 시공성이야말로 이 '둑길'이 갖는 의의를 말해 주는 것인데, 그렇다면, 시인은 왜 '둑길'을 걷는 것일까. 그의 말대로 "바쁘게 돌아가는 세상을 생각"하고 "지나온 과거를 회상"하기 위해 그러는 것일까. 우선, 그의 표현대로라면 '둑길'은 세상으로 나아가는 길이면서 과거로 되돌아가는 길이기도 하다. 또한 '둑길' 연작시가 일러 주듯 그 길에는 '방울을 흔드는 물새'도 있고, '서서히 밝아 오는 빛'(「둑길 4」), 곧 자연이 있다. 그뿐 아니라 "어떤 때는 먼 산만 바라보기도"하고 "어떤 때는 발밑만 바라보기도" 하는 인간적 움직임도 노출되어 있다.(「둑길 7」) 이렇듯 시인에게 '둑길'이란 세상으로 나아가는 통로이자 세상이 나에게로 오는 길이기도 하다. 또한 그것은 일방통행의 길이 아니라 양방향으로 열려 있는 것이다. 그렇기에 그것은 인간적인 것과 자연적인 것의 경계 지대에 놓여 있는 것이기도 하다. '둑길'이란 자연 속으로 들어가기 위해 만들어 놓은 인공적인 것이기 때문이다.

『낙향』 이후 시인이 응시하는 자연은 현실 속으로 밀려 들어오기 시작한다. 초기 시들이 존재론적 고독이나 실존적 허무에서 자연을 인유했다면, 이제 그의 자연들은 현실 속으로 들어가기 시작하고 있는 것이다. 자연이 현실 속에서 길항되는 것이기에 그곳에서 인간적인 것들과의 만남이란 불가피한 것이 될 수밖에 없었다. 다시 말하면 인간적인 영역과 자연적인 영역이 마주하면서 그의 시들은 새로운 단계로 진일보하게 된다.

> 버스가 막/ 건널목에 도착했을 때/ 차단기는 앞을 막았다/ 길은 막히고/ 그새 이쪽 저쪽으로/ 쭉 몰리는 차량들/ 그때 내가 버스 앞 유리로 내다본 것은/ 맞은편에 줄 선 버스만은 아니다/ 길을 가다 말고/ 문득문득 내 앞에 걸리는/ 문명의 차단/ 시골은 보이지 않고/ 부옇게 먼지를 날리며/ 지나가는 차들/ 먼지에 가려서 보이지 않는/ 당신의 얼굴/ 버스가 지나간 훨씬 뒤

에도 /끝내 오르지 않는/ 차단기

—「차단(遮斷)」 전문

여기에서 '차단'이란 '둑길'로 나아가는 시적 자아를 가로막는 '벽'과 같은 것이다. 이를 은유하는 것이 '먼지'이다.[12] 그것의 원인은 근대적인 것, 구체적으로는 버스인데, 그것은 지극히 인간적인 것이거니와 문명의 상징이기도 하다. 문명이란 한성기 시인에게도 자연의 상대편에 놓인다. 따라서 그것은 자연의 질서를 거스르는 것이고 서정적 자아가 지금껏 추구해왔던 대상과의 합일성을 저해하는 장애와 같은 것이다.

한성기의 시들은 『낙향』 이후 자신이 거주하는 지금 이곳의 현실 속으로 깊숙이 들어온다. 그 공간에서 그가 발견한 것은 자연과의 동일성을 방해하는 문명적인 것들이다. 여기에 이르면, 그의 시들은 근대성에 편입되어 가는 면을 보여 준다. 물론 한성기는 일부 모더니스트들이 탐색해 들어갔던 근대성의 제반 문제들에 대해 집요하게 천착하지는 않는다. 가령, 근대의 모순들이 빚어내는 여러 부정적인 영역들에 대해 다각도로 이해하거나 이를 바탕으로 그의 시의 의장들이 새롭게 형성되지는 않는 것이다.

다만, 「차단」에서 알 수 있는 것처럼, 그의 사유의 끈은 어디까지나 생활적인 곳에서 형성되고 있다는 사실이다. 이 작품에서도 그러한 단면들은 뚜렷이 드러나는데, 가령, 지금 서정적 자아가 일상의 현실 속에 있다는 사실이 그러하고, 그 가운데 일상성의 한 표징이라 할 수 있는 버스 정류장 속에 있는 사실 역시 그러하다. 이렇듯 한성기의 시들은 언제나 일상의 현실과 분리되지 않은 채 형성되고 있었던 것이다. 그런 다음 자연의 음역은 새롭게 형성되기 시작한다. 그 하나의 예가 되는 작품이 「다리를 사이에 하고」이다.

---

12) 김교식, 앞의 논문, 69쪽.

그 위에서는/ 서로 앞지르기다/ 두 눈에 불을 쓰고/ 쉴 새 없이 내빼는 차바퀴들/ 어물어물했다가는 치이는 판이다/ 어물어물했다가는 처지는 판이다/ 두 눈에 불을 쓰고/ 앞지르는 자는 살고/ 처지는 자는 처지고/ 다리를 사이에 하고/ 그 밑으로는/ 강물/ 두 눈을 내려 뜨고/ 비웃듯 비웃듯/ 예나 지금이나/ 서두르지 않는/ 그/ 흐름

—「다리를 사이에 하고」 전문

이 시를 지배하고 있는 소재 역시 생활에서 인유된 것들이다. 지금 서정적 자아는 '다리' 위에 있고, 거기에서 바쁘게 오가는 차량들을 응시한다. 그런데 그가 바라보는 차량은 속도에 불안하게 노출되어 있다. 그렇게 된 사정은 목적지로 빨리 가야 하기 때문이다. 이런 속도감이야말로 근대의 한 속성이랄 수 있는 휘발적 속성이며, 궁극적으로는 탐욕스러운 인간의 욕망과 불가분한 관계에 놓여 있는 것이라 할 수 있다. 그런 세계 속에 놓인 자아는 불안하고, 거기에 속해 있는 인간 또한 마찬가지의 상황에 놓여 있다.

반면 다리라든가 그 밑의 속성은 어떠한가. 한성기는 다리 위와 그 아래에 놓여 있는 상황을 인간과 자연, 혹은 문명과 반문명의 이분법으로 인식한다. 전자가 근대의 한 속성이라면, 후자는 그 대항 담론이다. 이런 대립적 관계 속에서 자아가 모범적으로 수용해야 할 것이 어떤 것이어야 하는지를 묻는 것은 우문에 불과하다.

『낙향』 이후 한성기의 시들은 산으로부터 탈출하여 현실 속으로 들어온다. 그 통로가 '둑길'인데, 그래서 이 길은 세상으로 나아가는 통로가 되면서 다른 한편으로는 파편화된 인식을 치유하는 통로가 되기도 한다. 이런 맥락에서 '둑길'은 일회성에 그치는 것이 아니라 연속성의 차원에 놓이게 된다. 누군가 이제 그만 걸어도 되지 않느냐고 묻는 말에 "아니지/ 들길은 더 끌어쌓고/ 산은 더 아득하고/ 새와/ 둑길/ 이걸 떨치고 돌아가기에는/ 아직 이르지"(「새와 둑길」)라고 자신 있게 단언할 수 있는 것이다. 말

하자면 '둑길'을 걷는 것은 생리적인 것이자 자기 수양적이라는 지난한 윤리 영역에 갇히게 되는 것이라 할 수 있다.

3) 감각적인 동일화

『구암리』 이후 한성기는 4년 뒤 마지막 시집인 『늦바람』을 출간한다. 이 시집을 지배하는 의장은 무엇보다 감각적인 이미지에서 찾을 수 있다. 시인이 이 시집에서 감각적인 것들을 시의 전면에 내세우기 시작한 것은 그 나름의 정합성이 있었던 것처럼 보인다. 시인이 『늦바람』에서 이 정서를 전면에 내세우기 시작한 것은 어떤 동기가 있었던 것일까.

우선, 감각이란 생명체가 담보할 수 있는 가장 기초적인 정서이면서 서로의 동일성을 확인할 수 있는 근본 수단이라는 점에 주목할 필요가 있다. 가령, 시각, 후각, 혹은 촉각을 통해서 서로의 근원을 확인하고 또 그 과정에서 동일성을 확보할 수 있게 되는 것이다. 하지만 근대사회는 이런 비이성적인 것, 원초적인 것을 애초부터 부인해 왔다. 그 이유는 무엇보다 이성의 영역과는 상대적인 위치에 놓여 있었던 까닭이다. 원인과 결과라는 합리주의가 지배하는 사회에서 보면, 즉자적이고 충동적인 이런 정서야말로 인과론과는 배치될 수밖에 없었을 것이다.

하지만 근대가 의심스러운 것이 되고 그 부정성이 심각하게 노출되면서 반이성적인 것들이 주목의 대상으로 떠오르게 된다. 이성의 반작용에 의해 반이성이 수면 위로 떠오르기 시작했는데, 이때부터 이성 저편에 놓인 것들이 주류로 자리하게 된다. 이른바 이성에 의해 억눌린 감각의 일깨움인데, 실상 이런 각성은 이성의 부작용과 맞설 수 있는 좋은 매개가 되었다.

한성기의 시에서 근대적인 맥락을 읽어 내는 일은 쉽지 않다. 심지어 그가 문명적인 것들에 대한 안티 의식과 그 대안으로 자연의 궁극적 가치를 제시하긴 했긴 했지만, 이런 포즈만으로 그를 근대주의자나 혹은 모더니스트로 분류하는 것은 온당한 이해라고 할 수 없기 때문이다. 그럼에도 시인은 『늦바람』에서 감각을 시의 주된 의장으로 구사하고 있다. 그의 시들은 문명과의 대결이라는 거대 담론으로부터 벗어나 감각이라는 생물학적인 차원으로 한 단계 내려온 것일까. 아니면 보다 새로운 단계로 나아가기 위한 발전이 되는 것일까.

> 스텐 그릇의/ 물빛이 싫어요/ 고춧가루에 색소를 섞고/ 생선에 방부제를 바르고/ 맥주에 하이타이를 풀어 넣은 /그 물빛이 싫어요/ 바람이 맛있어요/ 시골로 내려가는 버스 창가로/ 바람에 풀풀/ 풀내/ 꽃내/ 몸에 열이 뜨면/ 훌쩍 찾아 나서지요/ 약 두어 첩 달이느니/ 창가로 내다보는/ 사기그릇의/ 물빛이 좋아요/ 바람이 맛있어요
>
> —「바람이 맛있어요 7」 전문

제목에서 시사하는 바와 같이 이 작품을 이끌어 가는 정서랄까 감각은 미각이다. 물론 각 행에 따라서 시각적인 요소가 약간 있긴 하지만 그 지배소는 맛의 감각에 의해 대상을 서정화시키고 있기 때문이다. 감각이란 생존을 위해 유기체가 가질 수 있는 외부 사물과 대화하는 최소한의 수단이다.[13] 감각의 그러한 속성은 한성기의 경우에도 마찬가지이다. 서정적 자아는 '바람의 맛'이라든가 '풀내', '꽃내' 등의 감각을 통해서, 곧 그들과의 대화를 통해서 현존의 의미를 찾고자 한다.

시인이 이러한 감각을 추구하는 이유는 인공적인 것들에 대한 반담론 의식 때문이다. 가령, '스텐 그릇', '색소', '방부제', '하이타이' 등등에 대한 안티 의식이 그것이다. 이런 대상들이 소위 근대적인 것들과 분리할 수 없는 것들인데, 시인은 그러한 대상들이야말로 자아의 동일성을 파탄시키는 요소들로 인식하고 있는 것이다. 인공적인 것들에 대한 반담론들은 물론 근대적인 것들과 분리시켜 논의할 수는 없을 것이다. 이런 면에서 보면 한

13) 안티스 외, 확호완 외 옮김, 『감각과 지각』(시그마프레스, 2018), 5쪽.

성기 역시 영락없는 반근대주의자라 할 수 있다.

하지만 시인의 이런 반근대성들이 모두 일상성과 밀접한 관련이 있다는 사실에 무엇보다 주목해야 할 것 같다. 그의 자연관들이 대부분 생활과 분리하기 어렵게 결부되어 있다고 했는데, 『늦바람』에서 펼쳐지고 있는 시편들은 모두 그러한 특성과 더욱 밀접히 결합되어 나타나고 있는 것이다. 그것이 바로 일차적인 이미지라 할 수 있는 감각의 등장이었다. 감각이 대상과 소통하는 최소한의 수단이자 또 동일한 공감대를 형성할 수 있는 중요 매개라는 사실을 염두에 둔다면, 시인의 이러한 동일성을 향한 새로운 시도라는 점에서 그 의의가 있는 것이라 하겠다. 감각을 향한 시인의 시도는 『늦바람』에서 지속적으로 천착되고 있는데, 다음의 작품 또한 그 연장선에 놓여 있는 경우이다.

> 허리/ 구부리고/ 피사리하는/ 시골 촌로(村老)/ 새살이 나듯/ 새살이 나듯// 허리/ 구부리고/ 피사리하는/ 해오리/ 새살이 나듯/ 새살이 나듯// 이른모/ 피같이 훙건한 /흙내
>
> —「바람이 맛있어요 8」 전문

이 작품을 지배하는 감각은 후각이다. 이른바 냄새 감각인데, 여기에서 이 정서에는 두 가지 의미가 내포된다. 하나는 동질성으로서의 그것이고, 다른 하나는 생산으로서의 그것이다. 동질성, 곧 동일성이란 시인이 전 생애에 걸쳐서 추구한 시적 전략 가운데 하나였다. 그는 실향이나 사별과 같은 결핍의 정서를 자연의 전일성을 통해서 초월하고자 했고, 그런 시도는 마지막 시집 『늦바람』에 이르기까지 연속되는 것이었다. 이런 탐색의 도정의 끝에 놓여 있는 것이 일차원적인 감각의 세계였던 것이다. 다시 말해 감각의 동일화를 통해 자아의 파편성을 극복하고자 한 것이다.

이 작품에서 동일성을 향한 후각은 공통의 경험을 배경으로 하고 있다는 점에서 무엇보다 주목의 대상이 된다. 가령, 시인이 주목하고 있는 "시

골 촌로"의 냄새라든가 "피사리하는/ 해오리", 혹은 "흙내"는 경험이 동반되는 감각이라는 점이다. 이런 정서의 통일을 통해서 서정적 자아는 공동체의 일원임을 확인하면서 동시에 파편화된 자아의 정서를 회복하고자 한다. 둘째는 생산으로서의 의미인데, 이를 표명하는 것이 바로 "새살"이다. 그것은 죽은 것의 부활이면서 피폐화된 존재에게는 새로운 생명의 환기와도 같은 것이라 할 수 있다.

> 담장을/ 오르내리며/ 몸이 다는 고양이/ 두 눈에 불을 쓰고/ 야옹야옹/ 빨래줄에/ 놀래미/ 두 마리/ 부두에 나가/ 그새 바람이 이나 보다/ 배며 갈매기며/ 갯벌에 날리는 깃발/ 바다로 쏠리는 눈들/ 몸살을 앓는/ 고양이/ 눈빛
>
> ―「건어(乾魚)」 전문

이 작품을 지배하는 것 역시 감각인데, 여기에는 여러 감각이 제시되고 또한 환기된다. 하나는 시각이고 다른 하나는 후각인데, 이런 정서를 통해 자아와 대상은 하나의 공감 지대로 거듭 태어나게 된다. '빨래줄에 걸려 있는 놀래미 두 마리'는 이에 대한 경험적 시각이 없다면 결코 합류할 수 없는 지대이기 때문이다. 그뿐 아니라 이것이 풍기는 냄새 또한 동일한 정서를 요구한다. 게다가 이 감각으로부터 자유롭지 못한 고양이와 이를 응시하는 시선들 역시 마찬가지이다. 시각, 후각 등이 어우러진 「건어」는 우리 모두 경험할 수 있는 공간, 고향이라는 원초적인 어떤 모습을 환기시킨다. 서정적 자아는 이런 환기 속에서 자신과 대상, 혹은 공동체와의 동일성을 확인한다. 그런 다음 자신의 뿌리를 확인하고, 그것에 육박해 들어감으로써 자신의 실존을, 혹은 자신의 정체성을 역시 확인하게 된다. 이런 대화 혹은 소통이야말로 시인이 말한 자연과의 완전한 합일의 상태라고 할 수 있다. 시인은 자신의 자연관을 "한마디로 해서 내 시는 자연과의 눈맞춤이다. 눈을 맞추는 일, 그것은 서로의 이해며 애정이다. 둘이 하나

가 되고 하나가 둘인 상태다."[14]라고 한 바 있는데, 감각을 통한 일체화는 시인이 추구해 왔던 그러한 경지의 가장 높은 수준이라고 할 수 있다. 그리고 그 경지란 곧 생활이라는 경험, 그로부터 얻어지는 공감대가 없으면 결코 만들어질 수 없는 정서들이라는 점에서 그 특이성이 있는 것이다.

3 생활 속에서 얻어진 자연의 의미

한성기의 시인이 경험했던 일들은 보편적인 것이면서 또한 특수한 것이었다. 그는 근대사를 살았던 모든 사람들이 거쳐야 했던 분단과 실향의 아픔을 겪어야 했고, 사랑하는 부인이 죽는 슬픔을 가져야 했다. 따라서 그의 삶은 보편의 것이면서 또한 자신만의 고유한 것으로 한정되는 것이기도 했다.

시인은 자신의 의지와는 상관없이 다가온 이런 경험들을 메우기 위해 시를 썼고, 그 도정에서 그만의 독특한 성채를 구축해 왔다. 그것이 곧 자연의 서정화였다. 하지만 그의 시들은 오랫동안 주목의 대상이 되지 못했다. 그는 문단의 중심에서 외따로 있어야 했고, 또 그가 서정화한 자연이라는 소재가 특별히 눈에 띄는 것도 아니었던 까닭이다. 전자는 중앙 중심으로 펼쳐질 수밖에 없었던 우리 근대사의 왜곡된 현실에서 불가피한 경우라 할 수 있겠지만, 후자의 경우는 또 다른 이유가 제시되어야 했다. 자연이 소재로 된 서정시들이 그 뻔한 소재로 인해서 특별히 주목을 받지 못하는 어떤 필연적인 원인이 있는 것일까 하는 의문이 환기되는 까닭이다.

한성기의 시들은 자연을 서정화했다는 점에서 정지용이나 청록파 세대들과 일정한 공유 지분을 갖고 있다. 하지만 그의 시들은 이들의 자연시와는 전연 다른 부분이 있는데, 그것은 그의 시들이 다름 아닌 생활 속에 구현된 자연이라는 점이다. 일찍이 이 분야에 선구적인 위치에 놓여 있던

14) 한성기, 「바다와의 눈맞춤」, 《한국문학》, 1976. 2, 170쪽.

시인이 정지용이었다. 하지만 그의 자연시들은 모더니즘이라는 커다란 아우라로부터 벗어날 수 없는 것이었고, 그러다 보니 형이상학적인 맥락으로부터 자유로운 것이 아니었다. 이는 그의 영향을 받은 청록파의 경우도 마찬가지였다.

하지만 한성기의 자연시들은 철저하게 생활 속에 기반한 것이라는 점에서 그 의의가 있다. 그의 자연들은 초기 시부터 생활과 분리되는 것이 아니었다. 실향이라는 환경과 부인과의 사별이 만들어 낸 결핍의 정서가 전일적인 자연을 서정화하게 된 것인데, 이야말로 생활의 정서와 분리하기 어려운 것이라 할 수 있다. 그뿐 아니라 『낙향』 이후 펼쳐진 자연과 문명의 대립 또한 생활 속에서 나온 것이다. 그는 '둑길'을 통해서 세상으로 나왔고, 거기서 버스와 같은 문명, 인공의 세계를 만났던 것이다. 물론 그 안티 담론이 자연의 영원성임은 두말할 필요가 없을 것이다.

이런 탐색의 마지막에 놓여 있는 것이 시집 『늦바람』이었는데, 그가 여기에서 시도한 전략적인 의장은 감각과 같은 일차적인 이미지였다. 감각이 가장 원초적이고, 근원적인 정서임을 감안할 때, 그가 시도한 이런 의장은 경험의 공유를 통한, 자연과의 완전한 합일을 위한 도정이었다는 점에서 그 의의가 있다. 물론 그가 이 시집에서 시도한, 감각의 동일화를 통한 정서의 완결 역시 생활과 분리하기 어려운 것이다. 이처럼 그의 자연시들은 생활 속에서 얻어진 것이고, 이런 의장이야말로 우리 시사에서 처음 시도된 것이라는 점에서 그 시사적 의의가 있다.

제4주제에 관한 토론문

이형권 | 충남대 교수

한국 현대시에서 자연은 노장사상 차원의 무위자연의 세계에서부터 전원적 고향, 잃어버린 조국, 반문명적 원시의 세계, 현실 도피의 공간, 평화로운 세계, 낭만적 동경의 세계, 절대 순수의 경지, 생태학적 에코토피아 등에 이르기까지 그 의미의 스펙트럼이 매우 다양하다. 그만큼 한국의 현대 시인들은 자연을 시적 대상으로 삼기를 선호했다. 한성기 시인 역시 자연을 시적 대상으로 삼고 첫 시집 『산에서』을 비롯해 『낙향 이후』, 『실향』, 『구암리』, 『늦바람』 등을 발간했다. 이들은 1960년대와 1970년대 충청 지역에서 발간된 시집으로서는 주목할 만한 성과라고 할 수 있다.

필자는 이러한 시적 성과를 "그의 자연시들은 생활 속에서 얻어진 것이고, 이런 의장이야말로 우리 시사에서 처음 시도되었다는 점에서 그 시사적 의미가 있는 것"(결론 부분)이라고 평가한다. 그 구체적인 근거로 1) 결핍에 대한 동일화, 2) 문명에 대한 안티 담론, 3) 감각적인 동일화 등을 들고 있다. 1)에서는 실향이나 상처(喪妻)와 관련된 생활의 결핍을 넘어서기 위한 동일화의 대상으로 자연을 선택해 마음의 치유를 했다는 점을 강조한다. 2)에서는 일차적으로 인간과 자연, 문명과 반문명의 이분법 속에서 자연을 옹호하지만, 그것이 생활의 차원과 연관된다는 점에서 일반적인 모더니즘 시와 다르다는 것이다. 3)에서는 근대 문명의 특성인 이성 중심주의나 자아의 파편성을 극복하고자 자연 감각과의 동일화를 추구했다고 한다. 결과적으로 한성기 시의 자연은 자아의 결핍과 문명의 비인간성을 극복하기 위한 것이지만, 이전의 시인들이 보여 주었던 가상적, 이상적 대상이 아니라 생활과 결부된 구체적인 대상이라는 점에 주목한 것이다.

한성기는 충청 지역에서 일찍이 등단하여 일정한 성과를 거둔 선구적인 시인임에는 틀림이 없다. 하지만, 대전 혹은 충청도라는 지역 범주를 한정하지 않고도 고평을 받을 수 있는 것인지에 대해서는 연구자들에 따라 견해가 다르다. 이 논문에서는 그의 시에 등장하는 자연에 주목하여, 개성 없는 자연이라는 한계를 지적하면서도 생활 속의 자연 차원이라는 새로운 차원을 개척했다는 점에서 비교적 긍정적으로 평가하고 있다. 토론자는 이 논문의 논지에 대체로 동의하면서 다음과 같은 질문을 하고자 한다.

첫째, 이 논문의 핵심어인 '생활'의 의미 범주가 불분명하다는 느낌이 든다. 때로는 '현실'이라는 말과 비슷하게 쓰이기도 하고, 때로는 '일상' 혹은 '세속'이라는 말과 함께 사용되기도 한다. '생활'의 사전적 의미는 1) 사람이나 동물이 일정한 환경에서 활동하며 살아감, 2) 생계나 살림을 꾸려 나감 등이다. 이 논문에서의 의미는 1)보다는 2)에 가깝다는 생각이 들지만, 그렇다고 해도 본문에서 쓰인 개념의 범주가 명확하지 않다. 그 상대적 의미도 낭만적 이상, 탈속, 본질 등으로 다양하게 해석된다. '생활'이 시인 자신의 체험에만 한정되는 것인지 상상의 영역도 포함하는 것인지 분명하지 않다. 따라서 논점의 명료성을 위해 '생활'의 의미 범주를 더 구체적으로 밝혀 주는 것이 바람직하지 않을까 한다.

둘째, 필자는 한성기 시가 '생활 속의 자연'이 등장하는 최초의 사례로 평가하고 있다. 한성기 시가 생활과 연관된 자연이라는 점에 대해서는 수

긍이 되지만, 그가 광복 이후의 시인으로서 한국 시사에서 최초라는 평가에 대해서는 좀 더 설득력 있는 설명이 필요하다. 가령 일제강점기의 백석이나 이용악, 신석정 등의 시에는 전원 '생활'과 연관되는 자연이 등장하지 않는가? 이 논문에서 반동적 사례로 들고 있는 정지용 시의 경우 「카페 프란스」, 「향수」, 「고향」 등의 자연은 일본 유학 생활이나 고향인 옥천에서의 유년기 생활과 무관하다고 볼 수는 없지 않을까?

셋째, 한성기 시에서 '생활 속의 자연'이 가능했던 이유는 가공의 현실로서 자연을 추구할 수밖에 없었던 일제강점기를 벗어났다는 점이라고 본다.(2장 1절) 이러한 관점은 한국 시 전반에서 광복 이전의 자연과 광복 이후의 자연을 구분해 주는 것으로 일반화할 수 있는 것인가? 그런데 시인의 생활이나 시의 배경으로서의 각박하고 억압적인 사회 분위기와 그 안티 감각으로서의 자연은 광복 이후 자유당이나 군사 독재 시절에도 이어진 것 아닌가? 그렇다면 한성기 시에 '생활 속의 자연'이 등장할 수 있었던 근거도 광복이라는 일반적 시대 상황보다는, 시인의 개인적 삶이나 심리적 특성에서 찾는 것이 더 설득력이 있지 않을까?

넷째, 한성기 시에서 자연이 '생활 속의 자연'은 시적 자아가 자연과 동화되고자 한다는 점에서 심층 생태학 차원에서 생태시의 범주에 포함할 수 있지 않을까 한다. 그렇다면 '생활 속의 자연'과 관련된 생태 의식은 우리나라 생태시의 독특하고 선구적인 유형에 해당한다고 볼 수 있다. 시인 자신의 "내 시는 자연과의 눈맞춤"(2장 2절)이라는 고백을 참조하면 더욱 그렇다. 문제는 자연과의 합일이라는 특성이 한성기 시 전반에 빈도 높게 나타나는지, 박목월의 시와 같이 대상화된 자연이 등장하는 시는 없는지 궁금하다.

다섯째, 한성기 시인과 비슷한 시기에 활동했던 충청 지역의 시인으로 정훈, 박용래, 김관식, 임강빈 등도 주목할 만하다. 이들의 시에도 충청도의 자연을 배경으로 한 향토적 정서나 전원적 상상이 다양하게 전개되고 있다. 한성기 시에 등장하는 '생활 속의 자연'이 이들 시인의 자연과 공통

점은 무엇이고 다른 점은 무엇인지 궁금하다. 아울러 한성기 시가 보여준 '생활 속의 자연'을 발전적으로 계승한 사례가 있는지도 궁금하다.

한성기 생애 연보

1923년	4월 3일(음력 2월 29일), 함남 정평군 광덕면 장동리 82번지에서 부 한탁영(韓鐸英)과 모 이만길(李萬吉) 사이에서 4남 5녀 중 3남으로 출생.(이복 형 2명, 누님 2명 포함)
1930년(7세)	정평소학교 입학.(휴학)
1931년(8세)	정평소학교 재입학.
1937년(14세)	정평소학교 졸업. 함흥사범학교 입학.
1942년(19세)	함흥사범학교 졸업. 충남 당진군 합덕면 신리 신촌공립초등학교 교사로 부임.
1945년(22세)	당진군 합덕중학교 교사로 부임.
1946년(23세)	정(鄭) 씨와 결혼.
1947년(24세)	대전사범학교 교사로 부임.(국어, 서예 담당)
1950년(27세)	10월, 부인 정 씨 사망.
1952년(29세)	《문예》 5·6 합병호에 시 「역」이 모윤숙으로부터 초회 추천됨. 진주 강태지(姜泰智)와 재혼.
1953년(30세)	《문예》 9월호에 시 「병후(病後)」가 모윤숙으로부터 2회 추천됨.
1955년(32세)	《현대문학》 4월호에 시 「아이들」, 「꽃병」 등이 박두진으로부터 3회 천료됨.
1959년(36세)	신경쇠약으로 경북 금릉군 어모면 용문산 수도원에서 투병함.
1961년(38세)	대전사범학교 교사 사임.
1963년(40세)	투병 생활을 끝내고 돌아옴. 첫 시집 『산(山)에서』(배영사) 간행, 충북 영동 추풍령리에서 '추풍령 문구점' 운영함.

1965년(42세)	제9회 충청남도 문화상(문학 부문) 수상.
1969년(46세)	유성 온천동으로 이사하고 '로타리 제과점' 운영, 제2 시집 『낙향 이후(落鄕以後)』(활문사) 간행.
1972년(49세)	제3 시집 『실향(失鄕)』(현대문학사) 간행.
1975년(52세)	제4 시집 『구암리(九岩里)』(고려출판사) 간행, 제12회 '한국문학상' 수상.
1979년(56세)	제5 시집 『늦바람』(활문사) 간행, 대전시 유성구 원내동(진잠)으로 이사.
1982년(59세)	시 선집 『낙향 이후』(현대문학사) 간행. 제1회 '조연현문학상' 수상.
1984년(61세)	4월 9일, 뇌일혈로 사망, 대전광역시 동구 직동리에 묻힘.

한성기 작품 연보

발표일	분류	제목	발표지
1952. 5	시	역(驛)	문예 14
1953. 9	시	병후(病後)	문예 17
1954. 12	시	길	신작품 8
1955. 4	시	꽃병 외	현대문학 4
1955. 7	시	차중(車中)에서	현대문학 7
1955. 8	시	도시(都市)	문학예술 5
1955. 12	시	새벽	현대문학 12
1956. 4	시	길	문학예술 13
1956. 11	시	길/비는 멎지 않고	문학예술 20
1957. 3	시	얼굴	현대문학 27
1957. 5	시	무덤	문학예술 25
1957. 10	시	가을이 되어	현대시 1
1958. 10	시	풀소리는	현대문학 46
1959. 3	시	꽃병	사상계 68
1959. 3	시	밤	현대문학 51
1960. 5	시	나무	현대문학 65
1960. 9	시	꽃밭에서	사상계 68
1962. 11	시	열매	현대문학 65
1963	시집	산(山)에서	배영사

발표일	분류	제목	발표지
1963. 2	시	낙화(落花)	사상계 117
1963. 6	시	가을	현대문학 102
1963. 3	시	이맘쯤에서 바라볼 뿐	현대문학 111
1964. 7	시	낙화(落花)	문학춘추 121
1965. 1	시	낙엽(落葉)	현대문학 121
1966. 4	시	산방(山房)	현대문학 136
1967. 11	시	시골에서	현대문학 155
1967. 12	시	열매	현대문학 156
1968. 7	시	산(山)	현대문학 163
1968. 8	시	사월(四月)	현대문학 164
1968. 9	시	비	신동아 49
1969	시집	낙향 이후(落鄕以後)	활문사
1969. 2	시	시골에서	월간문학 4
1969. 4	시	기도(祈禱)	현대문학 172
1969. 8	시	근작 5편(近作五篇)	현대문학 176
1970. 4	시	눈	현대시학 13
1970. 7	시	기도	월간문학 21
1970. 7	시	근작 초(近作抄)	현대문학 183
1971. 2	시	코스모스	현대문학 194
1971. 4	시	하현(下弦)	월간문학 30
1971. 9	시	둑길	현대시학 30
1971. 11	시	눈 외	현대문학 203
1972	시집	실향(失鄕)	현대문학사
1972. 2	시	둑길	시문학 7
1972. 3	시	처방(處方) 외	현대문학 207

발표일	분류	제목	발표지
1972. 8	시	새 외	현대문학 207
1972. 10	시	모두 말이 없었지	월간문학 47
1972. 11	시	영(嶺)	문학사상 2
1973. 4	시	낮잠	시문학 21
1973. 5	시	결정(決定)	현대시학 50
1973. 7	시	한기(寒氣)	시문학 24
1973. 12	시	꽃	시문학 29
1974. 2	시	새치	월간문학 60
1974. 2	시	다리를 사이에 두고 외	현대시학 61
1974. 6	시	모일(某日)	현대문학 234
1974. 6	시	삼월(三月)/산(山) 외	월간문학 64
1974. 10	시	지구(地球)/차단(遮斷) 외	현대문학 238
1975	시집	구암리	고려출판사
1975. 4	시	신록(新綠) 외	현대시학 73
1975. 11	시	새와 둑길	월간문학 81
1976	시집	실험실(實驗室)	한일출판사
1976. 5	시	어느 겨울 외	현대문학 257
1976. 6	시	새 외	시문학 59
1976. 7	시	초겨울 외	현대시학 88
1976. 9	시	바람이 맛이 있어요	월간문학 91
1977. 4	시	소등(消燈)/바다에 흘릴 눈	현대시학 97
1977. 9	시	바람이 맛이 있어요	한국문학 47
1977. 9	시	바다에 흘릴 눈	월간문학 103
1978. 1	시	바다에 흘릴 눈 외	현대시학 106
1978. 6	시	첫사랑	한국문학 56

발표일	분류	제목	발표지
1978. 12	시	산(山)	월간문학 118
1979	시집	늦바람	활문사
1979. 1	시	사랑	현대시학 128
1979. 3	시	바다는 타향(他鄕)	현대시학 120
1979. 4	시	신경질적(伸經質的)인 햇살	월간문학 122
1979. 5	시	반딧불	현대문학 293
1979. 10	시	가외도	한국문학 72
1980. 1	시	귀양살이	현대문학 301
1980. 3	시	배가 보이지 않을 때까지	월간문학 133
1980. 4	시	흑견(黑鵑)	현대시학 133
1980. 8	시	작별(作別)의 손	현대시학 137
1980. 10	시	초설(初雪)	현대문학 310
1981. 3	시	새 3	현대문학 315
1981. 4	시	새장	한국문학 90
1981. 4	시	눈사람	월간문학 146
1981. 8	시	돌 두 개	현대시학 149
1981. 11	시	산책(散策) 2	현대문학 323
1982	시 선집	낙향 이후	현대문학사
1982. 2	시	새 4	한국문학 100
1982. 4	시	석수(汐水)	현대시학 157
1982. 5	시	인파(人波)	현대문학 329
1982. 9	시	시외(市外) 진잠바람 외	현대문학 333
1982. 9	시	해안선 외	소설문학
1983. 4	시	새	신동아 222
1983. 4	시	올빼미	월간문학 170

발표일	분류	제목	발표지
1983. 4	시	눈사람	현대문학 340
1983. 8	시	새의 행방(行方) 1 외	현대문학 344
1984. 7	시	외계인(外界人)	현대문학 355

작성자 송기한 대전대 교수

아시아태평양전쟁 말기 조선인 학병의 시국 인식

한운사의 『아로운』 3부작의 매체/장르적 변용과 특이성

이명원 | 경희대 교수

1 이야기꾼 한운사

본격문학의 관점에서 한운사(1923~2009)의 소설에 대한 연구는 '아로운 3부작'에 해당하는 장편 연작소설 『현해탄은 알고 있다』(정음사, 1961), 『현해탄은 말이 없다』(정음사, 1961), 『승자와 패자』(정음사, 1963)를 제외하고는 드문 실정이다.[1] 그러나 이 작품 역시 1부인 『현해탄은 알고 있다』의 경우

1) 이 각기 다른 제목의 연작의 소설들은 소설의 내용상의 가감 없이 이후 장편소설 『아로운(1~3부)』(정음사, 1985)으로 표제가 변경되어 재출간되었다. 한운사의 '아로운 3부작'에 대한 논의로는 다음과 같은 논문을 참고할 수 있다. 이경숙, 「한운사의 '아로운(阿魯雲) 3부작' 연구 — 이데올로기적 중층성을 중심으로」, 《한국문학이론과 비평》 10, 한국문학이론과 비평학회, 2006; 김예림, 「치안, 범법, 탈주 그리고 이 모든 사태의 전후(前後) — 학병 로망으로서의 『청춘극장』과 『아로운』」, 《대중서사연구》 24, 대중서사학회, 2010; 이다온, 「학병 소설에 나타난 디아스포라 연구」, 《민족문학사연구》 65, 민족문학사학회, 2017; 손혜숙, 「학병의 글쓰기에 나타난 내면 의식 연구 — 한운사, 이가형, 이병주의 소설을 중심으로」, 《어문론집》 75, 중앙어문학회, 2018.

소설에 앞서 방송극으로 제작되었고,[2] 김기영 감독에 의해 동명의 영화로도 제작되어 화제를 모았기 때문에,[3] 전문직 소설가로서보다는 장르를 가리지 않고 글쓰기를 진행했던 대중적 '이야기꾼'(storyteller)으로서의 역량을 보여 준 작가로 한운사의 작가적 특성을 평가하는 것이 타당해 보인다.[4]

실제로 한운사의 문학적 작업을 보면, 그것이 어떤 체계적인 계통성을 갖는 것으로 보이지는 않는다. 그는 위에서 언급한 가장 본격소설에 가까운 '아로운 3부작'도 출간했지만, 작품 활동 초기부터 『이 생명 다하도록』(삼한출판사, 1960)과 같이 육군 대령 김기인 부부와 같은 실존 인물을 대상으로 논픽션에 가까운 소설도 출간했고, 이승만에 대한 풍자적 비판을 드러내는 『잘 돼 갑니다』(행림출판, 1989)도 출간했다. 이 작품들 역시 방송극과 드라마 및 영화로 제작되었는데, 분석적 시선에서 보면 본격소설에 동반되어야 할 서사적 밀도는 다소 아쉽게 느껴진다.

그런가 하면 그는 일본의 나고야를 거점으로 한 재일 조선인 사업가이자 재일 거류민단 고문이었던 정환기의 자서전 『재일을 산다』(동쪽나라, 1988)를 번역하기도 했다. 번역자의 말에 따르면 "일제시대를 살아온 죠오센진(朝鮮人)의 신산을 극한 생활"을 서술한 자서전에 해당되는 것인데,

---

2) 방송극 「현해탄은 알고 있다」는 1960년 4·19혁명 직후의 일시적으로 자유로웠던 방송 환경 속에서 의욕적으로 제작된 라디오 방송극이다. 서울중앙방송국(KA) 제1라디오를 통해 매주 일요일 저녁 주 1회 방송되었다. 1960년 8월 14일에 첫 방송이 시작된 이래 1961년 1월 29일 제23회로 대단원의 막을 내렸다.

3) 영화 「현해탄은 알고 있다」는 1961년 9월 김기영 감독의 연출과 시나리오로 개봉했다. 당시 주인공인 아로운 역에는 국학대학 학생이었던 신인 배우 김운하(金雲夏)가, 여주인공인 히데코(秀子) 역에는 재일교포 2세인 공미도리(孔美都里)가 캐스팅되어 화제를 모았다. 박유희는 영화 「현해탄은 알고 있다」가 전쟁으로 인한 부부의 이별 즉 '혼사 장애' 모티프를 조명한 일련의 영화와 궤를 같이한다고 평가한다. 박유희, 「남한 영화에 나타난 태평양전쟁의 표상」, 《한국극예술연구》 44, 한국극예술학회, 2014, 110~116쪽 참조.

4) 한운사의 방송극 전반의 특징에 대해서는 윤석진, 「극작가 한운사의 방송극 연구」, 《한국극예술연구》 24, 한국극예술학회, 2006를, 시나리오 전반의 성격과 의미에 대해서는 오영미, 「한운사 시나리오 연구」 12(1), 《비교문학연구》, 경희대 글로벌학술연구원, 2008를 참조.

"일인(日人)들로부터 존경을 받는 기업가로 성장하기까지 필자의 노력은 드라마틱하고 만인에게 위안을 주기도" 하는 책으로 설명되고 있다.[5)]

한운사의 "드라마틱하고 만인에게 위안을 주기도" 한다는 표현은 어찌 보면 그의 대중적 이야기꾼으로서의 면모를 가장 잘 보여 주는 것으로 평가할 수 있다. 그것이 소설, 방송극, 영화와 같은 장르를 가리지 않고, 한운사는 모델이 되는 인물의 드라마틱한 인생의 역정이나 사건들을 표현하는 것을 선호했고, 대중적으로 몰입도와 정서적 흡인력을 높일 수 있는 방법으로 서술하는 것에 관심을 집중했다. 이것은 대중적 이야기꾼으로서는 결코 포기할 수 없는 한운사의 서사적 목표였을 것이며, 실제로 이야기꾼으로서의 한운사에 대한 대중적 기억은 그렇게 각인되어 있다.

그런 점에서 보면, 한운사가 소설가로서의 등단 초기에 일제강점기 말 아시아태평양전쟁이나 한국전쟁을 서사적 소재로 삼아 소설을 써 내려갔던 것은 이후의 그의 이야기꾼으로서의 면모와 결합시켜 본다면 명백한 내적 필연성을 내포하고 있다. 한운사에게 전쟁이란 인간이 경험할 수 있는 가장 "드라마틱한" 사건이자 그 자신의 개인사에서 볼 때도 가장 생생한 구체적 실감으로 다가올 수 있는 것이며, 이는 일제강점기 말과 한국전쟁을 공히 관통하면서 형성되거나 찢겨져 버린 조선인·한국인들의 집단심성에 가장 깊은 영향을 드리운 부정할 수 없는 대중적 경험일 것이기 때문이다.

이 부분에서 이야기꾼으로서의 한운사의 문학적 특이성을 우리는 환기시킬 수 있다. 전쟁을 다루되 그것의 정치적·역사적 측면에 본격적인 조명을 가한다거나, 민족적·이데올로기적 갈등과 고뇌에 집중하는 대신, 대중적인 흡인력을 고조시킬 수 있는 '사랑' 또는 '로맨스'와 같은 감정의 문제를 중심으로 서술하는 전략이 그것이다. '아로운 3부작'의 핵심 서사가 민족을 달리한 조선인 아로운과 일본인 히데코의 순애보를 중심으로 전개

5) 정환기, 한운사 옮김, 「역자의 말」, 『정환기 자기사: 재일을 산다』(동쪽나라, 1988), 5쪽.

되고, 『이 생명 다하도록』이 김기인 대령 부부의 사랑을 중심으로 전개되는 서술에 이는 공통적이다.

따지고 보면 한운사의 '아로운 3부작'에 압도적인 영향을 끼쳤다고 볼 수 있는, 그 자신이 번역하기도 했던 고미카와 준페이의 『인간의 조건』(1955~1958) 역시 표면적인 모티프만 보면, 만주 관동군에 복무했던 저자의 전쟁 체험을 주인공 카지와 부인 미치코의 순애보와 연결해 서술한 대작으로 1300만 부라는 대단한 판매고를 기록한 작품이었던 것이다.[6] 전쟁 속에서의 인간의 한계 체험과 갈증으로 충만한 사랑의 기대와 좌절이란 대중의 정서적 흡인력과 이야기에 대한 기대지평을 충족시킬 수 있는 훌륭한 소재가 아닐 수 없다.

본고에서는 이러한 이야기꾼으로서의 한운사의 존재는 그것대로 존중하면서, 분석의 포커스를 아시아태평양전쟁기 일본 내지(內地)로 동원되었던 조선인 학병의 전쟁 체험과 시국 인식의 특이성을 매체/장르의 변용이라는 관점에서 분석해 보고자 한다. 일본이 공식적으로 패전한 1945년 8월 15일까지 외지(外地)인 오키나와를 제외하고 일본 본토는 미군과의 '지상전'의 참화를 경험하지 않았다. 따라서 조선인 학병의 전쟁 체험이나 시국 인식은 당시 중국 전선이나 남양으로 일컬어졌던 동남아시아나 태평양 군도에서의 전쟁 체험과는 상이한 양태를 보일 수 있었던 것이다. 아시아태평양전쟁 말기의 파국적 상황 속에서도 조선인 출신 병사 아로운이 '연애' 문제에 골몰할 수 있었다는 식의 소설적 서술이 가능한 것 역시 이러한 이례적인 '장소성' 혹은 '장소 의식'에 그 규정력이 있다.

---

6) 고미카와 준페이(五味川純平)의 『인간의 조건(人間の条件)』이 한국에서 최초 번역된 것은 영문학자 이정윤에 의해서였다. 1960년 9월에 정향사에서 『인간의 조건』(상, 중, 하) 3권으로 출간되었는데, 출간 이후 2년간 10만 부 이상이 판매될 정도로 대단한 인기를 모았다. 1967년 한운사는 일본에서 고미카와 준페이를 직접 만나 감동을 받았다는 고백도 할 정도였다. 이행선·양아람, 「1960년대 초중반 미·일 베스트셀러 전쟁문학의 수용과 월경하는 전쟁 기억, 재난·휴머니즘과 전쟁 책임: 노먼 메일러 『나자와 사자』와 고미카와 준페이 『인간의 조건』」, 《기억과전망》 36, 한국민주주의연구소, 2017, 62쪽.

2 장르 변용과 시대적 상황 변화에 따른 서사적 편차

앞에서 필자는 한운사를 이야기꾼이라는 관점에서 서술했거니와 특히 '대중성'을 중심에 둔 라디오 방송극 작가로 출발한 한운사의 상황을 고려해 보면, 그에게 이야기란 매체와 장르에 따라 탄력적으로 변화하는 속성을 갖고 있다고 볼 수 있다. 텔레비전이 출연하기 이전인 1960년대 당시 라디오는 가장 첨단의 대중매체였다. 따라서 방송극 「현해탄은 알고 있다」(1960)는 라디오라는 대중매체와 일제강점기 말 조선인 학병의 아시아·태평양전쟁 체험이라는 어찌 보면 상극(相剋)적 소재와 조건을 충족시켜야 한다는 딜레마를 내포하고 있었다. 이와 함께 방송극 「현해탄은 알고 있다」의 속성을 이해하기 위해서는 이른바 '마이크의 해방'으로 명명할 수 있는, 1960년 4·19혁명 이후의 '표현의 자유'가 무한 증대되었던 시국적 상황 역시 고려에 두어야 한다.[7]

물론 현재로서는 라디오 대본을 우리가 확인할 수 없기 때문에, 방송극으로서의 「현해탄은 알고 있다」의 실상에 대한 분석적 논의는 어렵다. 그러나 당시 이 방송극에 대한 언론의 보도를 통해서 간접적으로 유추해 볼 수는 있다. 일단 확인할 수 있는 사항은 세 가지다.

첫째, 방송극 「현해탄은 알고 있다」는 4·19혁명 직후의 일시적인 정치 사상적 자유의 고양이라는 상황 속에서 일제하 조선인 학병의 '민족적 저항 정신과 분노'를 표현한다는 작의에서 출발했다는 점이다.

둘째, 조선인 '학병'을 소재로 아시아태평양전쟁을 조명하다 보니, 종래의 대중적 청취자층에 더해 30대 이상의 남성 지식층이 한운사의 방송극에 매료되었다는 사실이다. 이것은 한운사의 작가적 인기뿐 아니라 방송극의 대중적 양식화에도 상당한 기여를 하게 만들었다.

셋째, 그럼에도 불구하고 대중적 열광을 지속시키기 위해서는 '민족적 저항 정신과 분노'보다는 아로운과 히데코의 민족을 넘어선 '정열적 사랑'

7) 「放送이 한 해 革命 치룬 그 後 KBS '마이크'의 해방」, 《동아일보》, 1960. 12. 7.

이라는 멜로드라마적 요소가 강조될 수밖에 없었다는 사실이다. 아래의 인용문을 참고해 보기로 하자.

a) 7일부터 KA 일요 연속드라마에 한운사작 「현해탄은 알고 있다」가 등장한다. 일제 말기를 시대 배경으로 강제로 끌려간 조선 학도병이 태평양전선을 전전하면서 겪는 수난의 기록, 온갖 학대 속에서 쌓이는 민족적 저항정신과 분노를 그린 것인데 횟수를 기약치 않고 스타트한다는 점이 이채롭다.[8)]

b) 대중오락 프로그램의 으뜸가는 연속 방송극에서는 이십 대 현대 청년들의 생태를 그린 「해바라기 청년」(김기팔 작, 박동근 연출)에서 신인 작가가 등장했다는 점과 일제강점기 한국인 학병을 그린 「현해탄은 알고 있다」(한운사 작, 문수경 연출)에서는 종래 연속방송극과 별로 인연을 못 가졌던 30대 이상의 지식 청취자들을 흡수하는 데 성공하고 있다는 점이 특기할 만한 사실이다.[9)]

a)는 방송극 「현해탄은 알고 있다」에 대한 예고성 기사이며, b)는 한창 방송이 진행되고 있던 당시의 신문 보도 기사 중 일부이다. a)에서 우리가 확인할 수 있는 사실은 애초에 방송극 「현해탄은 알고 있다」의 작의와 실제로 제작된 그것 사이에는 일정한 편차가 존재한다는 사실이다. 기사를 보면 애초에 방송극 「현해탄은 알고 있다」의 주인공 아로운이 "태평양전쟁의 전선"을 전전하면서 겪는 조선인 학병의 전쟁 체험 혹은 전기(戰記)로서의 성격이 강조된다.

그러나 실제로 방송극 「현해탄은 알고 있다」나 이후에 출간된 장편소설, 그리고 김기영 감독에 의해 제작된 영화에서 공통적인 것은 주인공인 아로운이 아시아태평양전쟁을 경험하는 장소는 당시 '내지'(內地)로 불렸

8) 「'현해탄은 말이 없다' KA 7日부터 放送 回數는 定하지 않고」, 《동아일보》, 1960. 8. 5.
9) 「放送이 한 해 革命 치룬 그 後 KBS '마이크'의 해방」, 《동아일보》, 1960. 12. 7.

던 일본의 나고야 일원으로 한정되고 있다는 사실이다. 이는 일본과의 전쟁 과정에서 미군이 태평양의 도서들을 제압하고 사이판을 거쳐 오키나와로 북상해 일본 본토를 공습하고 급기야 히로시마·나가사키에 대한 핵무기 투하를 감행했던 시기이다. 아로운이 운전병으로 복무하고 있는 나고야 역시 B29의 공습에 따른 적지 않은 피해와 주민들의 희생 양상을 보여 준다. 즉 이 소설에서 주로 묘사되고 있는 것은 미군의 무차별 공습에 따른 민간인들의 피해 상황이나 아로운의 군내 피폭행 장면과 탈영 이후의 도주 양상이지, "태평양 전선을 전전하면서 겪는 수난의 기록"은 전혀 등장하지 않는다.

아시아태평양전쟁 말기의 전쟁 상황, 그러니까 다른 조선인 학병 출신 지식인들이 소설이나 수기 등을 통해서 보여 주었던, 동남아를 무대로 한 태평양전선의 구체적인 전쟁 양상을 기대하면서 한운사의 방송극이나 소설, 영화를 감상하고자 한다면, 이 서사 콘텐츠 수용자(청취자, 독자, 관객)들은 방송극에서의 예고와는 차별적인 스토리라인에 직면하게 되어 당혹감을 느낄 확률이 높다.

다만 우리는 이 방송극과 소설에서 당시 일본군 내에 만연해 있던 비인간적인 폭력과 민족 간 갈등을 포함한 일본군 내부의 실태를 현상적으로 목격하게 되지만, 그조차도 사실은 조선인과 일본인이라는 '네이션'을 경계로 한 폭력으로 점철되어 있기보다는 '전쟁 기계'로 그 성격이 축소되어 있는 일본군 장병 집단의 병리적 측면을 묘사한 것으로 나타난다는 점이 지적될 필요가 있다.

사실 이러한 형태의 일본군 내부의 폭력에 대한 묘사는 한운사의 장편소설 『현해탄은 알고 있다』를 포함한 '아로운 3부작'에 강력한 영향을 끼쳤다고 간주되는 일본 작가 고미카와 준페이의 실록 소설 『인간의 조건』에서의 가혹한 군대 내 폭력의 묘사와 크게 차별성이 나타나지 않는다. 물론 한운사의 방송극과 소설에서는 일본인 모리(森) 일등병에 의한 폭력이 '조선인' 학병, 그 가운데서도 주인공 아로운에 집중되어 나타나는 것으로 보인다는 특징이 있지만, 폭력의 대상이 단순히 조선인 출신에게만 집중되는 것은 아니고, 일본인 병사를 향해서도 유사한 형태로 반복되고 있다는 점은 음미할 만하다.

한편, 방송극 「현해탄은 알고 있다」의 대중적 성공에 고무된 한운사는 이것을 자신의 학병 체험 전체를 규명하기 위해 이른바 장편소설 '아로운전' 3부작을 쓸 결심을 하게 된다. 거기에는 방송극의 대중적 성공과 더불어 일본의 패전과 6·25전쟁, 그리고 4·19혁명이 펼쳐 놓은 미완의 미래라는 시국적 상황 역시 큰 영향을 끼쳤다고 고백되고 있다.

> 들었는지 모르겠으나, 나는 우리들의 이야기를 우선 방송극으로 엮어서 전파에 실어 보았다. 결과는 나에게 커다란 용기를 주었다. 그 용기에 편승해서 나는 터무니없는 꿈을 꾸었다. 이 책을 아로운전(阿魯雲傳) 제1부라고 제한 것은 바로 그 때문이다.
>
> …… <u>조국을 발견했노라고 환호작약했던 저 해방 후의 들뜬 시대, 우리들의 시대가 시작되었노라고 아우성치던 그 시대를 어찌 이 이야기에서 제외할 수 있겠느냐.</u> 당시의 세정은 결코 오늘날의 민족 분열상을 예견할 수조차 없었고, 좌우 투쟁이 맹렬한 대로, 남북통일의 꿈은 진실로 우리들의 꿈이었다.
>
> 그 꿈은 6·25동란으로 완전히 깨졌다. 따라서 이 시점이 또한 이야기 진행상의 한 구획선이 아니 될 수 없을 것 같다. 동란을 겪고 난 우리는, 생활은 두말할 것도 없고, 우리들 자신의 인간성이 변질된 것을 알면서도, 속수무책인 채 자꾸만 절망의 구렁으로 몰려 들어갔다. 외상(外様)으론 일 국가로서의 면모와 위신을 갖춘 듯싶더니, 그것은 한 인간의 독재의 장난으로 그치고 말았다. <u>그 시대를 석연히 구별해 준 것은 우리가 다 아는 4·19혁명이다.</u> 그 이후의 세상이 어떻게 변할는지 ……
>
> 나는 이와 같은 시대의 변천 속에 아로운과 리노이에를 투입시켜, 그들이 무엇을 생각하고, 여하히 행동하고, 어떻게 늙어 가는가를 응시(凝視)하고자 한다.(밑줄은 인용자)[10]

이른바 '아로운전 3부작'의 제1부에 해당되는 장편소설 『현해탄은 알고 있다』가 출간된 것은 1961년 5월 10일이었다. 이러한 집필·발표 시기의 상황 구속성은 소설 『현해탄은 알고 있다』의 서사 구조에도 일정한 영향을 끼쳤다. 위의 작가의 말에서 드러나는 대로 한운사는 해방과 한국전쟁, 그리고 이승만 정권의 문민독재를 극복한 4·19혁명을 경험하면서, 주인공인 아로운과 서사적 짝패라고 할 수 있는 이노이에(李家)를 통해서, 일제강점기 말로부터 4·19혁명에 이르는 현대사 전반을 총체적으로 서사화하겠다는 의욕을 보여 준다.

이런 구도대로라면 이른바 장편소설 '아로운전' 3부작의 전개는 일제강점기, 해방 후의 격동기, 분단과 한국전쟁, 이승만 독재와 4·19혁명이라는 역사적 격변 속에서 일제가점기 말 조선인 학병 그룹으로 상징되는 지식인 집단이 어떻게 역사적 모순 속에서의 시대 전망을 창출해 내는가 하는 매우 장대한 서사적 스케일을 보여 줄 것으로 예상할 수 있다. 그러나 우리가 알고 있는 대로 그것은 실현되지 못했다.

이러한 사실에 대해서는 그가 '아로운전'의 제1부를 출간한 시점으로부터 7개월 후인 '1961년 12월 25일'에 출간한 장편소설 '아로운전' 제2부에 해당하는 『현해탄은 말이 없다』에서의 다음과 같은 「작가의 말」을 통해서도 확인할 수 있다.

> S 군.
>
> 성급하고 명료한 것을 좋아하는 독자들은, 우리들의 이야기를 단 한마디로 규정하기를 원하는 것 같다. 즉 친일적이냐, 반일적이냐.
>
> 그러나 너도 알다시피 이것은 친일적인 것도 아니며 반일적인 것도 아니다. 바꾸어 말하면 반일적일 수도 있으며, 친일적일 수도 있는 것이다. 우리가 결코 아름다운 마음으로 회상할 수는 없는 과거였다 할지라도, 인간이 가지고

---

10) 한운사, 『현해탄은 알고 있다』(정음사, 1961), 12~13쪽.

있는 얼마 안 되는 숭고성을 유지하기 지난하였던 시대 속에서, 한 국민이기 전에 우선 한 인간임을 훌륭히 보여 준 일본인의 몇몇을 적으로 돌릴 수야 없는 일이 아니냐.

…… 이것을 쓰기 직전에 5·16군사혁명이 일어났다. 나는 오랫동안 한일 양국 간에 개재하였던, 불필요하고 유해로운 적의가 조속한 시일 내에 풀어지는 것은 불가능한 일이 아닌가 우려했다. 그러나 혁명을 성공리에 수행한 당국은 얼마 안 가서 그들이 들었던 바로 그 메스로 한일 간의 고질(痼疾)을 수술하고자 감연히 나섰다. 일본 측에서도 이에 흔연히 반응을 보였을 때, 나는 사태의 진전이 너무나도 신속한 데 놀라지 않을 수 없었다.

당초의 계획은 아로운이 종전과 동시에 현해탄을 건너오는 데까지를 그릴 예정이었으나, 많은 독자들로부터 권유도 있었고, 또 일본 항복 직후의 저 잊을 수 없는 한 달, 기억에도 생생하지만, 우리가 가장 위험한 환경에 몰려들어 갔었으며, 한편으로 우리 생애 최대의 희망을 가질 수 있었던 그 시대를 밀도 있게 그려 보고자 하는 욕망이 생겨, 여기서 일단 붓을 놓는다.

1961년 12월 15일 옛 전우로부터.(밑줄은 인용자)[11]

'아로운 3부작'의 제1부인 『현해탄은 알고 있다』가 4·19혁명의 전개 과정 속에서 '민족적 저항 의식'에 초점을 맞추어 쓰겠다는 의욕으로 일단 충만했다면, 제2부인 『현해탄은 말이 없다』는 5·16쿠데타의 상황 급변 속에서 서사의 전개가 크게 수정된다. 위의 「작가의 말」에서 우리가 확인할 수 있는 것처럼, 소설의 제2부는 '민족적 저항'에 중심을 둔 '친일/반일'의 경계를 넘어서거나 '희석'시키는 방향으로 서사의 축이 옮겨진다.

특히 흥미로운 점은 아로운이 히데코와 함께 도피 생활을 진행하는 과정에서 도움을 받는 재일 조선인 이주민과의 관계를 서술하고 묘사하는 장면에서이다. 아로운과 같이 전시 총동원 체제기에 강제 동원된 학병의

11) 위의 책, 같은 곳.

처지가 아닌, 일찍부터 일본에 노동 이주하여 일종의 조선인 마을을 형성하고 있는 가와미치 센징구미아이(川道鮮人組合)라는 이름의 나가야에 살고 있는 조선인 동포들은 급변하는 전시 시국 상황과 무관하게 분주하지만, 그 이유는 소설에서 다음과 같은 통속적 욕망으로 설명되고 있다.

> 가와미치 센징구미아이라는 이름의 나가야(長屋)에 사는 죠오센징들은 전쟁이야 지건 말건 어떻게 무엇을 하면 이 혼란 통에서 한밑천 잡을 수 있는가를 주야로 궁리했다. 하다못해 간척 공사장에 끌려와 있는 밤티의 새돌이, 배나뭇골의 복동이, 재텃말의 후뱅이 따위도 이따금 야밤에 동네로 기어 나와서 주린 배를 채우느라 제 일에 바빴고, 영문도 모르게 찰싹 달라붙는 마을 처녀들의 궁둥이를 쓰다듬느라고 제 일에 바빴다.[12]

"당초의 계획"과 다르게 '아론운전'의 제2부인 『현해탄은 말이 없다』에서 한운사가 가장 공들여 묘사하고 있는 서사적 공간 및 담론은 일제강점기 말 내지(內地) 일본에 거주하고 있는 조선인 집단들이 '민족적 정체성'이나 '친일/반일'의 명료한 경계와 무관한 '생존'과 '생활'을 지속하기 위한 끈질긴 욕망의 소유자로 서술되고 있다는 점이며, 일본인 아내 히데코와 아로운의 관계 역시 민족적 정체성이나 식민주의적 지배/피지배 상황과는 무관한 '인간으로서의 사랑'에 초점을 맞추는 유사 실존주의 혹은 휴머니즘적 톤으로 반복적으로 서술되고 있다는 점이다.

요약건대 방송극 「현해탄은 알고 있다」는 드라마의 도입부에서 조선인 학병에 대한 일본인 병사 모리의 가혹한 폭력을 극대화하는 방식으로 일본 제국주의에 대한 민족적 저항 의식을 대중적으로 확산시켰다. 한편 방송극의 종결 이후 이른바 4·19혁명의 열기가 고조되는 시점에서 창작된 소설 『현해탄은 알고 있다』의 경우 폭력의 묘사는 그것대로 진행하면서

---

12) 위의 책, 115~116쪽.

아로운과 히데코의 결합을 불가능케 하는 조건으로 일본과 조선의 지배/피지배의 식민주의적 의식과 무의식을 강조한다.

그러나 5·16군사정변 직후에 쓰이고 발표된 소설 『현해탄은 말이 없다』에서는 시선을 일본 내의 조선인 공동체로 돌려, 극단적인 시국 상황 속에서도 생존과 생활의 욕망에 몰두하고 있는 비이념적인 조선인들의 면모를 집중적으로 묘사하면서, 친일/반일의 경계를 무화시키는 방향으로 전개되고 있다. 이러한 서술 초점 상의 변화는 라디오 방송극과 장편소설이라는 매체상의 차이와 함께, 4·19혁명과 5·16군사정변이라는 서사의 방향에 압도적인 영향을 끼쳤던 시대 상황의 변화 역시 일정한 규정력으로 작용했음을 보여 준다.

3 텍스트의 상호 충돌과 '사랑의 환상'

방송극과 소설에 이어 당대의 대중들에게 '아로운전'의 인상을 각인시킨 또 하나의 텍스트는 신인 감독 김기영이 연출한 영화 「현해탄은 알고 있다」(1961)이다. 이 영화는 한운사의 방송극과 소설을 원작으로 하되, 시나리오는 김기영이 각색한 것이기 때문에 엄밀하게 말하면 김기영의 작품이라고 간주하는 것이 옳다. 그런 까닭에 이 시나리오와 영화는 한운사 원작의 소설 『현해탄은 알고 있다』와는 많은 부분에서 '차이'가 존재한다.

방송극이 불특정 대중들을 상대로 한 가장 대중적인 장르라고 한다면, 소설은 이에 비할 때 '작가 의식'을 가장 내밀하게 표현할 수 있는 장르이다. 그래서인지는 몰라도 소설 『현해탄은 알고 있다』에서는 아로운의 내적 독백이 빈번하게 고백적으로 서술된다.

그렇다면 영화 쪽은 어떨까. 라디오 방송극만큼 불특정 대중들을 상대로 한 장르이지만, 그것과 차별적인 것은 극장이라는 환영적 장소에서 관객의 적극적인 동참을 요구하는 것이 영화라는 장르의 특징이다. 특히 영화관에서의 관극 체험은 관객들 상호간의 정서적 결집력과 감정의 반향이 가장 직접적으로 체험될 수 있다는 특징이 있기 때문에, 아시아태평양전쟁기 아로운의 히데코와의 사랑과 일본군 체험은 환영화된 실체로 관객들에게 경험된다.

이러한 매체/장르 상의 차이 때문에 한운사의 '아로운전', 그 가운데서도 방송극 및 영화 「현해탄은 알고 있다」와 장편소설 『현해탄은 알고 있다』는 하나의 텍스트이면서도, 사건에 대한 서술과 묘사에 있어서는 각기 상이한 차별성을 내포하고 있는 중층적 텍스트로서 독해될 수 있다.

텍스트의 제작/창작 시기로 보면 역시 가장 앞선 것은 ① 라디오 방송극 「현해탄은 알고 있다」(1960. 8. 14.)이다. 다음으로 ② 장편소설 『현해탄은 알고 있다』(1961. 5. 10.)가 출간되었다. 라디오 방송극과 소설의 출간 이후 ③ 김기영 감독에 의해 영화 「현해탄은 알고 있다」(1961년 9월 개봉)가 제작된다. ①과 ②는 한운사에 의해 쓰인 데 반해, ③의 시나리오는 김기영에 의해 각색되었다. 그래서인지는 몰라도 텍스트 자체를 비교·검토할 수 있는 ②와 ③ 사이에는 상당한 '차이'가 존재한다. 이러한 차이는 원작자와 각색자의 차이일 수도 있고, 소설과 영화의 차이일 수도 있다. 그러나 필자의 판단에는 각각의 텍스트들이 목표로 하고 있는 대중들의 기대지평의 차이, 다시 말하면 수용미학상의 원인도 존재한다.

한운사의 '아로운전' 3부작에 대한 총체적 이해가 가능하기 위해서는 이러한 이본(異本) 텍스트들의 차이는 물론이거니와, 그럼에도 불구하고 불변적으로 지속되는 서사의 양상을 이해하는 것 역시 중요하다. 이것은 각각의 서사에 대한 대중의 기대지평과 이에 조응하여 분기되는 작가 의식의 양상을 이해할 수 있기 때문이다.

장편소설 『현해탄은 알고 있다』와 영화 「현해탄은 알고 있다」의 가장 큰 차이는 '아로운'의 행동주의적 면모에 대한 서술상의 차이에 있다. 장편소설의 도입부에서는 아로운이 학병으로 징집, 장행회(壯行會)가 열렸던 부민관에서 외친 "불덩이 같은 말씀"에 감화한 민족주의자 경희의 편지를 읽는 장면이 도입부에서 묘사된다. 이후 경희는 나고야에까지 아로운을 찾아와 학병을 탈출해 중국의 광복군 세력에 합류할 것을 촉구하기도 하지만, 아로운은 히데코와의 관계를 들어 그것을 결국 거부하는 것으로 나타난다. 그렇다면 그 불꽃 같은 외침은 무엇인가.

끌려왔는지 제 발로 걸어왔는지, 춘원 이광수를 비롯하여, 소위 조선의 명사라는 사람들이 총독부 현관(顯官)들과 단상에 앉았고, 고이소 총독은 위엄을 가다듬어 일장의 연설을 펼쳤다.

…… 아로운은 벌떡 일어섰다.

"고이소 총독에게 한마디 묻겠습니다!"

찌르듯 날카로운 소리가 부민관 벽에 부딪혀 사람들의 귀를 의심케 했다. 모든 시선은 일제히 이층 구석으로 쏠렸다. 아로운은 손가락으로 단상의 고이소를 가리키고, 매무지게 다구지게 차근차근 따졌다.

"고이소 총독은, 우리가 출정한 뒤에 조선 이천오백만의 장래를 보장할 수 있는가 없는가 — 명확한 대답을 듣고자 합니다."

연설을 중단당한 고이소는, 무례한 손가락질을 응시했다. 무서운 침묵이 장내에 한참 계속될 때 그는 유유히 호흡을 가다듬었다.

"그런 것을 의심한다는 것은, 황국 신민으로서의 훈련이 아직도 부족한 탓이라 아니 할 수 없습니다."[13]

학병으로 강제 동원되어 입대하게 되는 아로운은 장행회에서의 이러한 행동의 동기를 다음과 같이 서술하고 있다. "나가서 개죽음을 당하느니보다, 어느 때 아무 데서도 조선 학도들이 이렇게 불의(不義)에 항거했노라고 청사(靑史)에나 남겨 두자!"[14] 이 부분에서 아로운은 조선인 학병 강제 동원의 부당성에 항의하고, 이것의 결과로 조선 학도병들이 궐기할 것을 기대했다는 점이 나타난다. 그러나 냉정하게 생각해 보면, 이것은 사전에

13) 위의 책, 63~64쪽.

14) 위의 책, 64쪽.

동료 학병들과의 조직화가 없는 상태, 즉 의와 불의에 대한 명확한 신념이 부재한 상태에서 돌출적으로 튀어나온 개별적·소영웅적 행동주의에 불과하다. 그랬기 때문에 아로운은 이후 경희가 학병을 탈출하여 항일 무장투쟁에 나설 것을 독려할 때에도, 히데코와의 사랑을 들어 이것을 거부하게 되는 것이다. 그러나 이러한 행동의 결과 아로운은 일종의 '요시찰 인물'로 간주되었고, 나고야의 군 생활에서도 헌병 등의 감시에 직면하게 되었던 것이다.

반면 영화 「현해탄은 알고 있다」에는 소설에서 '전경화'되었던 부민관에서의 아로운의 이러한 항의 행동에 대한 장면은 부재하는 대신, 일본군에 의해 "요사상주의자"로 아로운을 거명하고 있는 장면이 도입부에서 다음과 같이 제시되고 있다.

S#5. 이등선실

제소중좌가 고개 숙이고 앉은 학도병을 신문한다.

제소중좌　학도병 이천 명 내에 요사상주의자는 너뿐이야.

아로운　……

제소중좌　부대에선 차별대우를 받을지 몰라.

아로운　(고개를 쳐들고) 죽음에도 차별이 있습니까?

제소중좌　사지에 먼저 보내진다.

아로운　저는 죽음에 민감해서 탈입니다. 위기가 오면 언제나 가슴이 뛰어 숨이 맥힐 지경이죠.

제소중좌　부대 안에서 말썽을 일으키지 말어. 개죽음을 않을려거든.

아로운　…….[15]

김기영의 영화에서는 아로운이 어떤 이유 때문에 "요사상주의자"로 감

15) 한운사 원작, 김기영 각색, 『한국 시나리오 걸작선 11: 현해탄은 알고 있다』(커뮤니케이션북스, 2005), 10쪽.

시받고 있는지에 대한 부분이 생략되어 있다. 다만 아로운이 "요사상주의자"이기 때문에 철저하게 감시해야 한다는 장면이 반복된다. 동시에 이러한 아로운에 대한 시선은 조선인 전체에 대한 차별적 시선으로 확대되어 일본군 내에서 자행되었던 비인간적인 폭력이 반복적으로 장면화되고 있다는 점도 소설과는 차이 나는 지점이다. 영화에서의 조선인 학병에 대한 빈번한 '폭력의 재현'이 한국인 관객들의 민족주의적 분노를 고조시켰을 확률이 높다.

물론 한운사의 장편소설에서도 조선인에 대한 일본인의 민족주의적 차별의 양상은 빈번하게 드러난다. 거의 구조화되었다고 해도 과언이 아닌 이러한 차별적 양상은 일본군 장병들은 물론이고, 아로운과 대면했던 초기의 히데코와 히데코의 어머니에서조차 뚜렷하게 드러난다. 사실 아로운과 히데코의 사랑이 여러 상황적 역경에 처하게 되는 내적 원인 역시 이러한 민족 차별 의식에서 비롯되는 것이다. 다만 아로운과 히데코의 사랑이 깊어짐에 따라 조선인에 대한 민족적 차별이나, 일본인과 조선인 간의 식민주의적 지배/피지배 감정은 희석되어 간다. 그것을 가장 적극적으로 보여 주는 인물은 역시 히데코다.

"당신네들 일본 사람이 우리 땅덩이를 점령하구, 우리를 구속하지 않았다면 아마도 오늘의 일본이나 조선이나 별다른 차이가 생기지 않았을 거요. 당신네들은 우리 앞길을 막구 가지 못하게 하잖았소? 비켜서라구 발길루 차잖았소? 우리가 열등해서, 못나서 뒤에 처진 줄 알우? 우리가 일본 사람만 못해서?"

"잠깐."

하고 히데코는 아로운의 휘두르는 팔목을 두 손으로 잡았다.

"전 히데코에요. 야노 히데코에요. 대일본제국이 아녜요."

시선을 피하면서 아로운은 거칠어진 숨결을 가다듬었다. 히데코 눈에는 이슬 같은 눈물이 핑 맺혔다.

"국가 같은 건 멋대로 되라구 그러세요. 저는 인간이 더 중해요. 야노 히데코와 아로운이라는 인간이 더 중해요."(밑줄은 인용자)[16)]

위의 인용문에서 아로운은 히데코에게 조선인의 피차별 문제와 일제의 식민주의적 지배의 폭력성을 갈파한다. 끝없는 모욕과 천대, 폭력에 노출되어 왔던 조선인으로서의 심정을 소설 속의 아로운은 "우리"라는 1인칭 복수형을 통해 히데코에게 강변하고 있는 것이다. 이에 반해 히데코는 "저는 야노 히데코"지 일본인이라는 "우리"로 호명되고 싶지 않으며, 그런 차원에서 아로운 역시 "우리"라는 조선인으로 스스로를 규정하지 말 것을 호소한다. 즉 자신과 아로운 모두는 민족적 정체성을 뛰어넘어 한 사람의 보편적인 "인간"이자 개인으로서 서로를 사랑하고 있다는 것이다. "국가 같은 건 멋대로 되라구 그러세요. 저는 인간이 더 중해요."라는 진술이 그것을 잘 말해 주고 있다. 그런데 소설을 읽어 나가다 보면, 히데코의 이러한 시각은 아로운에게도 감염되며, 넓게 보면 한운사가 소설 『현해탄은 알고 있다』를 통해 던지고자 하는 중핵적 메시지임을 우리는 알게 된다.

이러한 메시지는 일본의 제국주의 체제에 대한 적극적인 '의식적 저항성'을 내포한 반(反)국가주의라기보다는 사랑의 절박성 앞에서 획득하게 되는 불가피한 '낭만적·실존적 비(非)국가주의'의 성격을 띠고 있다. 느슨한 의미에서의 인본주의 즉 자유주의적 휴머니즘으로 규정할 수도 있을 것이다. 민족, 국가, 체제의 경계 구획을 가로지르면서 개인적 욕망의 자유를 강조하고, 그러한 토대 위에서 사랑에 기초한 맹렬한 결합이 가능해질 것이라는 강렬한 의지와 욕망이 히데코와 또 아로운의 사랑에서는 끈질기게 발성되고 있는 것이다. 실로 『현해탄은 알고 있다』를 포함한 소설 '아로운전' 전체를 읽으면서 독자들이 느끼게 되는 가장 강렬한 희열은 이러한 개인화된 선택과 이에 기반한 사랑의 절박성에 있다고 해도 과언이

16) 한운사, 『현해탄은 알고 있다』, 176~177쪽.

아니다. 그들을 가로막고 있는 전쟁의 한계 상황과 지배/피지배 민족 간 정체성을 둘러싼 상황적 압력이 고조되면 고조될수록, 이 순수한 사랑의 정념은 밀도를 더하여 독자들의 '낭만적 사랑'의 성취에 대한 갈망을 등장인물들과 함께 고양시킨다.

그렇다면 아로운과 히데코의 조선인과 일본인의 정체성의 경계를 넘어선 낭만적 사랑은 어떻게 귀결되었을까. 소설이나 영화 모두 '이별'로 귀결된다는 점은 공통적이다. 그러나 문제적인 것은 그것을 초래한 상황적 조건이 다르다는 점에 주목할 필요가 있다.

a) 리노이에는 힘을 주어 말했다.

(……) "부인요, 히데코 상요, 이 리노이에, 무식하고 난봉쟁이고 형편없입니다만도, 이런 일까지 엉터리로 처리할 놈은 아닙니데이. 조선은 지금 사람을 요구하고 있입니더. 나 같은 놈 백 명보담도 아로운 같은 한 사람을 요구합니더. 오랫동안 왜놈의 식민지로 짓눌려 온 백성들은, 열정을 갖고 우리의 갈 길은 이쪽이라고 손가락질해 주는 유능한 지도자를 기다리고 있입니더."

반응을 기다리듯, 리노이에는 잠깐 말을 중단했으나 조용히 쓰다듬어 주듯이 매듭을 지었다.

"그아가 그 군중 속에 쑥 드가서, 파묻혀서 정열의 불꽃을 훨훨 태우게 해주소. 그다음에 저캉 만남시데이. 우리 집은 바로 부산입니더. 적당한 시기에 아로운캉 같이 오겠입니더. 그래 갑고 부인을 모시고 가믄 안 되겠입니꺼."[17]

b) S#188. 어느 여관방

하녀가 이불을 편다.

수자가 궁본에게 두 손을 모으며

수자 약속해 주세요. 아로운 님을 꼭 살려 주시겠다구.

17) 한운사, 『아로운: ③ 승자와 패자』(정음사, 1985), 253쪽.

궁본	…….
수자	약속 안 해 주시면 전 혀를 깨물고 죽겠습니다.
궁본	아무 말 않고 수자를 안으려 든다. 수자 뒤로 물러가며
수자	싫습니다. 먼저 약속해 주세요.
궁본	흥분한 어조로
궁본	날 좋게 맞아 준다면…….
수자	고개를 숙이며
수자	어떻게 하시면 좋아하시겠어요.
궁본	수자를 쓰러뜨린다.
수자	전 어린애를 가졌어요. 너무 심한 짓은 말아 주세요.
궁본	잠시 동작을 멈췄다가 힘차게 수자의 귀를 빤다. 수자 눈물을 흘리면서도 일부로 큰 소리를 내어
수자	좋아. 좋아![18]

a)는 '아로운 3부작' 소설에서 일본의 패전 이후 아로운의 일본 잔류/조국 귀환을 둘러싼 선택 문제를 그의 학병 동료인 리노이에가 히데코에게 촉구하고 있는 부분이다. b)는 영화 「현해탄은 알고 있다」에서 아로운의 아이를 수태한 히데코를 일본군 헌병 궁본이 협박을 통해 강간하는 장면을 통해 아로운과의 관계를 파국으로 이끄는 장면을 보여 주고 있다.

일단 a)와 b)에서 공통적으로 발견되는 사항은 아로운이나 히데코의 의지와 무관하게 제3자인 리노이에와 궁본이 아로운과 히데코의 부부로서의 재회를 봉쇄하고 있다는 점이다. 물론 a)에서의 리노이에의 히데코에 대한 설득과 b)에서의 궁본의 폭력적인 행태가 그 속성에 있어서 동일한 것은 아니다. a)의 리노이에는 아로운의 조국 귀환 명분의 필연성을 아로운의 인간다운 정열과 연결시켜 히데코를 설득하고 있다. 반면 b)의 궁본

18) 한운사 원작, 김기영 각색, 앞의 책, 191~192쪽.

은 히데코가 조선인 아로운의 아내이며 그의 아이를 수태하고 있다는 것은 일본인으로서 도저히 용납할 수 없다는 극단적 광기에 가까운 폭력 속에서 히데코와 아로운의 관계를 파국으로 이끌고 있다.

그런 명백한 차이에도 불구하고 a)와 b)의 장면 모두는 조선과 일본이라는 민족/국가적 분절이 광복/패전의 과정 속에서, 결국 조선인과 일본인 모두는 애초의 민족/국가적 경계와 정체성 안으로 회귀될 수밖에 없고, 또 그래야 한다는 압박을 히데코에게 가하고 있다. 그 결과 a)에서의 히데코는 아로운에게 조선으로 돌아갈 것을 촉구하는 편지를 쓰게 되며, b)에서는 미군의 폭격 와중에 히데코가 수태한 태아를 사산하게 된다는 소설에는 등장하지 않는 매우 파국적 상황으로 전개된다.

이것은 소설 '아로운전'이 전개되는 내내 히데코와 아로운 공히 견지하고 있었던 개인주의와 실존주의에 기반한 행동과 선택이 광복과 패전이라는 조선인과 일본인이 직면하게 되었던 상이한 역사적 국면 속에서 결국 희석되고 돌연 망각하고자 했던 민족적/국가적 정체성에 기반한 귀속 의식을 강렬하게 의식하는 방향으로 나아가게 한다.

한편 영화에서의 히데코가 처한 상황은 소설에 비하면 선택의 가능성이 없는 일본군에 의한 강간과 미군의 폭격에 의한 사산이라는 설정으로 나타나고 있기에 더욱 폭력적이다. 그러나 김기영 감독에 의해 설정된 이 장면은 원작 소설에는 존재하지 않았던 완전한 '영화적 각색'에 해당되는 것으로, 관객의 입장에서 보면 일본군의 폭력성에 대한 매우 작위적인 설정이자, 미군의 폭격 과정에서 히데코가 태아를 사산하게 된다는 설정 역시 한운사의 원작과는 완전히 무관한 설정이라고 볼 수 있다.

이런 차이에도 불구하고 영화나 소설 모두에서 종국에는 민족/국가의 경계가 이들 부부의 운명을 가르게 되는 결정적인 조건으로 제시된다는 점을 보면, 아로운과 히데코가 견지했던 경계를 넘어선 강렬한 사랑이라는 것이 결국 '낭만적 환영'에 불과했음을 보여 준다. 독자나 대중 관객 역시 1960년대의 역사적 시간의 전개 속에서, 일시적으로 민족/국가를 넘어선 '낭만적 사랑' 혹은 '낭만적 환영'에 적극적으로 몰입했던 것은 사실이지만, 현실의 자리로 돌아와서는 엄연하게 존재하는 한국과 일본의 과거사에 깃들어 있는 집단적 기억의 압력을 상기하는 것으로 귀결되었다는 것을 우리는 확인할 수 있다. 그런 점에서 한운사의 '아로운' 서사는 그 장르적 차이에도 불구하고, 결과적으로는 민족/국가적 경계와 정체성으로 회귀할 수밖에 없는 1960년대의 대중적 의식과 무의식에 충실했던 '서사적 타협'이 불가피했다고 볼 수 있다. 냉정하게 보면, 그것이야말로 멜로드라마에 가장 충실한 작가적 해결책이었던 것이다.

4 맺음말

이상의 논의를 통해서 우리는 한운사의 이른바 '아로운 3부작'을 둘러싼 매체/장르적 차이가 초래한 양상의 차이를 살펴보았다. 그 가운데 특히 『현해탄은 말이 없다』의 경우 방송극과 소설, 그리고 영화로 순차적으로 제작되었기 때문에 매체에 따른 서사의 변이 양상과 특이성에 대해 검토할 수 있었다.

한운사의 '아로운 3부작'은 시간적 배경에서 볼 때 아시아태평양전쟁 말기의 조선인 학병들의 전쟁 체험을 조명했다는 점에서, 일단 실체험을 갖고 있는 작가의 전쟁과 시국에 대한 인식을 살펴볼 수 있는 의미 있는 작품이다. 그런데 실제로 격전이 벌어졌던 동남아시아나 태평양의 도서 지역이 전쟁의 배경이 아니라, 당시 내지로 불렸던 일본 본토의 나고야 지역을 중심으로 소설이 전개되기 때문에, 전쟁의 참혹함과 그 가운데 벌어지는 조선인 학병의 내적 고뇌가 예각적으로 전개되지는 않는다.

이 서사에서 오히려 집중적인 서사적 조명의 대상이 되는 것은 조선인 학병 아로운과 일본인 여성 히데코 사이의 민족적 정체성을 넘어선 '낭만적 사랑'이다. 사정이 이렇다 보니 전쟁 과정에서의 조선인/일본인 사이의 정체성을 둘러싼 갈등은 군대 내 폭력 등으로 축소되는 한편, 이 두 인물의 사랑과 결합을 둘러싼 가족 내 갈등 등으로 한정된다는 단점이 있다. 그런 까닭에 두 인물의 실존주의적 휴머니즘에 입각한 고뇌와 결단은 인상적이지만, 아시아태평양전쟁기의 시국에 대한 총체적인 인식으로 그것이 이어지지는 않는다.

라디오 방송극, 장편소설, 영화로 연이어 제작된 제1부의 『현해탄은 말이 없다』의 경우 방송극에서는 조선인 학병에 대한 일본군의 폭력을 극적으로 제시하면서 민족 감정을 촉발시킨 반면, 소설에서는 아로운의 실존적 내면을 주로 전경화하는 것으로 나타난다. 영화의 경우는 원작의 스토리를 무리하게 변형시키면서, 일본인/일본군의 폭력성을 더욱 부각시키는 방향으로 나아가지만, 이 역시 아로운과 히데코의 사랑을 전경화한 멜로드라마의 구조를 벗어나지는 못한다.

소설에만 한정시킨다면, 제1부인 『현해탄은 알고 있다』는 4·19혁명 직후에, 제2부인 『현해탄은 말이 없다』는 5·15군사정변 직후에 쓰였기 때문에, 애초에 한운사가 일제강점기로부터 4·19혁명에 이르는 격동의 역사를 총체적으로 조명한다는 기획은 실현될 수 없었고, 작품 속의 조선인들의 민족의식이나 시국 인식 역시 애초에 목표로 했던 저항적 성격이 약화된 채 부조리한 상황 속의 끈질긴 생존욕 정도로 축소되는 양태를 보이게 되었다. 그런 점에서 소설의 제3부인 『승자와 패자』에서 탈영을 감행할 정도로 강렬했던 히데코와의 관계를 광복과 조국에서의 재건의 사명이라는 명분을 들어 청산하게 만드는 것은 다소는 작위적으로 보이는 결말 처리 방식이다.

본고에서는 주로 매체/장르의 변용에 따른 '아로운 3부작'의 서사적 편차를 논의하는 데 집중했다. 이야기꾼 한운사에 대한 연구는 한운사의 방송극이나 드라마, 영화가 누렸던 대중적 인기에 비하면 여전히 미약한 실정이다. 다양한 장르와 매체를 역동적으로 횡단했던 한운사의 문학에 대한 종합적이면서도 분석적인 연구가 이어지기를 기대한다.

참고 문헌

기본 자료

한운사, 『현해탄은 알고 있다』, 정음사, 1961

_____, 『현해탄은 말이 없다』, 정음사, 1961

_____, 『승자와 패자』, 정음사, 1963

_____, 『이 생명 다하도록』, 삼한출판사, 1960

_____, 『아로운』(1~3부), 정음사, 1985

_____, 『잘 돼 갑니다』, 행림출판, 1989

한운사 원작, 김기영 각색, 『한국 시나리오 걸작선 11: 현해탄을 알고 있다』, 커뮤니케이션북스, 2005

「'현해탄은 말이 없다' KA 7日부터 放送 回數는 定하지 않고」, 《동아일보》, 1960. 8. 5.

「放送이 한 해 革命 치룬 그 後 KBS '마이크'의 해방」, 《동아일보》, 1960. 12. 7.

논문 및 단행본

김예림, 「치안, 범법, 탈주 그리고 이 모든 사태의 전후(前後) — 학병 로망으로서의 『청춘극장』과 『아로운』」, 《대중서사연구》 24, 대중서사학회, 2010, 43~77쪽

박유희, 「남한 영화에 나타난 태평양전쟁의 표상」, 《한국극예술연구》 44, 한국극예술학회, 2014, 110~137쪽

손혜숙, 「학병의 글쓰기에 나타난 내면 의식 연구 — 한운사, 이가형, 이병주의 소설을 중심으로」, 《어문론집》 75, 중앙어문학회, 2018, 227~258쪽

오영미, 「한운사 시나리오 연구」 12(1), 《비교문학연구》, 경희대 글로벌학술연구원, 2008, 265~298쪽
윤석진, 「극작가 한운사의 방송극 연구」, 《한국극예술연구》 24, 한국극예술학회, 2006, 145~186쪽
이경숙, 「한운사의 '아로운(阿魯雲) 3부작' 연구 — 이데올로기적 중층성을 중심으로」, 《한국문학이론과 비평》 10, 한국문학이론과 비평학회, 2006, 381~406쪽
이다온, 「학병 소설에 나타난 디아스포라 연구」, 《민족문학사연구》 65, 민족문학사학회, 2017, 443~469쪽
이행선·양아람, 「1960년대 초중반 미·일 베스트셀러 전쟁문학의 수용과 월경하는 전쟁 기억, 재난·휴머니즘과 전쟁 책임: 노먼 메일러 『나자와 사자』와 고미카와 준페이 『인간의 조건』」, 《기억과전망》 36, 한국민주주의연구소, 2017, 42~94쪽
정환기, 한운사 옮김, 『재일을 산다』, 동쪽나라, 1988
고미카와 준페이, 이정윤 옮김, 『인간의 조건』, 정향사, 1960

제5주제에 관한 토론문

오영미 | 한국교통대 교수

한운사 작가는 김희창, 유호, 조남사 등과 더불어 우리 라디오 드라마의 기초를 닦으면서 후대 방송 드라마의 DNA를 심은 작가라고 할 수 있습니다. 해방 전 일본에 의해 송출되던 초기의 라디오에서 김희창이 효시적 움직임을 보였다면, 한운사는 해방 직후 우리 힘으로 방송 송출이 이루어지던 시기(물론 미 군정의 영향이 강하던 시기이기는 하지만)에 라디오 방송과 인연을 맺고 작가 생활을 시작한 인물로 한국 방송드라마는 그와 함께 출발하고 더불어 전성기를 구가했다고 볼 수 있습니다. 한운사 작가의 활동이 두드러졌던 라디오드라마의 초기 형태는 본격 드라마의 형식과는 다르게, 다큐멘터리나 인생 상담을 스토리로 엮은 방식으로 청취자의 생활과 작가의 스토리텔링이 엮어진 포맷이었습니다. 작가층이 빈약했던 당시 한운사를 비롯한 몇몇 작가들은 원고를 생산하느라 초인적인 상태에 놓일 수밖에 없었고, 작가들은 심지어 가명을 몇 개씩 사용하며 여러 개의 프로를 감당할 수밖에 없었다고 합니다. 오늘 이명원 교수님이 한운사 작가를 스토리텔러로 표현한 그 바탕 혹은 뿌리에는 이러한 라디오드라마의 환경과 무관하지 않다는 생각을 하고 있습니다. 이후로 본격적으로 라디오 드라마가 본격 드라마의 형식으로 진화하던 시절에, 조남사는 멜로드라마로, 김희창은 생활 드라마로, 한운사는 역사, 사회 드라마로 각기 개성을 지니며 우리 방송 드라마의 큰 축을 형성해 갔습니다.

한운사 작가의 「현해탄은 알고 있다」가 라디오 연속극으로서 조남사의 「청실홍실」에 이어 국민적 청취율을 기록한 것은 이들 작가들이 대중의 멘토로 자리매김하는 과정을 잘 보여 줍니다. 방송드라마를 연구 기록한 한 저술에서는 이 당시 작가들을 '민중의 교사' 역할을 해 냈다고 진술하고 있으며, 한운사 작가는 실제 '국보'라는 별명을 얻을 정도였다고 합니다. 드라마 작가에 대한 이 칭찬의 언사들은 당시 「인생역마차」(해방 직후 라디오드라마) 같은 현실 기반 형식에서도 그렇지만, 일제강점기나 6·25전쟁 등과 같은 현대사 속에 놓인 작가 본인의 스토리를 기반으로 하고 있다는 면에서 더욱 청취자 층을 두텁게 하고 있었습니다. 가정 비극류나 연애담, 최루성 소재 등을 기반으로 하는 멜로드라마와는 변별적으로 한운사 작가는 전쟁, 정치, 국가, 세대 등의 굵직한 소재들을 풀어놓던 스토리텔러였던 것입니다. 방송 극작가로서 그의 위치가 본격예술과 대비해 대중예술로 가치 절하되는 면이 있기는 하지만, 평생 스타 작가로 살며 부와 명예를 모두 누리다 간 그의 의식 안에는 '한 시대 백성들의 의지(위안)'로 스스로를 위치시킨 엘리트 의식이 있었습니다. 여기에는 언론인으로서의 그의 이력도 한몫했으리라 봅니다.

그래서 한운사 작가의 문화사적 위치는 방송드라마의 1세대 작가로서 고합도의 평가를 내려야 할 것으로 보이며, 오늘 이명원 교수님이 발표해 주신 아로운 3부작을 비롯하여 그의 소설적 성과는 드라마의 '시너지'로서 자리매김되어야 하리라 봅니다. 그러한 면에서 '본격문학의 관점에서 서사적 밀도가 떨어진다'는 이 교수님의 판단에 이견이 없으며, 문제적으로 분석하신 아로운 3부작의 양상도 '선 드라마 후 소설' 식의 창작 방식이 가져온 결과가 아닐까 보고 있습니다.

한운사 작가의 아로운 3부작을 다룬 오늘의 발표는 두 가지의 논점을 가지고 진행됩니다. 하나는 태평양전쟁에 동원된 학병의 시국 인식의 문제, 그리고 매체 변용에 따른 차이를 분석하는 것입니다.

그 결론은, 1. 나고야라는 학병 체험의 '장소성'이 전쟁과 시국 인식의 면에서 예각적으로 전개되지 못했다는 것, 2. 서사의 향방이 주인공의 낭만적 사랑 위주로 흐르다 보니 태평양 전쟁에 대한 총체적 인식으로 이어지지 못한 것, 3. 라디오, 영화, 소설로 매체 변용이 이루어지면서 각개의 서사가 변용되거나 주안점이 달라졌다는 것, 4. 소설은 특히 저항성이 약화되고 생존욕 정도로 축소되는 양태를 보이고, 작위적인 결말로 유도되었다는 것 등으로 요약해 볼 수 있겠습니다.

나고야라는 학병 경험의 서사를 '장소성'의 차원에서 보고자 하신 부분에 대하여 우선 말씀드립니다. 당시 방송드라마를 집필했던 작가들의 서사의 향방은 대중성과 검열의 문제로 귀착되는 듯 보입니다. 일본 내지(內地) 배경이 아닌 경우, 예를 들어 격전지로 알려진 만주나 동남아 배경의 경우에도 액션이나 멜로 형식으로 이루어진다는 것입니다. 한운사 작가의 글쓰기도 역시 대중성이라는 규정력을 벗어날 수는 없던 것으로 보입니다. 이후의 「남과 북」이나 「서울이여 안녕」과 같은 전쟁이나 일본 관련 드라마에서도 애정 관계를 기반으로 하는 서사의 구축은 반복되고 있습니다.

한운사 작가가 「현해탄은 알고 있다」에서 보여 주려던 민족적 저항 의식의 배면에는 민중을 선도한다는 엘리트 의식과 대중 의식이 동시에 작동하고 있는 것으로 보입니다. 이것이 한편으로는 가정 비극류가 대세이던 라디오 드라마계에서 자신의 학병 경험을, 그것도 아직은 반일 정서가 지배적이었던 풍토에서 일제강점기를 불러내는 작업으로, 그리고 그것을 가장 대중적인 방법으로 풀어내려 했을 겁니다. 소설에서 리노이에가 히데코에게 아로운과의 이별을 종용하는 장면에서 아로운이 귀국해야 하는 이유로 '유능한 지도자'가 필요함을 강변한다는 것을 주목해 볼 수 있습니다.

영화를 만든 김기영 감독의 회고도 그렇습니다. 「현해탄은 알고 있다」가 고미카와 준페이의 「인간의 조건」의 냄새가 나서 서사를 변형했다는 것과, 일본에서 영화를 찍고도 귀국을 미루고 있었던 것은 5·16쿠데타 이후 한일 관계에 대한 시국 정황을 관망하고 있었다는 것입니다. 여기에서도 대중성과 검열을 염두에 두지 않을 수 없는 대중예술가들의 현장을 볼 수 있습니다. 그러나 김기영의 영화는 김기영 식의 대중성에 기반해 있습니다. 그에 의하면 당시 관객들에게 압권이었던 장면은 모리의 똥 묻은 신발을 핥는 아로운을 롱테이크로 끌고 간 것이라 합니다. 일본인에 의해 히데코가 강간당하는 장면에서 조선의 씨를 빼내야 한다는 등의 대사는 당시의 관객 층위에서 민족적 분노를 불러일으키기에 유효하지 않았을까라고도 봅니다.

1968년에 TV 드라마로 제작, 상영된 「현해탄은 알고 있다」를 보면 한운사 작가가 학병 스토리를 통해 무엇에 주목했는지를 알 수 있습니다. 거기에는 김기영 영화의 서사 변용은 대부분 복원된 채, 조선 부민관 사건이 다시 모티프로 활용되고, 전쟁과 일본 군국주의에 반대하는 형상을 하지만 결국은 인간의 문제를 보여 주려 합니다. 아로운과 히데코의 이별 결말도 TV 드라마에서는 취하지 않습니다. 전쟁에서 살아남는 아로운이라는 인간에 주목하기 때문입니다.

한운사 생애 연보

1923년	1월 15일, 충북 괴산군 청안면에서 부친 한재남(韓再男)과 모친 최유덕(崔有德) 사이에서 출생. 본명은 간남(看南). 한운사의 실제 출생년도는 1922년 음력 1월 18일이나, 인구조사 시 일본 순사의 착오로 1923년 1월 15일생으로 호적에 등록됨.
1941년(18세)	도안보통학교, 청안보통학교를 거쳐 5년제 청주상업학교(현 대성고) 졸업. 청주상고 졸업 후 일본으로 건너가 조치대(上智大) 전문부에 적을 두고 구제(舊制) 도쿄 제1고등학교 및 와세다 대학 예과 입시 등에 응시했으나 불합격함.
1943년(20세)	일본 주오(中央) 대학 예과 재학.
1944년(21세)	징병을 피해 조선으로 귀환하는 관부연락선 안에서 강제로 학도병 지원서에 서명, 태평양전쟁에 학병으로 동원됨. 해방이 되기까지 나고야 일원에서 운전병으로 복무함.
1947년(24세)	해방 후 경성대학(현 서울대학교) 예과 수료. 천관우, 홍승면, 구평회 등과 교유함.
1948년(25세)	경성대 예과 동기인 박광필의 권유로 서울중앙방송국에서 방송 작가로 활동을 시작함. 「인생 역마차」 집필. 청취자의 제보 등을 극화함. 약 10년간 최고의 청취율을 기록함.
1949년(26세)	서울대학교 문리대 불문학과 중퇴.
1950년(27세)	한국전쟁을 서울에서 맞음. 부산 피난 후 미군의 통역으로 일함. 이후 부산에서 유엔군 장교구락부를 운영했으나, 화재로 전소됨.

1952년(29세) 1954년까지 원주 육민관 중고교 교감 역임.

1954년(31세) 1957년까지 천관우의 소개로 한국일보에 입사. 기자, 문화부장으로 근무함. 대구에 있던 화가 이중섭 발굴 소개, 신예 비평가 이어령을 한국일보 지면을 통해 소개하고, 이후 전후 문단의 대표적 논객으로 활약하게 함.

1955년(32세) 11월 7일, 이연순(李蓮順)과 결혼. 슬하에 아들 한만원(韓晚元), 한도원(韓度元), 한중원(韓重元), 한상원(韓尙元)을 둠.

1958년(35세) 라디오 드라마 「이 생명 다하도록」을 집필함. 영화와 소설로도 히트함. 이후 방송 작가 1세대로서의 탄탄한 입지를 구축함. 북에서 내려온 친구 정순택과의 관계를 이유로 국가보안법 혐의로 서대문 형무소에 구속 수감됨. 재판 후 무죄로 석방됨.

1960년(37세) 4·19혁명으로 사상적 억압에서 해방감을 만끽함. 일본에서 베스트셀러가 된 고미카와 준페이의 『인간의 조건』에 영감을 얻어 『현해탄은 말이 없다』를 집필함. '마이크의 해방'이라는 표현 자유의 현실에서 과감하게 일제하의 학병 체험을 기술함.

1962년(39세) 「아낌없이 주련다」(KBS 라디오), 「빨간 마후라」(MBC 라디오)가 대히트함. 제5회 방송문화상 수상(문예 부문). 공화당 김종필 총재의 제안으로 「잘살아 보세」 작사를 함.

1965년(42세) 대종상, 청룡상 각본상, 백상예술대상, KBS 대상 등 수상.

1965년(42세) 1980년까지 한국방송작가협회 이사장 8회 역임.

1969년(46세) 국제펜클럽 한국 대표.

1984년(61세) 서울 장애자올림픽 조직위원.

1986년(63세) 사단법인 한국방송작가협회 고문.

1987년(64세) 한일협력위원회 이사, 중앙대학교 이사, 한국방송공사 이사.

1991년(68세) 한일친선협회 이사, 부회장.

2000년(77세) 국제펜클럽 한국본부 고문.

2002년(79세)　한국콘텐츠진흥원 '방송인 명예의 전당'에 헌정됨.

2009년(86세)　8월 12일 아침, 영면. 은관문화훈장에 추서됨.

한운사 작품 연보

발표일	분류	제목	발표지
1948	방송극본	인생 역마차(원제 '어찌 하리까')	KBS 라디오
1957~1958	방송극본	이 생명 다하도록	CBS 라디오
1959	방송극본	그 이름을 잊으리/ 어느 하늘 아래서	KBS 라디오
1960	장편소설	이 생명 다하도록	삼한출판사
1960	시나리오	이 생명 다하도록	신상옥 감독
1960	방송극본	조용한 분노/ 현해탄은 알고 있다	KBS 라디오
1961	장편소설	현해탄은 알고 있다	정음사
1961	장편소설	현해탄은 말이 없다	정음사
1961	시나리오	그 이름 잊으리	노필 감독
1961	시나리오	어느 하늘 아래서	홍성기 감독
1962	방송극본	아낌없이 주련다/남과 북	KBS 라디오
1962	방송극본	빨간 마후라	MBC 라디오
1962	시나리오	아낌없이 주련다	유현목 감독
1963	장편소설	승자와 패자	정음사
1963	방송극본	가슴을 펴라	라디오 서울
1963	방송극본	하얀 까마귀	MBC 라디오
1963	방송극본	오월의 꿈/산하여 미안하다	DBS 라디오

발표일	분류	제목	발표지
1963	방송극본	현해탄아 잘 있거라	DBS 라디오
1964	방송극본	잘 돼 갑니다	DBS TV
1964	방송극본	눈이 내리는데 (「어느 하늘 아래서」 리메이크)	TBC TV
1964	방송극본	남과 북	KBS 라디오
1964. 1	연재소설	승자와 패자 9	사상계사
1964. 3	연재소설	승자와 패자 10	사상계사
1964	방송극본	차 한잔 드실까요	DBS 라디오
1964	시나리오	자랑스런 아버지	신상옥 감독
1964	시나리오	빨간 마후라	신상옥 감독
1965	방송극본	오늘은 왕	MBC TV
1965	시나리오	남과 북	김기덕 감독
1965	방송극본	봄부터 가을까지/ 머나먼 아메리카	MBC 라디오
1966	시나리오	가슴을 펴라	전용주 감독
1966	시나리오	오늘은 왕	김기덕 감독
1967	장편소설	대야망	동서문화사
1968	실록소설	잘 돼 갑니다	동서문화사
1968	연재소설	엽전	서울신문
1968	방송극본	금고 할아버지	TBC TV
1968	방송극본	아로운-현해탄은 알고 있다	KBS TV
1968	방송극본	서울이여 안녕	TBC TV
1968	방송극본	레만호에 지다	TBC 라디오
1969	방송극본	아빠의 얼굴	MBC TV
1969	시나리오	아로운	장일호 감독

발표일	분류	제목	발표지
1970	연재소설	거짓말쟁이	국제신보
1970	방송극본	더 높은 곳을 향하여	MBC TV
1970	시나리오	잘 돼 갑니다	조긍하 감독
1970	방송극본	안데르마트의 불고기집	DBS 라디오
1970	방송극본	아버지와 아들	KBS TV
1970	방송극본	박마리아	MBC TV
1970. 1	수필	로마의 시골뜨기	신동아
1970. 2	연재소설	여, 소매 스친 여인들	월간중앙
1970. 4	연재소설	여, 소매 스친 여인들	월간중앙
1971	방송극본	꿈나무	KBS TV
1971	방송극본	임진강	MBC 라디오
1972	방송극본	고향	KBS TV
1973. 9	수필	타인의 인생을 엮는다: 실존 인물에서 취재한 작품들	세대
1974	방송극본	욕망	MBC 라디오
1974	방송극본	족보	KBS 라디오
1974	수필	한일 문화 교류는 가능한가	일본 문제
1974	평전	위대한 평범: 김원근·영근옹 이야기	대성학원설립자 전기간행위원회
1974	번역	인간의 조건 (고미카와 준페이 저)	주부생활사
1975	방송극본	행복의 조건	TBC TV
1975	시나리오	욕망	이경태 감독
1975	시나리오	족보	임권택 감독
1977	시나리오	기다려도 기다려도	MBC TV

발표일	분류	제목	발표지
1977	방송극본	나루터 삼대	KBS TV
1977	방송극본	신원보증인	MBC 라디오
1978	방송극본	족보	KBC 라디오
1978	장편	봄부터 가을까지	조천서원
1978	방송극본	파도여 말하거라	MBC TV
1979	방송극본	임진강에도 봄은 오는가	MBC 라디오
1984	평전	총수의 결단: 럭키금성 창업자 구인회 일대기	동광출판사
1984. 12	수필	變わつた日本, 變わつた韓國觀	アジア公論
1984. 10	수필	풍요 속에 번지는 말소적 대중문화	신동아
1984. 8	수필	달라진 일본, 달라진 한국관 1	신동아
1885	장편	아로운전 1~3	정음사
1985. 1	수필	한국인과 일본인: 일본을 다시 본다 3	신동아
1985. 3	수필	'가진 자'의 알 수 없는 표정	신동아
1985. 5	수필	일본에 뿌리내린 한국 문화	신동아
1986. 5	수필	잊을 수 없는 추억 되게	예술계
1987	수필	한국인의 멋과 지혜	북한
1988	번역	재일을 산다: 정환기 자기사(정환기 저)	동쪽나라
1989	수필집	골프 만유기	대작사
1989	장편소설	잘 돼 갑니다	행림
1991. 10	서평	허준의 생애를 감동적으로 재조명: 소설『동의보감』	서평문화

발표일	분류	제목	발표지
1992	장편소설	아로운(상, 하)(일본어판)	각천서점
1992	평전	끝없는 전진: 백상 장기영 일대기	한국일보사 출판국
1997	수필	수상: 75세 늙은이의 간청	한국논단
2006	회고록	구름의 역사: 한국 방송계를 풍미한 작가 한운사의 인생회고담	민음사
2006. 6	수필	머나먼 코리아	방송문예
2006. 7	수필	어디서 출발했느냐	방송문예
2006. 8	수필	생생지리	방송문예
2006. 9	수필	강원용 목사의 추억	방송문예
2006. 10	수필	소설가 선우휘 형에게	방송문예
2006. 11	수필	한마디라도 상의 좀 할 것이지	방송문예
2006. 12	수필	라이터 좀 빌려 주세요	방송문예
2007. 1	수필	주홍색 머플러의 사연	방송문예
2007. 2	수필	여성 상위 시대로 가는가	방송문예
2007. 4	수필	빨간 마후라의 추억	방송문예
2007. 5	수필	버지니아의 눈물	방송문예
2007. 6	수필	남북 연결의 절묘한 과정	방송문예
2007. 7	수필	그대들 피부가 왜 이렇게 고운가	방송문예
2007. 8	수필	교토에 한국인 노인홈 '고향의 집'	방송문예
2007. 9	수필	뉴웨이브 문학상	방송문예
2007. 10	수필	세상이 달라졌네	방송문예
2007. 11	수필	행운의 여신이여, 이리로 오라	방송문예

발표일	분류	제목	발표지
2007. 12	수필	아, 남과 북	방송문예
2018	시나리오	이 생명 다하도록	커뮤니케이션북스
2022	시나리오	족보(카지야마 토시유키 원작, 한운사 각색)	커뮤니케이션북스

작성자 이명원 경희대 교수

홍구범 문학이 말하려는 것과 그 현재성

김정숙 | 충남대 교수

1 홍구범 생애와 작품 활동

홍구범(1923~미상)은 그간 한국문학사에서 잊혀져 주목받지 못했던 작가이다. 그러므로 일제강점기에 태어나 해방 공간과 한국전쟁이라는 역사적 사건을 겪은 홍구범의 생애와 그의 문학 세계가 어떤 이유로 소외되었는지 살펴볼 필요가 있다. 홍구범 문학의 주제 의식을 통해 당대의 목소리를 만날 수 있을 뿐 아니라 현재적 관점에서도 의미 있는 매개체가 될 것이다.

홍구범은 1923년 6월 15일 충북 중원군 신니면 원평리에서 부친 홍기하 씨와 모친 이용구 씨 사이에서 태어났다. 미륵이 있는 마을에서 3녀 1남 중 1남으로 성장했다. 현재로서는 홍구범의 어린 시절을 알 수 있는 사건이나 장면, 학적 등의 사료를 접할 수 없는 상황이다. 그의 생활과 문학적 편린은 그의 작품에 드러난 작중인물과 당대 교유했던 문단 문학가들의 회고담 등에서 유추해 볼 수 있는 정도이다.

홍구범의 수필과 일기를 보면, 그는 소년 시절 대부분을 도회에서 지내고 청년기에는 시골에서 오륙 년의 세월을 보냈다. 스물한 살에 결혼하고, 8·15광복과 더불어 김동리를 다시 만나 서울에서 문학 활동을 했다. 당시 중학교 교과서 『모범 중등 작문』에 수록된 「작가 일기」(《문예》 1949. 9)에서 그는 "괴팍한 탓인지 언제나 불안과 초조로운 괴벽 같은 성격을 지니고 있으며, 어떻게 하면 셋방 하나를 또한 어떻게 하면 식구에게 생활에 대한 피로를 주지 않을 수 있을까 하는, 식주 문제에 얽매여 무질서한 정신적 분열 속에서 격동해 온 것"으로 스스로를 표현하고 있다. 이러한 예민한 기질과 성격은 소설 속 인물과 상황을 섬세하게 그리는 힘으로 작용한 듯하다.

홍구범은 소설가 김동리와 평론가 조연현의 지지와 함께 해방 공간에서 창작 활동을 한 작가이다. 그는 청년기에 김동리가 기거하던 사천의 다솔사로 직접 찾아가 소설 쓰기를 배우고자[1] 청했고, 김동리와 조연현의 추천을 받고 스물네 살 때인 1947년 5월 《백민》에 「봄이 오면」으로 문단에 데뷔했다. 순수 문예 잡지 《문예》의 창간 사업에 적극적으로 관여했으며, 1949년 12월 전조선문필가협회와 청년문학가협회를 해체하고 결성된 한국문학가협회에도 주도적으로 참여하는 등 문단 활동 또한 활발하게 행했다.

납치된(납북, 생매장 등으로 추정되는) 때[2]가 그의 나이 스물여덟 살 때인

1) "홍구범 씨는 일제시대 내가 절간에서 요양하고 있을 때, 당시 열여덟 살의 홍안 소년으로 나를 찾아왔던 사람이다. 서울서 어느 사립 중학교엔가 다니다가 중퇴를 하고 왔다면서, 처음으로 소설 한 편을 내놓기에 읽어 보았더니, 틀림없이 작가가 될 사람의 작품이었다."(『김동리 전집』 8권(1997, 민음사), 441~442쪽)

2) 김동리는 훗날 잊히지 않는 얼굴로 홍구범을 회고한다. "정릉 골짜기나 한강 모래밭의 구덩이 속에는 무수한 청년이 따발총 세례를 받고 생매장이 되었다던데, 그렇다면 그도 그날 나한테서 돌아가다가 어느 생매장 구덩이로 끌려가고 만 것은 아닐까. 홍구범도 그렇게 되었거나 납치되었거나 했을 것이다. 나는 지금도 조진흠과 홍구범을 생각하면 가슴이 콱 막힐 뿐이다."(김동리, 「나를 찾아서」, 『김동리 전집』 8권)

1950년 8월경으로 추정되므로 작가적 삶과 문단 활동은 단편소설 「봄이 오면」(《백민》 1947. 5)으로 등단해 미완의 장편 연재소설 『길은 멀다』(《협동》 1950. 5)를 발표하기까지 3년여의 기간에 이루어졌다. 짧은 기간임에도 홍구범은 단편소설 13편, 장편소설 1편(1~4회, 이후 호 미발굴), 중편소설 1편(1~3회, 이후 호 미발굴), 동화 1편, 수필 5편, 콩트 2편, 단상 1편, 평론 3편, 산문 1편, 시나리오 1편(미발굴) 등 여러 장르에 걸쳐 왕성한 작품 활동[3]을 했다.

당대 영향력을 지녔던 김동리와 조연현은 홍구범을 "조선의 발자크", "화제작 제조기"라고 평가하였고, 당시 문학 잡지는 물론 중학교 교과서에 「작가 일기」가 게재될 정도로 문학적 성취가 상당한 수준에 이르렀음을 짐작할 수 있다. 곧 홍구범의 삶과 문학은 해방기로부터 1950년 한국전쟁에 이르는 시대적 상황과 문학적 대응을 살펴볼 의미 있는 사료적 가치를 지니고 있다.

2 홍구범 문학을 읽는 관점들

홍구범과 그의 작품에 대한 언급은 1949년 문단을 정리하는 단평에서 자주 나타난다. 그가 활동했던 당시 친밀하게 교유했던 조연현의 다수

---

3) 『홍구범 전집』(권희돈 엮음, 현대문학, 2009)의 작가 연보와 작품 연보에 기초해 추가로 발굴된 작품을 추가한 것이다. 먼저, 이종문의 연구(2017)를 통해 《중학생(中學生)》에 실린 「少女 黃眞伊」가 발굴되었다.(「새로 발굴된 잡지 《중학생》 창간호에 관한 고찰」, 《한국언어문학》 101집, 한국언어문학회) 이로써 기존 목록(12편)에 한 작품이 추가되어 현재 모두 13편이다. 『홍구범 전집』의 작품 목록에서 미발굴된 시나리오 1편의 제목이 「황진이」로 전해지는데, 이 소설이 시나리오 장르로 표기된 것은 아닌지 검토가 필요하다. 정민(충북학연구소 위촉 연구원)의 발굴을 통해 중편소설 「불 그림자」 제2회(《혜성》, 1950년 4월호), 콩트 「초막의 낮」(《여중생》, 1949년 11월), 신간평 「방기환 저 손목 잡고」(《신한민보》, 1950. 5. 18), 산문 「미륵 잇는 마을」(《신한민보》, 1950. 5. 18)이 추가되었다. 이와 같은 상황에서 보듯 홍구범 문학 세계의 전모를 살피기 위해 그의 작품의 발굴과 함께 작품 연보가 지속적으로 갱신될 필요가 있다.

의 발언과 김동리의 언급 등을 통해 그의 초창기 문학 세계를 엿볼 수 있다.

> 상반기의 작단에서 기억(記憶)되는 작품들에 대하여 언급하겠다. (중략) 홍구범 씨의 「창고 근처 사람들」, 「서울길」, 「귀거래」 3편은 모두 역작(力作)이다. 그 치밀한 객관 묘사에 있어서나 대화의 리얼리티에 있어서나 주체의 심도에 있어서나 작가적(作家的) 역량(力量)으로는 의심받을 여지가 없다. 특히 「창고 근처 사람들」에서 볼 수 있는 그 정확한 산문 정신(散文精神)이 종래와 같은 객관 묘사에 그치지 않고 주체(主體)에 대한 농후(濃厚)한 의욕을 보여 준 점에 있어 민촌(民村), 남천(南天), 설야(雪野)에서 분명히 일보(一步)를 전진(前進)시켰다.[4]

김동리는 홍구범의 작품에 대해 "장차 조선의 발자크가 될 것"이라고 평가했다. 그는 치밀한 객관 묘사와 대화의 리얼리티, 그리고 주체에 대한 산문 정신을 홍구범의 작가적 역량으로 제시하면서, 세 작품의 경향을 이기영과 김남천, 한설야에서 진일보한 것으로 높이 평가했다. 당시 비평을 주로 담당했던 조연현도 "근년도에 들어서 홍구범 씨가 「서울길」, 「창고 근처 사람들」, 「귀거래」, 「농민」, 「전설」 등 모두 백 매가 훨씬 초월하는 다섯 편의 역작을 연속으로 내놓았다. …… 금년도의 창작계에서 가장 무게 있는 작품 활동을 연속한 유일한 작가"[5]라며, 홍구범의 객관 묘사와 인물에 대한 홍미, 그리고 대화의 독특한 활용을 그의 주목할 장점으로 강조했다.

이런 평을 얻었던 홍구범에 대한 언급은 그의 행적을 알 수 없게 되었을 1950년 8월경부터 1988년 납북·월북 작가에 대한 해금 조치가 있을

4) 김동리, 「상반기의 작단」, 《문예》 1949. 8.
5) 조연현, 「문화계 1년의 회고와 전망」, 《신천지》, 1949. 12.

때까지 한국문학사 기술에서 전무한 실정[6]이었다. 문학사는 어떤 의미에서 낙인 효과가 크게 발생하는 공간이다. 특정 작가와 작품에 매겨지는 긍정적 혹은 부정적 가치들은 규범 교육을 통해서 그리고 후대 문학 연구가와 독자들에게 반복 재생된다. 기존 연구에 대한 다르거나 새로운 연구가 이루어지지 않는 이상 언술된 기표는 일정 기간 지속될 수밖에 없다.[7]

1988년 해금 조치 이후 학술 논문과 학위 논문에서 홍구범이 논의되었는데, 연구 주제의 변화 양상을 시대순으로 살펴보면 다음과 같다. 김성렬(1989)은 박사 논문에서 작가에게는 빈궁과 그에 따른 생활고만이 현실을 규정하는 문제적 요소였을 뿐 그러한 현실을 초래한 구조적이며 사회적인 원인이 무엇인가는 관심 밖이었으며, 화자의 설정부터 잘못돼 있고, 그런 작품이 《백민》에 추천될 수 있었다는 것은 우익 문학의 결함을 파악하는 데 좋은 단서가 된다[8]고 비판적으로 평가하고 있다. 이 평가는 다분히 이데올로기적 측면과 홍구범의 《문예》지 등 순수문학 계열의 활동에 초점을 맞춘 점에서 재론의 여지가 있고, 이는 본 논문의 3장에서 다른 관점으로 제시될 것이다.

한국문학사에서 잊혀졌던 홍구범은 충북 연구자들에 의해 1991년 3월

6) 1980년대 대표적인 소설사 또는 문학사를 살펴보면, 김우종의 『한국 현대소설사』에는 그에 대한 언급이 없다. 이재선의 『한국 현대소설사』에서는 1940년대 후반부에 활동한 작가로 이름만 거론되었고, 조연현의 『한국 현대문학사』에서는 모윤숙, 김동리, 조연현 등과 함께 《문예》를 발간한 사실을 간략히 소개했으며, 백철의 『신문학 사조사』에서는 「창고 근처 사람들」, 「어떤 부부」, 「농민」, 「전설」 등의 발표 사실을 기록했다. 1990년대 발간된 김윤식·정호웅의 『한국소설사』, 김윤식의 『한국 현대문학사』에서는 홍구범이 한국전쟁 중 납북된 사실만을 기록했고, 권영민의 『한국 현대문학사』에서는 언급이 없다. 이처럼 소설사 또는 문학사 차원에서 홍구범의 생애와 작품 연구는 거의 이루어지지 않았다.

7) 김정숙, 「1970년대 이후 대전 지역 진보 문학 활동의 추이와 공과 — 대전작가회의를 중심으로」, 《인문학연구》 통권 101호, 충남대 인문과학연구소, 2015, 146쪽.

8) 김성렬(1989. 12.), 「광복 직후 좌우 대립기의 문학 연구」, 고려대 박사 논문.

《중원문학》 2집에 '잊혀진 향토 출신 작가 홍구범을 찾아'라는 특집을 통해 주목받기 시작했다. 1995년 제2회 충북민족예술제 기간 중 청주예술의 전당 소극장에서 충북민예총 문학분과 위원회 주최로 개최된 '제1회 홍구범 문학제'에서 '홍구범의 생애와 문학'이 조명[9]되었다.

2007년에는 충북작가회의가 주최한 '제2회 홍구범 문학제' 기간 중에 단편집 『창고 근처 사람들』과 『홍구범 전집』이 발간되면서[10] 홍구범 작품 세계의 큰 틀을 파악할 수 있게 되었다. 권희돈은 해설과 논문에서 독자가 문학을 만나는 것을 하나의 '사건'으로 전제하고 홍구범 문학(단편소설)이 지닌 문학적 효과를 역설·아이러니·기대와 배반·반성과 전망의 치밀한 서사 구조로 문학성을 획득하고 있다고 평가했다.[11] 한편, 프로이트와 라캉의 정신분석학적 이론을 적용해 인물들의 욕망을 유형적으로 분류해 홍구범 소설의 인물에 대한 내면 탐구[12]를 분석한 논의가 있다.

또한 김외곤은 충청북도의 근대문학과 지역성의 주제 아래 해방 전후의 농촌 현실에 대한 예리한 고발로 홍구범의 문학을 살폈다. 그는 광복기의 특수성을 전제하고 홍구범 단편소설의 역설적 현실 풍자와 경제적 궁핍으로 인한 인간성 왜곡 고발 등을 다룬 의의와 함께 그 한계로 홍구범의 풍자는 주인공이 전형성의 획득에 실패함으로써 사회구조의 비판과 같은

---

9) 권희돈은 신경림 시인과 도종환 시인의 권유로 홍구범과 그의 문학을 적극적으로 연구하게 되었다고 밝혔다. 지역의 작고 문인의 작품을 발굴하고 문학제 등을 활발하게 개최한 그와 충북작가회의의 노력으로 홍구범 연구가 이루어졌다고 할 수 있다. 권희돈(1996), 「홍구범 소설 연구」, 《청주문학》 2호 1996년 여름호, 한국민예총충북지회문학위원회; 권희돈(2002), 「광복기 소설 연구 — 홍구범의 경우」, 《새국어교육》 63집, 한국국어교육학회.

10) 단편집 『창고 근처 사람들』(권희돈 편(2007), 푸른사상사)과 『홍구범 전집』(권희돈 엮음(2009), 현대문학). 본 논문에 인용할 경우 전집의 쪽수만 기입한다.

11) 권희돈(2010), 「홍구범의 삶과 문학 연구」, 《새국어교육》 86집, 한국국어교육학회.

12) 김영도(2008, 2015), 「홍구범 단편소설의 인물 연구 — 인물 심리를 중심으로」, 청주대 대학원 석사 논문. 「홍구범 단편소설의 인물 연구 — 인물 유형을 중심으로」, 충북대 교육대학원 석사 논문. 이 두 편의 논문은 소장 기관들에 문의한바, 논자의 비공개 요청으로 목록만 확인할 수 있고, RISS 등에서도 목록이 확인되지 않는다.

보다 근본적인 차원에는 도달하지 못했다고 평가했다.[13]

앞선 논의들과 유사한 관점에서 이도연은 홍구범 문학에 대해 해방기 한국 사회에 대한 역사적 증언으로서 충분한 의의를 가지며, 계급 갈등 등 사회의 제반 문제에 관념적으로 접근하기보다는 풍부한 심리 묘사를 통해 비교적 객관적이고 중립적인 시각에서 서술함으로써, 미학적 형상화를 통한 개연성의 확보에 성공한 것으로, 해방기 한국소설사의 뚜렷한 성취의 하나로 기억되어 마땅할 것이라고 고평했다.[14] 이행선은 일제강점기 말 공출과 징용, 징병 등을 당했던 사람들과 남겨진 가족, 해방 이후 여전히 궁핍하고 타자화되는 조선인들이 어떻게 '희생자'가 되어 '체념'을 내면화하고 또 역으로 '체면'을 표출하는지 선거 제도를 참조하면서 홍구범의 「창고 근처 사람들」과 「농민」, 「구일장」을 조명했다.[15] 이민영(2015)은 국가를 중심으로 상상되는 정치적인 민족이 되지 못하고 국가 내부에서 배제됨으로써 포함되는 형태로 살아가는 자들의 모습을 홍구범의 「봄이 오면」, 「쌀과 달」, 「서울 길」로 제시하고 있다.

김정숙은 홍구범이 문학사의 소외된 타자라는 문제의식을 갖고, 홍구범과 그의 문학 세계를 전기적 측면, 장르적 측면, 공간의 측면 그리고 문학장의 관점에서 살펴보고 추방과 디아스포라의 근대적 관점에서 홍구범 생애와 문학적 의의를 찾고 있다.[16] 안미영은 홍구범이 조명한 동학 소재 소설을 통해 해방 공간에서 그가 탐구한 민권의 실태와 의의를[17] 살피고 있

13) 김외곤, 『한국 근대문학과 지역성 — 충청북도의 근대 문학』(역락, 2009).

14) 이도연(2011), 「홍구범 단편 연구 — 해방전후사의 인식과 관련하여」, 《비평문학》 41호, 한국비평문학회.

15) 이행선(2012), 「(비)국민의 체념과 자살: 일제말·해방 공간 성명·선거와 도회의원을 중심으로」, 《순천향 인문과학논총》 제31권 2호, 순천향대, 5~55쪽.

16) 김정숙(2017), 「한국문학사의 소외자, 홍구범 문학의 외연 확장을 위한 세 가지 접근」, 《현대문학이론연구》 69집, 현대문학이론연구학회. 홍구범의 생애와 문학 이해를 위해 이 논문을 일부 요약 인용했음을 밝힌다.

17) 안미영(2017), 「해방 공간 (비)국민의 실태와 민권 탐구 — 홍구범 문학 세계 연구」, 《동학학보》 43집, 동학학회.

으며, (비)민족적 담론과 민권의 차원에서 홍구범의 「전설」을 분석한 점에 의의가 있다. 이종문은 《중학생》 창간호를 새로 입수한 것을 계기로 하여 해당 잡지에 대한 기본적인 정보, 그 내용과 특징적 성격, 자료적 가치 등 잡지의 전체적 면모를 살피면서 홍구범의 「소녀(小女) 황진이(黃眞伊)」(《중학생》, 1949. 7) 수록 사실을 밝히고 있다.[18] 신승희는 식민지 조선에 대한 인적 물적 수탈이라는 관점에서 홍구범의 「창고 근처 사람들」에 형상화된 공출(배급)과 징용의 문제[19]를 살피고 있다. 한편, 이민영은 순수문학론을 기반으로 자본주의 진영 내부에서 민족 문학의 형태를 구성하고자 했던 《문예》에 게재된 황순원, 오영수, 허윤석 등의 작품과 함께 홍구범의 「농민」에 대해 냉전적 갈등의 구조를 농촌 공간에 투사하여 비정치적인 전원적 풍경으로서의 민족적 공간을 구성해 낸 것으로 분석하고 있다.[20]

위와 같이 홍구범의 작품 세계는 초기에는 작품의 주제 의식과 구조, 문학 기법 등 특정 작품을 중심으로 주로 풍자와 아이러니를 통한 현실 비판의 관점이 주를 이루었으며, 해방 후 가난한 삶과 자본주의 구조가 현실화되는 상황을 문학적으로 묘파한 점을 주요 성과로 평가하고 있다. 작중인물의 현실 인식과 대응 방식의 측면에서는 긍정적인 관점과 한계점이 갈리고 있다. 이후 작품 분석과 함께 해방 공간의 좌우익의 이데올로기와 민족 담론으로 접근한 논의, 심리 분석적 접근, 현상학적 접근, 동학 소재로서의 접근, 로컬리티, 디아스포라와 근대의 관점, 공출과 징용의 문제 등 다양한 주제 의식으로 확장되고 있다.

18) 이종문(2017), 「새로 발굴된 잡지 《중학생》 창간호에 관한 고찰」, 《한국언어문학》 101집, 한국언어문학회.

19) 신승희(2017), 「태평양전쟁과 해방기 한국 소설」, 《한일군사문화연구》 23집, 한일군사문화학회.

20) 이민영(2020), 「한국전쟁기 문예지 《문예》와 냉전 지리학의 구성」, 《한국근대문학연구》 21집 2호, 한국근대문학회.

3 홍구범 문학의 타자와 비극적 삶의 형상화

1) 경계를 부유하는 타자들과 공동체의 와해

홍구범 작품의 작중인물들은 이주 혹은 이동을 한다. 이동해야만 하는 원인은 '가난' 때문이다. 거주지가 고정되지 않고 난민처럼 떠돌아야 하는 이주의 상황은 가난이 한 사람을 신체적 심리적으로 어떻게 불안하게 하는지를 잘 보여 준다. 데뷔작 「봄이 오면」은 간도나 중국에 살던 사람들이 해방 후 고국으로 '귀환하여' 서울에서 정착하는 과정을 그리고 있다. 이들은 중국에서 돌아왔다는 숙이네를 포함해 "치움을 무릅쓰면서, 수십 년간 살던 북간도에서 나라를 찾았다기에 물불을 가리지 않고 몇 달 동안을 주야로 걸어"(23쪽) 왔다. 죽을 고비를 넘어가며 찾아온 고국이지만 이들에게 현실은 "아무리 애를 써도 살 수 없는 세상"(25쪽)이다. 학교를 다니겠다는 큰딸 순희와 가난 때문에 안 된다며 딸을 때리는 어머니 사이의 갈등 끝에 가난에 쪼들리는 궁핍한 생활을 지탱하기 위해 열일곱 살 큰딸 순희는 결국 선술집에 가게 될 것이다. 봄이 오면 열세 살 작은딸 순녀는 생계를 이어 가기 위해 거리로 나가 서양 담배, 껌, 드롭스(사탕), 비누, 값비싼 성냥 등 상품을 팔러 나가야 할 것이다.

이러한 상황은 「폭소」(《구국》 1948. 1)의 서울에서 소설을 쓰는 범규와 란 부부가 고료로 지탱하지 못해 가지고 있는 책을 팔아 근근이 하루 한 끼니를 때우는 궁색한 생활로 제시된다. 작품 속 부부는 십사오 세쯤 되어 보이는 소녀가 커다란 바가지를 쥐고 방문 앞에 서 있는 모습을 보게 된다.

> "밥 좀 주세요……. 이북서 온 전재민이에요……."
> 가느다란 음성이나 또렷또렷하였다.
> 그들 부부는 잠시 그냥 있었다. 그랬더니 소녀는 의외에도
> "야? ……. 밥 좀 주세요……. 야? 밥 좀 주세요……. 야? ……. 좀 주세

요?……. 야?……. 밥 좀 주세요……. 야?…….”

하는 구걸의 소리를 수없이 열 번이고 스무 번이고 연달아 중얼거리는 것이다. 범규는 당황하지 않을 수 없었다. 란도 잠시는 남편과 마찬가지로 역시 당황한 태도로

“글쎄 밥이 있으면 좋겠으나 원래 우리는 점심을 안 먹고 아침도 지금 다 먹고 난 후인데…….”

하고 말을 하였으나 들었는지 말았는지 거의 무표정으로 역시

“네? ……. 밥 좀 주세요……. 네? ……. 밥 좀 주세요……. 네? …….”(52쪽)

그 소녀는 “밥 좀 주세요”라고 한참을 되뇌다가 방 안과 문간을 슬그머니 살피더니 생긋 웃음을 입가에 품는가 하였더니 곧장 문밖으로 달아나다시피 나가는 것이다. 범규는 이어 자신도 웃음을 참지 못하고 연달아 토하게 된다. 밥을 구걸하려던 소녀의 눈에 범규의 살림살이가 너무 궁핍했던 것이고, 소녀의 웃음을 본 범규는 전재민보다 더한 자신에게 자조적인 ‘폭소’를 하게 된 것이다. 해방 공간의 참담한 현실은 이처럼 ‘월남민’, ‘전재민’의 눈을 통해 확연하게 표출되고 있다. 밥 구걸을 하러 들어온 월남민이 란과 범규 부부의 집안 형편을 목도한 후 달아나다시피 나간 후에 토하며 터진 범규의 ‘폭소’는 자조와 환멸이 극대화된 상징이다. 이북에서 온 전재민 소녀가 동냥을 할 수밖에 없는 궁핍과 외부자의 눈에 비친 지식인의 가난, 그리고 내부자 지식인의 자조가 중층적으로 재현됨으로써 「폭소」는 서사적 진실을 획득한다.

데뷔 작품이 귀환민들을 통해 국가의 경계를 넘어온 가난한 현실을 보여 주었다면, 이후 작품들은 경계 안 사람들, 특히 농민의 삶을 핍진하게 서사화한다. 홍구범은 충주[21]라는 지리적 특징을 통해 1945~1950년 서울

21) 홍구범이 몸담았던 지역인 충주는 지리적으로 중부 내륙의 중앙에 위치하고 있으며, 한강 뱃길과 육로 교통의 길목으로 충청의 행정, 문화, 경제 중심지였다. 홍구범의 수작 중 하나인 「귀거래」는 서울에서 충주로 내려와 양조장을 운영하다 인간의 탐욕과 위선을

과 지방을 오가며 목도한 서울과 지방의 문제 모두를 소설 속에 담아낼 수 있었다. 곧 20대 청년 홍구범은 서울과 충주를 오가며 1945~1950년 해방 공간의 모습을 형상화했고, 이를 통해 지역을 기반으로 이루어진 당대 민중들의 관계와 사회 변화의 로컬리티를 전달해 주었다. 「창고 근처 사람들」(《백민》 1949. 3)은 남편을 징용으로 보내고 품팔이로 하루하루를 연명해 가는 입장댁과 차순네의 궁핍한 처지를 그리고 있다. 이들과 대비되는 인물은 마을의 "대표적인 유지"인 강 조합장이다. 그는 "국민총력연맹의 이고장 참사이며, 군농회 부회장, 석유배급조합장, 읍평의원, 생활필수품조합장, 방앗간업자통제조합장, 또 무슨 조합장, 무슨 이사장 하여 이름을 걸어 놓은 게 따지고 보면 아홉 가지나 된다."(80쪽) 화려한 주택과 그 옆에 우뚝 솟은 큰 창고를 가진 그는 몇 달 전 이래 도회의원이 되고자 맹렬히 운동을 하고 있는 중이다.

「농민 — 순만의 일생」(《문예》 1949. 8)은 작중인물과 장소가 다르지만 「창고 근처 사람들」과 함께 읽을 때 그 의미가 심화된다. 「농민」에서 지주 양씨는 혼란한 시대에 편승하며 순만 부부의 노동력을 착취하는 인물이다. 「창고 근처 사람들」에서 남편이 강제징용을 떠난 뒤의 차순댁과 입장댁의 궁핍한 살이를 형상화했다면, 「농민」은 순만의 떠돌며 사는 고단하고 비참한 일생을 그리고 있다. 순만은 고아로 세상의 온갖 서러움과 구박을 받으며 자라지만 자신의 처지를 감내하며 묵묵히 살아 낸다. 다행히도 복순이와 가정을 이루어 충주역 근처에 정착하려 했으나 돈과 무소불위의 권력을 행사한 양 씨에 의해 일본 구주로 징용을 가게 된다. 우여곡절 끝에 귀국한 순만은 자신의 처가 양 씨에 의해 살해된 것을 듣고 그를 찾아가 말다툼하는 중에 모멸감을 준 그에게 재떨이를 던지고 양 씨가 죽었을 거라는 죄책감에 목을 매 자살로 생을 마감한다. 「농민」은 해방 전후

경험한 주인공이 다시 서울로 올라가는 공간적 이동이 있고, 또 다른 작품인 「서울 길」은 각기 처한 힘든 상황을 타개하고자 화물차에 올라 서울로 올라가는 인물들이 재현되고 있다. 곧 작품 속 주요 배경인 충주는 서울과 지방의 경계를 잘 보여 주는 지역이다.

의 가난, 강제징용, 가진 자의 횡포로 인한 한 인간의 비극적 일대기를 온전하게 담고 있다.

「창고 근처 사람들」의 차순댁과 입장댁의 남편들과 「농민」의 순만은 지주의 하인이나 심복 대신 북해도의 탄광으로 강제징용을 가야만 했고, 그 과정에서 일본 식민지의 비호를 받으며 돈의 권력을 행사한 지주의 횡포가 빈번하게 자행되었다. 이것이 가능했던 것은 일본이라는 국가와 제도, 조합, 규율 등의 이데올로기적 국가 장치가 작동하고 있었기 때문이다.

> 물자 부족으로 말미암아 모든 사람들은 죽지 못해 사는 판이건만 오직 양 씨만은 이러한 통제 기관을 모조리 도맡아 영리를 취하였다. 식량영단(일제강점기 말 조선 쌀의 강제 공출과 배급을 통제하기 위해 일제가 설립한 특수 법인)의 이 고장 이사장 심지어는 설탕이나 고무신 같은 배급품까지도 이 사람의 손을 거치지 않으면 일반에게 돌아가지 않을 만큼 중요한 지위를 확보하게 되어 전쟁이 끝날 임시에는 도평의원에까지 승진하게 되었다. 그는 모든 사람들의 상전이었다. 동리 안에서는 더욱 그러했다. 그가 시킨다면 주위에 살고 있는 사람들은 죽는 시늉까지도 할 만큼 되어 있었다. 잘못 어정거리다가는 땅을 떼여 버리는 것은 맡아 놓은 당상이다. 아무리 소작조정령까지 있어 군청이나 재판소의 간섭을 받아야 할까 말까 한 때였지만 양 씨에 한해서만은 자기 마음대로 지주 행세를 하였다.(149쪽)

위의 인용문에서 보듯 1932년 일제는 농림국을 신설하고 조선소작조정령을 제정해 소작쟁의 조정권을 장악, 조선 민중을 착취하는 수단으로 삼았다. 온갖 영리를 취한 양 씨와 식량영단의 법인, 소작조정령 아래에서 모진 수난을 겪은 농민 민중들은 인간으로 존중받지 못한 사회적 타자들이었다. 「창고 근처 사람들」의 강 조합장과 「농민」의 양 씨는 시골(고장)의 봉건지주라기보다는 식민 권력을 등에 업은 매판적 농업경영자[22]라고 할 수 있다.

이처럼 홍구범 소설의 주요한 서사 구조는 민족과 국가의 경계에서 마을과 그 안의 사람들의 대비로 구축된다. 해방 공간 조선인은 (비)국민으로 존재하고 있으며, 국가로부터 안정된 울타리를 제공받을 수 없었다. 귀환 전재민은 생활고로 딸자식을 밖으로 내몰게 되었고, 평범한 시민은 모리배가 되든가 그렇지 않으면 무능력자가 되었으며, 시골 농부들은 시대 변화에 더 둔감해졌다.[23] 무엇보다도 사회구조가 자본의 지배 체제로 급속히 전환되면서 식민지와 해방 공간에서 경계를 부유했던 타자들, 특히 농민과 시골 중심의 공동체는 자본이 침투하는 속도대로 삶과 그 생명성을 잃게 되었다.

2) 자본의 폭력적 구조와 인간 존재의 비참성

홍구범을 무엇보다도 괴롭힌 것은 '가난'이었다. 물론 당시 대다수 사람들이 절대적 고통을 받았겠지만 홍구범의 경우에는 압박감이 더 심했던 것으로 보인다. 그의 일기에는 "나를 괴롭히는 것은 마구 오르는 쌀값"(374쪽)이라고 적혀 있다.

> 소두에 천삼백오십 원은 누구나 탄식의 고가인 줄 알지만 앞으로도 비가 오지 않는다면 시세는 더욱 껑충껑충 뛰어오를 것이 아닌가. 이에 대하여 며칠 전 어떤 친구는 말했다. 이대로 간다면 팔구월경엔 민심에 변동이 생길 것이라고, 그러면 내란도 일어날 위험이 없지 않아 있다 하며 이것을 막으려면 미국의 대한경제원조액 소비에 있어 그 중심을 식량 대책비로 치중함이 필요하다고 했다.
>
> 어쨌든 야속한 비다.(374~345쪽)

---

22) 신형기, 『해방기 소설 연구』(태학사, 1992), 86쪽.

23) 안미영, 앞의 논문, 270쪽.

계속되는 가뭄과 쌀값에 대한 흉흉한 민심은 당대 사회제도와 긴밀하게 연결되어 있음을 알 수 있다. 「쌀과 달」(《민족문화》 1949. 9), 「창고 근처 사람들」에는 한 줌의 '쌀'을 얻기 위해 궁핍한 농민들이 도둑으로 몰리거나 화마에 죽는 비극적인 현실이 생생하게 재현된다. 「창고 근처 사람들」의 '창고'는 인간 사이의 권력 관계를 위계화하는 공간이다. 추악한 출세주의자 강 조합장은 무산자인 차순네와 입장댁의 남편을 강제징용 보내고 자신의 욕망대로 벼슬자리를 얻는다. 「농민」의 순만과 지주 양 씨의 관계도 그러하다. 순만은 강제징용 당하고, 그사이 순만의 아내는 죽임을 당한다. 징용에서 돌아온 순만이 양 씨에게 따져 묻는 과정에서 양 씨에게 재떨이를 던지고 그가 죽은 줄 알고 죄책감에 목을 매 자살을 한다. 강제징용은 돈과 권력에 의해 '목숨'으로 교환되는 폭력적 구조에서 말미암은 것이다. 양 씨는 시대에 편승해 공산주의자로 변신하고 농민의 지도자로 행세했으며, 중일전쟁과 태평양전쟁기에는 비행기를 일본 군부에 헌납하고 도평의원까지 얻게 된다. 「창고 근처 사람들」처럼 「농민」 또한 비극적인 최후를 맞는 무산자와 타락한 대가로 영화를 누리는 유산자 사이의 폭력적인 구조[24]를 기반으로 하고 있다.

일제감점기에 이어 해방 후에도 이러한 구조는 반복되는데, 「쌀과 달」에서도 농사꾼 만삼과 숙모의 몰인정한 속물성이 대비되어 인간의 비참성을 보여 준다. 이러한 구조적 모순의 배후에는 경찰과 공권력으로 상징되는 국가 장치가 작동하고 있다. 이는 신분 상승을 통해 계급적 권력을 얻기 위해 시류에 따라 거주지를 바꾸고, 동학에서 공산주의자로, 다시 반공주의자로 조변석개하는 상황으로 풍자화되고 있다. 문경에서 충주로 정착하여 서울을 드나드는 인물 황무영(「전설」(《문예》 1949. 11)은 풍수지리를 꼼꼼하게 따져 충주로 이동하는데, 그 이유는 양반이 되어 '권력'을 얻기 위해서이다.

24) 권희돈(2010), 「홍구범의 삶과 문학 연구」, 《새국어교육》 86집, 한국국어교육학회.

> 그때의 그의 심정으로는 서울보다 차라리 이 충청도가 나을 것 같았다. 서울은 양반들이 기세를 올려 직접 벼슬로 등행하는 곳이라 자기 같은 힘없는 존재는 감히 발을 붙이기 어렵도록 그들은 거들떠보지도 않을 것이라는 생각이었다. 그 반면 이 충청도는 전해 오는 말에 의하여도 모든 것이 관대한 것 같았으며 또한 그야말로 고관들이 낙향하여 점잖이 여생을 보내는 것으로 이름이 있었기 때문에 그는 이곳에서 사람(양반)으로서 수련을 하자는 심산이었다.(197쪽)

홍구범의 작품은, 순박하고 가진 것 없는 농민은 더욱 곤궁해지고, 그들의 노동력을 착취하고 시류에 따라 변모한 기회주의 부르주아는 더욱 위세를 갖게 되는 과정을 핍진하게 형상화하고 있다. 해방기 농촌 경제는 산업자본가가 매점매석과 독과점을 통해 폭리를 취하는 불건전한 구조를 지니고 있었다.[25] 해방 공간에서 쌀은 농사를 짓는 농민에게 허용되지 않았다. 해방 직후 급격한 인플레이션의 진행에 힘입어 비료 등의 가격이 상승함으로써 양곡 수집 가격이 생산비의 6분의 1 내지 7분의 1에도 미치지 못하는 가격이 됨으로써 농민들은 농업의 재생산이 불가능할 정도가 되고 있었다. 이에 주수입원을 미곡 판매에 의존해야 하는 대부분의 농민은 다시 공업 생산의 급격한 위축으로 인해 폭등한 생활필수품 등을 고가로 구입해야 함으로써 농민경제의 파탄은 극도로 심화될 수밖에 없었다.[26]

작품 속 농민들은 고된 노동과 가난에 시달리는 반면, 밀수업자, 중개상 등은 자본의 증식으로 부를 축적하는 대비적인 모습으로 그려진다. 객관 묘사와 인물에 대한 흥미, 대화의 독특한 활용에서 홍구범의 장점[27]이

---

25) 이도연, 앞의 논문, 261쪽.

26) 박혜숙, 「미군정기 농민 운동과 전농의 운동」, 『해방 전후사의 인식』 3(한길사, 2006), 375쪽.

27) 조연현, 「문화계의 1년의 회고와 전망」, 《신천지》 1949년 12월.

잘 드러난 「서울 길」(《해동공론》 1949. 3)은 인간이 "현금 관계"화되는 상황과 능력과 돈에 따라 관계가 설정되는 상황을 잘 보여 준다. 작품에는 해방 이후 화물차로 증평에서 서울로 올라가려는 다양한 승객 군상이 등장한다. 화주는 쌀을 싸게 사서 비싸게 파는 투전꾼이고, 운전수와 조수는 인정사정없이 돈만 밝히며 술과 유흥을 즐긴다. 중년 부부의 경우, 남편은 일본 구주 탄광에서 돌아왔고 아내는 심하게 앓고 있다. 노인의 경우, 일제강점기 징용 간 아들은 탄광에서 죽고 해방 후 서울에서 고학하는 손주는 늑막염으로 사경을 헤매고 있다. 화물차에 오른 사람들의 힘든 처지에도 불구하고 일본 패잔병에게 헐값으로 사들인 화물차로 지방과 서울을 오가며 운임 장사를 하는 '화주'는 돈이 주는 "우월감으로 인한 기쁨"을 표출하며, 조수 역시 "돈이 주는 활기"에 따라 차를 타는 사람들을 무시하며 언어적 신체적 폭력을 가한다. 신체적, 경제적으로 가장 열악한 노인이 서울까지 가는 비싼 운임을 내지 못하자 화주와 조수는 아무도 없는 낯선 거리 도중에 노인을 차에서 마구 끌어내린다.

> "이것(노인: 인용자)아 얼른 나려."
>
> 하자 조수는 그 순간 노인을 끌다시피 자기 옆으로 ㅁ차ㅁ 해서는 날싸게 번쩍 들어 땅에 덜컥 내려놓았다. 그리고는 제일 커다란 목소리로
>
> "오라잇!"
>
> 하고 운전수에게 호통을 치며 얼른 차대 위로 껑충 올라타자, 차는 다시 움직이기 시작하였다.
>
> "서울까지에 이 늙은 것……."
>
> 하며 노인은 차에 매어달린다.
>
> "이 자식아 죽어……."
>
> 하는 조수의 하직 인사를 발길과 함께 받은 노인은 드디어 차에서 떨어졌다.(139쪽)

홍구범은 물신화된 사회와 그로 인해 생겨나는 관계의 상실과 인간 소외를 보여 준다. 「탄식」(《백민》 1947. 11)에서 R과 K는 한때 한 몸처럼 친한 친구 사이였다. R은 해방기의 경제적 혼란 속에서 남북의 시세 차익으로 이윤을 축적하고 있는 밀수업자이다. "불과 일 년 전만 하더라도 점심 한 끼 얻어먹기에 K와 동일하게 힘이 들었던 빈곤한 처지에 있던" R은 북조선으로 쌀과 광목, 인삼을 몰래 가져가고, 그곳에서는 해산물, 종이 등을 밀수출하면서 재력이 나날이 늘어나고 돈에 대한 애착심도 높아 간다. 밀수업자 R은 형편이 어려운 K를 도와주었으나 거듭 돈을 빌려 가는 "그를 비참하고도 무능한 인물"로 규정하며 "일전 한 푼의 돈 상관이나 말도 하지 말자던 요즈음의 결심"(42쪽)을 하게 된다. "남을 동정하는 현재의 마음을 없애지 않으면 어떻게 돈을 벌 수 있을까."(44쪽) 생각하며 K와 결별한다. 「탄식」은 R과 K라고 명명함으로써 돈과 욕망 사이에서 갈등하는 인물과 관계의 물신화가 일반화되고 있음을 묘파하고 있다.

「귀거래」(《민성》 1949. 2)는 외적 대비뿐 아니라 '나'의 내적 심리의 측면에서 좀 더 깊이 들여다볼 작품이다. 작품 속 주인공 순구는 해방 후 극심한 궁핍의 상황에 놓이는데, 그 상황이 열세 번의 '이사'로 상징된다. 순구가 충주에 내려와 맡게 된 '양조장'[28]은 가난과 착취, 부자와 빈자, 잉여를 보여 주는 인간 욕망과 자본주의의 침투가 집약된 곳이다. 또한, 인물들의 물적 욕망이 돈으로 교환되는 동시에 쌀과 장작의 거래에서 빚어진 박성달과의 갈등과 사기꾼인 이춘 사이에서 순구 자신을 반성하고 성찰하는 장소이다.

순구는 "빚을 주고 받으려는 마음, 빚을 쓰고 갚으려는 마음, 받고 싶어도 못 받는 처지, 주고 싶어도 못 주는 처지, 주고도 받지 않으려는 마음, 쓰고도 주지 않으려는 마음"에 대해 번민한다. 그리고 "현재 자기 주위에

28) 「귀거래」의 주인공은 홍구범의 페르소나라고 할 수 있다. 작품에 재현된 상황이 홍구범의 일기에 기술된 상황과 유사하다. 작품의 중요한 공간인 양조장은 현재 홍구범의 아들이 운영하고 있다.

있는 모든 사람은 전부가 아귀인 양심"(73쪽)게 생각하고, 자신은 '아귀'로 변할 수 없음을 깨닫고 양조장 사업을 모두 접고 '탈향'을 감행한다.

작품 속 재난민, 귀환민, 강제징용 피해자들, 북해도 탄광부, 간도성, 중국에서 온 인물들은 디아스포라의 궤적을 체현하고 있다. '호모 사케르'로 명명될 이들은 국가공동체로 귀속되고자 하나 떠돌고 부유할 수밖에 없게 된다. 그의 가장 큰 이유는 치솟는 물가와 재화에 무방비 상태이기 때문이다. 간혹 인물들 사이 인간적 온정이 보일 때도 있으나 이해관계와 거짓, 배반, 냉담함과 무관심의 태도로 인간관계가 규정된다. 이는 각자도생할 수밖에 없는 부의 불평등과 생존을 위협하는 구조의 문제에 기인한 것이다.

이런 점에서 작품 속 인물들의 고통과 비극적 삶이 그들의 현실적 처지와 순진함에서 일정 부분 기인하였다고 해서 '순진함' 그 자체가 비판의 대상이 되어서는 안 될 것이다. 홍구범 작품 속의 순진하고 순수한 심성을 지닌 인물들은 당대의 평범한 민중들이다. 비판받아야 할 대상은 읍사무소, 면사무소 등의 공적 기관과 결탁해 변절과 기만을 행한 비윤리적인 자들이다. 그런 이유로 작품 속 인물에 대해 개인 윤리의 약화 혹은 부재라거나 작가의 문학적 한계와 미래에의 가능성 결여라는 비판보다는 있는 그대로의 현실을 재현함으로써 실체에 접근한 문학적 윤리로 바라보는 것이 온당한 관점이라 하겠다. 타자의 목소리가 당사자성을 적극적으로 드러내야 한다는 시각을 넘어 현실적 고통을 겪는 '피해자성'에 대한 논의가 필요한 이유다.

4 홍구범 문학의 의의와 현재성

지금까지 홍구범의 생애와 작품 활동, 홍구범 문학 연구사의 전개 과정을 바탕으로 경계를 부유하는 타자들과 공동체의 와해, 자본의 폭력적 구조와 인간 존재의 비참성의 주제 의식으로 홍구범 문학 세계의 전모를 집약했다. 한국전쟁 이후 반공주의 담론이 더해질수록 월북은 물론 납북과 납치 등의 전기적 사실에 연루된 홍구범과 그의 문학은 문학사 기술에서 은폐되거나 망각될 대상으로 간주되었을 것으로 추정된다.[29] 1988년 해금 조치가 이루어지고 타자성에 대한 담론의 대두와 맞물리면서 해방기와 전쟁기의 '잊혀진' 월·납북 문인들에 대한 조명의 일환으로 홍구범은 호명되기 시작했다.

홍구범의 문학은 해방과 한국전쟁 시기의 사회상을 집중적으로 묘파해 냈다. 떠도는 존재들의 빈궁과 고통의 타자화된 삶을 사실적으로 보여 주었다. 그의 작품들은 해방 전후의 개인의 삶이 보이는 비참함과 돈과 권력 구조의 폭력성에 대한 비판, 그리고 이를 촉발케 한 일본의 동아시아 군국주의 전쟁과 식민적 제국성을 상징적으로 서사화했다. 자본(돈)과 권력의 비대칭으로 비롯되는 비도덕적·비윤리성에 대한 밀도 있는 전개와 감정을 최대한 자제한 시선과 현실을 재현한 소설 언어를 통해 홍구범은 단편소설의 미학성을 성취하고 있다.

홍구범과 그의 문학은 주변화된 타자들의 목소리와 그 위험의 양태를 재현하고 21세기 현재 상황을 환기하게 하는 점에서 유효하고 현재적이다. 차순댁의 어린 딸, 술집에 팔려 가는 순희와 거리에서 물건을 파는 순녀와 숙이, 목매 자살한 순만이 남긴 세 살 난 아들, 서울로 올라가는 화물차의 중년 부부의 어린 자식이 지금 이곳을 살아가고 있을 것이기 때문이

29) 조연현의 회고담 「홍구범은 어디에 있는가 — 납치된 작가에의 회고」에 당시의 상황이 기록되어 있다. 홍구범과 함께했던 《민주일보》, 《민중일보》, 《문예》 시절을 회고하면서 생사를 같이하지 못하게 된 상황을 안타까워하며 "이러한 구범을 위하여 지금 내가 할 수 있는 일은 구범이라는 한 인간이 세상에 태어났다가 이루어 놓은 그의 모든 노력을 영원히 빛내어 주는 길밖에 없는 것이다. 구범은 1945년의 해방을 계기로 문단에 나타나서 6·25사변을 당하기까지의 5개년 사이에 누구보다도 무게 있는 많은 작품을 생산해 놓았다. 앞으로 얼마든지 성장될 수 있고 얼마든지 빛날 수 있는 그의 재능이 지금부터 본격적인 자세를 가질려고 할 때 그와 같은 불행에 직면했던 것이다."(《문예》, 1950. 12) 이러한 사실은 당대뿐 아니라 홍구범의 빛날 수 있는 문학적 재능을 접할 수 없는 현재에도 안타깝게 다가온다.

다. 부가 세습되고 대물림되듯 가난과 고통 또한 대물림되어 더욱 심화됨을 곳곳에서 목도하게 된다. 그는 특수한 시대에 대한 재현뿐 아니라 돈과 권력의 폭력성, 농촌으로 상징되는 지방과 서울의 수직적 위계, 약자에 대한 혐오와 멸시와 같은 인간 보편의 문제를 형상화했다. 홍구범의 문학은 동학, 일제강점기, 해방, 미군정, 이데올로기의 충돌이라는 비극적 시대로부터 현재에 이르는 과정에서 제국, 권력, 자본이 인간의 생존과 존엄을 억압하고 파괴할 수 있음을 밀도 있게 보여 준 점에서 가치를 지닌다.

홍구범이라는 한 작가가 감각하고 문학으로 담아냈던 그 시대로부터 우리는 얼마나 변화해 왔을까. 자본의 위력이 심화되고 기득권과 제도가 더욱 촘촘해지는 사이 차별과 혐오의 문화, 부의 불평등의 사회에서 공동체는 빈 공간이 되어 가고 있는 것은 아닌지 홍구범의 문학은 우리에게 되묻고 있는 듯하다. 홍구범의 생애와 문학이 말하고자 했던 문제의식에 대해 계속해서 질문하고 관점을 갱신하며 읽어 낸다면 한국문학사에 그의 문학과 목소리에 합당한 자리가 마련될 것으로 기대한다.

참고 문헌

기본 자료

홍구범, 권희돈 편, 『창고 근처 사람들』, 푸른사상사, 2007

홍구범, 권희돈 편, 『홍구범 전집』, 현대문학, 2009

단행본 및 논문

김외곤, 『한국 근대 문학과 지역성 — 충청북도의 근대 문학』, 역락, 2009

김동리, 「나를 찾아서」, 『김동리 전집』 8권, 민음사, 1997

박혜숙, 「미 군정기 농민 운동과 전농의 운동」, 『해방 전후사의 인식』 3, 한길사, 2006

신형기, 『해방기 소설 연구』, 태학사, 1992

권희돈(1995), 「홍구범 단편소설 연구」, 《어문논총》 11호, 청주대, 81~98쪽

권희돈(2010), 「홍구범의 삶과 문학 연구」, 《새국어교육》 86집, 한국국어교육학회, 431~455쪽

김성렬(1989), 「광복 직후 좌우 대립기의 문학 연구」, 고려대 박사 논문

김정숙(2015), 「1970년대 이후 대전 지역 진보 문학 활동의 추이와 공과 — 대전작가회의를 중심으로」, 《인문학연구》 통권 101호, 충남대 인문과학연구소, 2015, 145~165쪽

김정숙(2017), 「한국문학사의 소외자, 홍구범 문학의 외연 확장을 위한 세 가지 접근」, 《현대문학이론연구》 69집, 현대문학이론연구학회, 79~99쪽

신승희(2017), 「태평양전쟁과 해방기 한국소설」, 《한일군사문화연구》 23집, 한일군사문화학회, 318~350쪽

안미영(2017), 「해방 공간 (비)국민의 실태와 민권 탐구 — 홍구범 문학 세계 연구」, 《동학학보》 43집, 동학학회, 263~293쪽
이도연(2011), 「홍구범 단편 연구 — 해방 전후사의 인식과 관련하여」, 《비평문학》 41호, 한국비평문학회, 249~277쪽
이민영(2020), 「한국전쟁기 문예지 《문예》와 냉전 지리학의 구성」, 《한국근대문학연구》 21집 2호, 한국근대문학회, 271~307쪽
이종문(2017), 「새로 발굴된 잡지 《중학생》 창간호에 관한 고찰」, 《한국언어문학》 101집, 한국언어문학회, 125~149쪽
이행선(2012), 「(비)국민의 체념과 자살: 일제말·해방공간 성명·선거와 도회의원을 중심으로」, 《순천향 인문과학논총》 31권 2호, 순천향대, 5~55쪽

제6주제에 관한 토론문

안미영 | 건국대 교수

2023년 23번째 '탄생 100주년 문학인 기념문학제'에 함께하게 되어 기쁩니다. 홍구범은 충북 충주 출신의 작가로 알고 있습니다. 저는 작가가 태어나서 걷고 살아온 충주 지역에서 일하고 있으므로 더 뜻깊은 인연입니다. 일찍이 김정숙 선생님은 「한국문학사의 소외자, 홍구범 문학의 외연 확장을 위한 세 가지 접근」(《현대문학이론연구》, 2017)에서 전기적 측면, 장르적 측면, 공간적 측면을 조명하여 홍구범의 문학 세계를 한국문학 장에서 자리매김한 바 있습니다.

오늘 논의하신 글에서도 한국문학사에 놓인 홍구범 문학의 의의를 보여 주셨습니다. 홍구범의 생애와 작품 활동, 홍구범 문학 연구사의 전개 과정, 경계를 부유하는 타자들과 공동체의 와해, 자본의 폭력적 구조와 인간 존재의 비참성, 홍구범 문학의 현재성 등 일련의 논의는 홍구범 문학 세계 전모를 집약하고 있습니다. 선생님의 글을 통해 해방 공간 홍구범의 문제의식을 구체적으로 읽고 공부할 수 있었습니다. 토론문은 선생님 의견에 공감하고 더 알고 싶은 부분을 여쭙는 것으로 대신하겠습니다.

1 충주의 지리적 특징

김정숙 선생님께서 지적하신 바와 같이, 당시 20대 청년 작가인 홍구범은 1945~1950년 서울과 지역을 오가며 서울과 지역의 문제 모두를 목도하고 그 당시 해방 공간의 모습을 골고루 빠짐없이 소설 속에 담아낼 수 있었습니다. 이에 그가 몸담았던 지역인 충주의 지리적 특징을 말씀드리려 합니다. 중부 내륙의 중앙에 위치하고 있으며, 삼국이 각축을 벌이던 전략적 요충지였습니다. 한강 뱃길과 육로 교통의 길목으로 충청의 행정, 문화, 경제 중심지였습니다. 이러한 지리적 특수성은 신경림의 시 「목계장터」(1976)에서 잘 느낄 수 있습니다.[1)]

하늘은 날더러 구름이 되라 하고
땅은 날더러 바람이 되라 하네.
청룡 흑룡 흩어져 비 갠 나루
잡초나 일깨우는 잔바람이 되라네.
뱃길이라 서울 사흘 목계나루에
아흐레 나흘 찾아 박가분 파는
가을볕도 서러운 방물장수 되라네.
산은 날더러 들꽃이 되라 하고
강은 날더러 잔돌이 되라 하네.
산허리 맵차거든 풀 속에 얼굴 묻고
물여울 모질거든 바위 뒤에 붙으라네.
민물새우 끓어 넘는 토방 툇마루
석삼 년에 한 이레쯤 천치로 변해
짐 부리고 앉아 쉬는 떠돌이가 되라네.
하늘은 날더러 바람이 되라 하고 산은 날더러 잔돌이 되라 하네.

1) https://ncms.nculture.org/market/story/3280#none(2023. 4. 20). 이하 자료는 이 사이트를 참조함.

—「목계장터」 전문

세종 31년에는 행정구역을 충청도로 개칭하여 좌감사를 배치합니다. 세조 3년(1457)에는 충주진영이라 개칭하고 전국을 7도로 분할해 충주영장으로 하여금 단양, 영춘, 제천, 청풍, 음성, 천안 등 8군의 군정사무를 관장하도록 합니다. 선조 25년 임진왜란 때에는 신립 장군이 탄금대에서 패전합니다. 고종 33년에는 도청 소재지로서 관찰사를 배치하여 충청도의 중심이 됩니다.[2)]

경부선 철도(1904. 12. 27) 등 국가개발축이 비켜 감으로써 교통의 사각지대가 됩니다. 교통 불편을 이유로 순종 2년(1908년)에 도청을 청주로 이전하고 충주는 군청 소재지가 되어 군수가 배치됩니다. 1913년에는 군면 폐합으로 충주는 충주군 읍내면에 속하다가 1917년 충주면으로 개칭하고, 1931년 5월 지방 제도의 개정에 의해 충주읍으로 승격 후 해방을 맞이합니다. 해방 후 12년이 지닌 1956년, 충주읍은 충주시로 승격되고 나머지 지역은 중원군으로 개칭됩니다. 1995년에는 충주시와 중원군이 충주시로 통합되었습니다.

충주는 내륙의 중앙에 위치해 있습니다. 관문, 문경새재를 넘어 한강을 올라가면 서울과 연결됩니다. 서울과 지방의 경계를 잘 보여 주는 지역입니다. 그런 까닭에 홍구범의 「전설」(《문예》 4호, 1949. 11)에는 양반이 되기 위해 문경에서 충주로 정착하여 서울을 드나드는 인물 황무영이 등장합니다. 그는 풍수리지를 꼼꼼하게 따져 충주로 이동합니다. 홍구범은 다음과 같이 설명합니다.

> 그때의 그의 심정으로는 서울보다 차라리 이 충청도가 나을 것 같았다. 서울은 양반들이 기세를 올려 직접 벼슬로 등행하는 곳이라 자기 같은 힘

---

2) https://www.chungju.go.kr/www/contents.do?key=474(2023. 4. 20). 이하 관련 자료는 충주시청 홈페이지를 참조함.

없는 존재는 감히 발을 붙이기 어렵도록 그들은 거들떠보지도 않을 것이라는 생각이었다. 그 반면 이 충청도는 전해오는 말에 의하여도 모든 것이 관대한 것 같았으며 또한 그야말로 고관들이 낙향하여 점잖이 여생을 보내는 것으로 이름이 있었기 때문에 그는 이곳에서 사람(양반)으로서 수련을 하자는 심산이었다.[3]

그가 머문 곳이 충주 금봉산(현재 남산) 자락입니다. 그곳에는 신라 문무왕 때 원효대사가 창건했다고 알려진 창룡사라는 절이 있습니다. 오늘날 산의 풍광과 절의 모습은 다음과 같습니다.[4]

금봉산 북쪽

금봉산 동쪽

남쪽 사찰 외경

남쪽 사찰 내경

3) 홍구범·권희돈 엮음, 『홍구범 전집』(현대문학, 2009), 197쪽.

4) 안미영, 「해방 공간 (비)국민의 실태와 민권 탐구 — 홍구범 문학 세계 연구」, 《동학학보》 43집, 동학학회, 2017, 263~293쪽.

2 해방 공간 홍구범과 동시대 작가들의 '문학관' 비교

홍구범 문학작품의 이해와 관련하여 선생님의 다음과 같은 의견에 공감합니다. 아래 두 인용문은 해방 공간 홍구범이 놓인 문학사적 위치와 단편의 특징을 집약하고 있습니다.

> 홍구범 작품 속의 순진하고 순수한 심성을 지닌 인물들은 당대의 평범한 민중들이다. 비판받아야 할 대상은 읍사무소, 면사무소 등의 공적 기관과 결탁해 변절과 기만을 행한 비윤리적인 자들이다. 그런 이유로 작품 속 인물에 대해 개인 윤리의 약화 혹은 부재라거나 작품에 대해 문학적 한계와 미래에의 가능성 결여라는 비판보다는 있는 그대로의 현실을 재현함으로써 실체에 접근한 문학적 윤리로 바라보는 것이 온당한 관점이라 하겠다. 타자의 목소리가 당사자성을 적극적으로 드러내야 한다는 시각을 넘어 현실적 고통을 겪는 '피해자성'에 대한 논의가 필요한 이유다.

> 홍구범의 문학은 해방과 한국전쟁 시기의 사회상을 집중적으로 묘파해냈다. 떠도는 존재들의 빈궁과 고통의 타자화된 삶을 사실적으로 보여 주었다. 그의 작품들은 해방 전후의 개인의 삶이 보이는 비참함과 돈과 권력 구조의 폭력성에 대한 비판, 그리고 이를 촉발케 한 일본의 동아시아 군국주의 전쟁과 식민적 제국성을 상징적으로 서사화했다. 자본(돈)과 권력의 비대칭으로 비롯되는 비도덕적·비윤리성에 대한 밀도 있는 전개와 감정을 최대한 자제한 시선과 현실을 재현한 소설 언어를 통해 홍구범은 단편소설의 미학성을 성취하고 있다.

이와 관련하여 해방 공간 동시대 작가들과 비교하여 홍구범 문학이 지닌 차별성이 무엇인지 궁금합니다. 아울러 작가로서 홍구범의 창작관 혹은 문학관을 설명해 주시면 감사하겠습니다.

3 홍구범 문학의 '현재성'

홍구범 문학의 현재성과 관련하여 아래와 같은 지적에 공감합니다. 이와 관련하여 지면에 적지 못한 의견이 있으면 이 자리에서 말씀해 주시면 감사하겠습니다.

> 부가 세습되고 대물림되듯 가난과 고통 또한 대물림되어 더욱 심화됨을 곳곳에서 목도하게 된다. 그는 특수한 시대에 대한 재현뿐 아니라 돈과 권력의 폭력성, 농촌으로 상징되는 지역과 서울의 수직적 위계, 약자에 대한 혐오와 멸시와 같은 인간 보편의 문제를 형상화했다. 홍구범의 문학은 동학, 일제강점기, 해방, 미군정, 이데올로기의 충돌이라는 비극적 시대로부터 현재에 이르는 과정에서 제국, 권력, 자본이 인간의 생존과 존엄을 억압하고 파괴할 수 있음을 밀도 있게 보여 준 점에서 가치를 지닌다.

홍구범 생애 연보

1923년(1세)	6월 15일(음력 5월 2일), 충북 중원군 신니면 원평리 104번지에서 아버지 홍기한과 어머니 이용구 사이에서 장남으로 태어남.
1935년(13세)	용원국민학교 졸업. 1945년 이전의 학적부는 보관되어 있지 않다고 함. 졸업 후 중동중학교에 입학했으나 얼마 안 되어 중퇴했다고 함. 중동중학교에는 1945년 이전의 입학 및 퇴학 자료가 보관되어 있지 않음.
1940년(18세)	경남 사천의 다솔사에 요양 중인 김동리를 찾아가 소설을 배우고 싶다면서 소설 한 편을 김동리에게 보여 주었다고 함. 그의 소설을 읽은 김동리는 홍구범이 큰 작가가 될 것이라 판단하고 그해 여름을 절에서 함께 지냈다고 함. 이때 홍구범은 시인 이정호와 친하게 보냈음. 이후 김동리가 요양을 마치면서 홍구범도 고향으로 돌아왔음.
1943년(21세)	안동 김씨 김난식과 혼인함. 김난식의 부친 김태연은 1945년 광복 후 충주 군수로 취임했음.
1944년(22세)	4월 9일, 충주시 용산리 383번지에서 장남 수영 태어남. 이 시기에 충주 군청에 잠시 근무한 것으로 추정됨.
1945년(23세)	광복 직후 서울에서 김동리를 다시 만남. 우익 측 문화 단체인 '중앙문화협회'(9월 18일 창설)에서 김동리의 소개로 평론가 조연현과 처음 만남.
1946년(24세)	2월 16일, 중원군 신니면 원령리 104번지에서 차남 우영 태

어남. 고향을 떠나 서울로 거처를 옮김. 이후 김동리, 조연현과 두터운 교분을 쌓으며, 조연현과 함께 《민주일보》, 《민중일보》 편집 기자를 역임했음. '청년문학가협회' 간부 회원으로 문단 활동을 시작함.

1947년(25세) 단편소설 「봄이 오면」이 《백민》 5월호에 실리면서 등단함. 김동리의 추천을 받음. 수필 「자연으로 향하는 마음」, 단편소설 「탄식」, 평론 「문학인과 노예 근성」. 콩트 「해방」 등의 작품을 잡지와 신문에 발표함. '홍구범·조진대 『해방 작가 2인집』을 오는 봄에 출간할 예정'이라는 기사 광고가 《민중일보》 11월 16일 자에 실림. 이 시기에 「미소」, 「소년과 눈물」, 「을지로에서」. 「망골」 등의 콩트가 쓰였을 것으로 추정됨.

1948년(26세) 7월 6일, 중원군 주덕면 신양리 15번지에서 외동딸 증영 태어남. 서울을 잠시 떠나 처가의 양조장에서 일을 하면서 지냄. 단편소설 「귀거래」는 이때의 경험이 바탕이 된 것으로 보임.

1949년(27세) 셋방살이를 하다 문서가 없는 성냥갑만 한 집을 마련했음. 《민국일보》, 《평화일보》, 《민족공론》에서 짧은 기간 기자 생활을 함. 한국문학가협회 기관지 《문예》(사장 모윤숙, 주간 김동리, 편집 조연현, 경리 하한수)에서 편집 실무를 맡았음. 가족은 시골에 두고 혼자 서울 김동리 집에서 기거함. 왕성한 작품 활동으로 '화제작 제조기'란 명성을 얻었음. 《문예》에서 추천제가 생기면서 염상섭, 김동리가 소설의 추천을 담당했음. 러시아 작품 꼬롤렌꼬의 「화태 탈옥기」와 안드레예프의 「치통」을 재미나게 읽음. 고료를 받으면 금액의 반을 갈라 도스토옙스키의 『카라마조프가의 형제』 전권, 발자크의 『오톨도톨한 가죽』, 스탕달의 『서간집』 등 서적을 삼. 「작가 일기」의 7월 3일 자 내용이 1956년 고희준 저, 『모범 중등 작문』(홍인문화사)(1차 교육과정)에 실림.

1950년(28세) 6월 27일, 문예사에서 조연현과 같이 퇴근함. 이후 조연현이 숨어서 지내던 중 얼마 동안 몇 번 홍구범이 찾아왔다고 함. 그 두 사람이 마지막으로 만난 때는 8월 12일경임. 혜화동 로터리에서 보안서원에게 체포되어 자수서를 쓰고, 조선문학가동맹 가입을 강요당하여 시키는 대로 수속을 밟고 석방되었음. 조연현에게 시골로 가겠다고 말하고 떠난 뒤 소식이 끊겼음. 9·28서울수복 후 홍구범의 집에 다녀온 시인 서정태의 보고에 따르면 혜화동 로터리에서 체포되었다가 석방된 뒤 5, 6일 후에 다시 보안서원에게 납치되었다고 전해짐. 당시 홍구범의 집은 미아리에 있었으며, 그는 아침 시간에 잠옷 차림이었다고 함. 1950년 8월, 한국전쟁 중 납북 혹은 사망한 것으로 추정됨.

홍구범 작품 연보

발표일	분류	제목	발표지
1947. 5	단편	봄이 오면(신인 추천작)	백민
1947. 6. 8	수필	자연으로 향하는 마음	민중일보
1947. 11	단편	탄식	백민
1947. 11	평론	문학인과 노예근성	대조
1947. 11. 16	콩트	해방	민중일보
1948. 1	단편	폭소	구국
1948. 3	평론	비평과 문학	해동공론
1949. 2	단편	귀거래	민성
1949. 3	단편	창고 근처 사람들	백민
1949. 3	단편	서울 길	해동공론
1949. 4	동화	만년필	소년
1949. 7	단편	소녀 황진이	중학생
1949. 8	단편	농민	문예
1949. 8	단편	노리개(개작되어 《소년》 12월호에 「동무는 떠났다」로 게재)	신천지
1949. 9	단편	쌀과 달	민족문화
1949. 9	수필	작가 일기(7월 3일 자, 고희준, 『모범 중등 작문』(1차 교육 과정), 홍인문화사에 수록)	문예

발표일	분류	제목	발표지
1949. 10	수필	코 큰 문청(文靑)	신천지
1949. 11	단편	전설	문예
1949. 11	콩트	초막의 낮	여학생
1949. 11	수필	평론가 조연현	영문
1949. 12	수필	인간 김진섭	문예
1949. 12	산문	문인 송년 단상	한국공론
1950. 1	중편	불 그림자(1회)	혜성
1950. 1	장편	길은 멀다(1회)(1950년 4월 《부인》에 「어머니와 딸」로 다시 게재)	협동
1950. 2	단편	어떤 부자(父子)	백민
1950. 2	단편	구일장(九日葬)	문예
1950. 3	장편	길은 멀다(2회)	협동
1950. 4	중편	불 그림자(2회)	혜성
1950. 4	장편	길은 멀다(3회)	협동
1950. 5	중편	불 그림자(3회)	혜성
1950. 5	장편	길은 멀다(4회)	협동
1950. 5. 18	평론	(방기환 저) 손목 잡고	신한민보
1950. 5. 18	산문	미륵 있는 마을	신한민보

작성자 김정숙 충남대 교수

발견과 확산:
지역, 매체, 장르 그리고 독자

탄생 100주년 문학인 기념문학제 논문집 2023

1판 1쇄 찍음 2023년 12월 15일
1판 1쇄 펴냄 2023년 12월 29일

지은이 우찬제·송기한 외
펴낸이 박근섭, 박상준
펴낸곳 (주)민음사

출판등록 1966. 5. 19.(제16-490호)
주소 서울특별시 강남구 도산대로 1길 62(신사동)
강남출판문화센터 5층(우편번호 06027)
대표전화 02-515-2000, 팩시밀리 02-515-2007

www.minumsa.com
www.daesan.or.kr

이 논문집은 대산문화재단과 한국작가회의가 기획, 개최한
'탄생 100주년 문학인 기념문학제'의 일환으로 제작되었습니다.

ISBN 978-89-374-5621-3 03800

* 잘못 만들어진 책은 구입처에서 교환해 드립니다.